Paul Harding

Teufelsjagd

Roman

Aus dem Englischen
von Holger Wolandt

Knaur

Die englische Originalausgabe erschien 1996 unter dem Titel
»The Devil's Hunt« bei Headline Book Publishing, London

Besuchen Sie uns im Internet:
www.droemer-knaur.de

Deutsche Erstausgabe November 1999

Redaktion: Gisela Menza
Umschlaggestaltung: Agentur ZERO, München
Umschlagabbildung: Artothek, Peißenberg
Satz: Ventura Publisher im Verlag
Druck und Bindung: Elsnerdruck, Berlin
Printed in Germany
ISBN 3-426-63117-2

5 4 3 2

Für meine »geliebten« Ekene, Ebele
und Victor jr. und ihre Eltern
Christine und Victor Ikwuemesi

Prolog

»Ein gewaltsamer, plötzlicher Tod«, hatte Pater Ambrose, der Gemeindepfarrer von Iffley, erklärt, »soll jede lebende Menschenseele auf Gottes schöner Erde ereilen.«

Piers, der Ackerknecht, lehnte gegen einen Pfeiler der Gemeindekirche und lauschte im Halbschlaf der Predigt oder warf Edigha, der Tochter des Schmieds, heiße, lüsterne Blicke zu. Er hatte die flachshaarige Edigha beim Dorfbrunnen näher kennengelernt. Sie hatten sich an den Galgen vorbei aus dem Dorf gestohlen in ein Feld mit reifem Korn. Kichernd hatte Edigha Piers hinter sich hergezogen.

»Ich sollte nicht mitgehen«, flüsterte sie, und ihre blauen Augen strahlten freudig. »Mein Vater wartet auf mich!«

»Dein Vater löscht gerade die Asche in seiner Schmiede«, erwiderte Piers mit einem so breiten Grinsen, daß seine schadhaften Zähne sichtbar wurden, »während dort unten die Flammen meiner Liebe, Edigha, um so heißer brennen.« Er wiederholte Worte, die fahrende Sänger in der Goat's Head Tavern zu einem der Schankmädchen gesagt hatten, als er vergangenen Montag nach dem Pflügen dort eingetreten war. Piers' kurze elegante Rede hatte den gewünschten Effekt. Edigha kicherte und trottete weiter neben ihm her. Mit gesenkten Köpfen bewegten sie sich durch ein Meer aus reifem Korn. Kaninchen und Mäuse brachten sich aufgescheucht in Sicherheit, und über ihnen suchten die Waldtauben pfeilschnell dem Schatten eines kreisenden Habichts zu entkommen. Piers blieb stehen und schaute zu ihnen auf. Aus einem seltsamen Grund erinnerte er sich an die Worte Pater Ambroses: Der Habicht schwebt vor einem blauen Himmel und wartet, um sich dann auf seine Beute hinabzuwerfen und sie zu töten. Piers schauderte es.

»Was ist los?« Edigha drückte sich an ihn. »Ist das Feuer schon erloschen?« Sie legte ihre Arme um ihn und berührte mit einer Hand seine Leiste. »Wir müssen bei Sonnenuntergang zurück sein«, flüsterte sie.

Piers starrte in die Sonne, die, ein glühender Feuerball, gerade unterging und den Himmel rot verfärbte. Er drehte sich um und schaute in Richtung des kleinen Gehölzes, und die Brise fuhr ihm durch die Haare.

»Irgendwas stimmt nicht«, flüsterte er. »Es ist so still.«

»Du machst mir angst«, gab Edigha nicht ganz ernst zurück, ließ sich jedoch von seiner Stimmung anstecken. Sie hatte sich ein Schäferstündchen mit Piers vorgestellt, aber hier draußen im im Winde raschelnden und schwankenden Korn war sie sich ihrer Sache nicht mehr so sicher. Sie schaute auf die Bäume. Da drinnen würde es kühl und dunkel sein, und ihr wurde plötzlich ganz mulmig, als ihr klar wurde, daß sie denselben Weg zurücknehmen mußten. Falls sie jemand sah, dann würde am Dorfbrunnen und im Goat's Head noch wochenlang geflüstert und gespottet werden.

»Können wir nicht den kleinen Pfad zurücknehmen?« murmelte sie.

»Dort kann man uns sehen.« Piers nahm ihre Hand.

Er wollte schon anfangen zu rennen, aber da erinnerte er sich an die unheimlichen Geschichten. Ralph, der Vogt, hatte mit einem Krug in der Hand in der Schenke gestanden und flüsternd von den zerstückelten Leichen erzählt, die in den letzten Wochen in den Wäldern bei der Stadt gefunden worden waren.

»Geblutet haben sie wie abgestochene Schweine«, hatte Ralph warnend gesagt. »Das Blut floß wie Wein aus einem zerbrochenen Krug. Die Köpfe waren an den Haaren an Ästen aufgehängt.« Ralph hatte warnend einen Finger erhoben. »Das sind diese verdammten Tagediebe!« hatte er geschrien. »Diese sogenannten Gelehrten aus der Stadt mit ihrer Hochnäsigkeit.«

Alle hatten genickt. Oxford war ein seltsamer Ort – eine Stadt mit eigenen Rechten und Privilegien, mit eigenartigen Gerüchen und unerwarteten Eindrücken. Alle Städte waren schlimm, überall eingebildete Händler und durchtriebene Kaufleute, aber Oxford mit seinen Gelehrten, darunter viele Fremde, die sogar aus dem Ausland übers Meer gekommen waren, war schlimmer als Sodom und Gomorrha, das hatte zumindest Pater Ambrose behauptet. Die Gelehrten waren mit ihrer Vogelsprache und bunten Kleidern wie leibhaftige Teufel. Gelegentlich kamen sie nach Iffley und stolzierten, Messer und Schwerter in den Gürteln, umher wie die Pfauen. Sie begafften die Mädchen und sahen sich nach etwas zum Stehlen um. Natürlich gab man jetzt diesen Studenten die Schuld an den verstümmelten Leichen, die auf dem Land in der Umgebung der Stadt gefunden worden waren.

»Wenn sie schon so scheußliche Morde verüben«, hatte der Müller Bartholomew geknurrt, »dann sollten sie wenigstens ihre eigenen umbringen.«
»Aber warum?« war ihm Pater Ambrose ins Wort gefallen. »Ich habe gehört, bei den Toten hätte es sich um Bettler gehandelt. Manche behaupten auch«, hier senkte er die Stimme zu einem Flüstern, »sie seien für fürchterliche satanische Riten mißbraucht worden.«
»Piers! Piers!«
Der Ackerknecht erwachte aus seinen Gedanken.
Edigha fingerte an den Schnüren ihres Mieders, und seine Lust entflammte erneut.
»Komm!« murmelte er mit heiserer Stimme. Er berührte sanft ihre üppigen Brüste und fuhr anschließend mit den Fingerspitzen um ihre schlanke Taille. Dann zog er sie an sich. »Du bist unwiderstehlich!«
»Ich werde doch deine Frau, oder?« fragte ihn Edigha dringlich und hielt seinen Blick mit ihren blauen Augen fest. »Das hast du gesagt. Du wirst dich mit mir verloben. Vor der Kirche und noch vor Allerheiligen?«
Piers beugte sich hinab, um sie zu küssen, machte dann aber einen Satz. Er riß den Kopf hoch und schaute nach oben. Ein Tropfen Blut fiel auf sein Gesicht, und eine Feder schwebte nach unten. Ein Habicht hatte sich auf seine Beute geworfen. Piers wartete nicht länger. Schließlich könnte Edigha es sich anders überlegen. Sie eilten weiter durch das Kornfeld und blieben nur ab und zu stehen, um sich zu umarmen und zu küssen. Mit seinen verschwitzten Fingern machte sich Piers an den Schnüren von Edighas Mieder zu schaffen. Endlich hatten sie den Waldrand

erreicht und traten in das kühle grüne Dunkel. Piers zog Edigha auf sich herab. Sie kicherte und wehrte sich, befreite sich und rannte davon. Piers seufzte. Mädchen taten das immer. Sie verwandelten das Werben so in ein Jagdspiel. Piers stand auf und lief hinter ihr her. Auf einer kleinen Lichtung bekam er sie zu fassen. Er seufzte zufrieden. Ihre Haare hatten sich gelöst und hingen herab – goldene Wogen, die ein gerötetes und schweißglänzendes Gesicht umrahmten. Darin leuchteten ihre blauen Augen. Er nahm ihre Hand und zog sie an sich. Sie gingen zwischen den Bäumen hindurch. Er begann sie zu küssen und atmete dabei den süßen Duft ihrer Haut ein. Aus der Halsbeuge leckte er ihr den Schweiß. Plötzlich erstarrte Edigha. Sie stieß ihn weg und trat einen Schritt zurück. Ihr Blick war auf etwas hinter ihm gerichtet. Gleichzeitig wurde sie aschfahl. Dann schloß sie fest die Augen, schnappte entsetzt nach Luft und stieß seltsame Geräusche aus.

»Was ist los, Liebe. Was ist los?«

Sie hob etwas die Hand. Piers drehte sich langsam um, als wüßte er schon, was für ein Anblick ihn erwarte. Anfänglich sah er nichts, aber dann schaute er hoch. Aus einer alten Eiche ragte ein Ast heraus wie ein Speer, und an seinem Ende baumelte an den eigenen Haaren ein abgetrennter Kopf. Piers trat einen weiteren Schritt heran. Die Augen waren halb geöffnet, die grauen Wangen eingefallen, der Mund hing offen wie bei einem geschlachteten Stück Vieh. Der Hals, unsauber vom Rumpf getrennt, war blutverschmiert. Piers schluckte trocken. Seine Beine begannen zu zittern. Edigha nahm ihn bei der Hand, und sie drehten sich um, um dem Schrecken und dem Wald zu entfliehen.

In der Sparrow Hall in der Nähe der Turl Street in Oxford hatte der Tod ebenfalls seine Fratze gezeigt. Der Archivar Ascham wußte, daß er sterben würde. Vom Schmerz verkrümmt lag er da und rang nach Luft. Er wollte sich zu einem Schrei zwingen, wußte aber, daß das sinnlos war. Niemand würde ihn hören, denn Türen und Fenster waren geschlossen. Lautlos war der Tod durch die Luft gekommen. Der Armbrustbolzen hatte ihn voll in der Brust erwischt.

Ascham wußte, daß er im Sterben lag. Er hatte den Geschmack von Blut auf der Zunge und weiter hinten im Hals salzig und wie Eisen. Höllische Schmerzen schüttelten ihn. Er schloß die Augen und murmelte die Worte des Confiteor, das Gebet um die Vergebung Gottes: »Herr, mein Gott, vergib mir alle meine Sünden und alle Sünden meiner Jugend ...« Er verlor sich in Gedanken, obwohl sein Körper vor Schmerzen zitterte. Bilder aus der Vergangenheit tauchten vor seinem inneren Auge auf – seine Mutter, die sich über ihn beugte, die Rufe seines Bruders, seine ersten Jahre in Oxford, sorgenfrei und voller Leben. Das Mädchen, das er beinahe geheiratet hätte und schließlich doch mit traurigen Augen und fassungslos zurückgelassen hatte. Henry Braose, seinen großen Freund, den Gelehrten, Soldaten und Gründer von Sparrow Hall, in der er nun im Sterben lag. Es gab jetzt so viel Böses! Groll, Wut und Haß. Der Bellman bekannte sich öffentlich zur Bösartigkeit des

Teufels und versuchte alles zu zerstören, was Henry aufgebaut hatte.
Ascham öffnete die Augen. In der Bibliothek war es dunkel. Erneut versuchte er zu schreien, aber jeder Laut erstarb auf seinen Lippen. Die Kerze flackerte unter ihrem Metallschirm auf dem Tisch und gab nur wenig Licht. Er sah das Stück Pergament, das sein Angreifer auf den Tisch geworfen hatte. Ascham verstand jetzt, was zu seinem Tod geführt hatte. Er hatte die Wahrheit herausgefunden, war aber so dumm gewesen, über seine Nachforschungen zu sprechen. Wenn er doch nur eine Feder hätte! Er griff nach der sprudelnden Wunde in seiner Brust. Seine Tränen liefen hinunter, als er über den Fußboden und auf den Tisch zukroch. Er ergriff das Pergament, zog sich mit letzter Kraft am Tisch hoch und schrieb ein paar Buchstaben, aber der Lichtkegel schien schwächer zu werden. Er hatte jedes Gefühl in den Beinen verloren, und diese wurden starr wie Eisenstangen.
»Genug«, flüsterte er. »Ah, Jesus ...«
Ascham schloß die Augen, hustete und starb, und das Blut wallte ihm über die Lippen.

. 1 .

Der Geächtete auf dem Wagen unter dem Galgen bewegte den Kopf, als sich die rauhe Schlinge um seinen Hals zusammenzog. Er räusperte sich, spuckte und schaute Sir Hugh Corbett an, ehemals Gesandter und Hüter des Geheimsiegels, jedoch immer noch mächtiger Besitzer des Herrenhauses von Leighton in Essex. Neben Corbett stand der Mann, der ihn verfolgt, gestellt und dem Gericht von Sir Hugh vorgeführt hatte, Ranulf-atte-Newgate, früher Beamter der Kanzlei des Grünen Siegels, Corbetts Gefolgsmann, Amtmann und Verwalter. Der Verurteilte leckte sich seine rissigen Lippen und schaute Ranulf haßerfüllt an.

»Komm schon, du rothaariger Bastard!« rief er. »Häng mich auf, oder laß mich gehen!«

Corbett trieb sein Pferd vorwärts.

»Boso Deverell, du bist ein Geächteter, Vogelfreier, Dieb und Mörder! Du bist schuldig befunden und zum Tod durch den Strang verurteilt!«

»Geh zum Teufel!« erwiderte Boso.

Corbett fuhr sich mit den Fingern durchs Haar. Er schaute Pater Lukas an, den Dorfgeistlichen, der neben dem Karren stand.

»Haben Sie ihm die Absolution erteilt, Pater?«

»Er hat sich geweigert, die Beichte abzulegen«, erwiderte der bleiche Priester. Seine Augen funkelten, und er war außer sich vor Wut.

Pater Lukas schaute zum Gutsherrn auf und betrachtete eingehend dessen bläßliches, glattrasiertes Gesicht. Das schwarze Haar war leicht ergraut, und eine spitze Nase dominierte dünne Lippen. Pater Lukas blickte Corbett in die Augen. Er kannte diesen Mann. Er gab sich nach außen hart, war aber im Grunde weich.

»Ihr werdet ihn doch nicht etwa begnadigen, Sir Hugh?« flüsterte er. »Oder seine Strafe mildern?« Der Geistliche griff nach den Zügeln von Corbetts Apfelschimmel. »Er hat zwei Frauen ermordet«, zischte er. »Er hat sie vergewaltigt und dann aufgeschlitzt wie Hühner.«

Corbett nickte und schluckte.

»Und das ist erst der Anfang«, fuhr der Geistliche mitleidslos fort. »Für andere Morde ist er auch verantwortlich.« Pater Lukas deutete auf die wenigen Dorfbewohner, die sich kurz nach Morgengrauen versammelt hatten, um der Vollstreckung der Strafe des Königs beizuwohnen. »Wenn Ihr ihm Gnade zuteil werden laßt«, erklärte der Geistliche und legte Corbett seine Hand aufs Knie, »dann wird jeder Vogelfreie ...«, und er wies mit einer dramatischen Geste in Richtung Wald, »... dann wird jeder Vogelfreie davon erfahren.« In den Augen des Geistlichen standen Tränen. »Ich will nicht noch weitere meiner Schäfchen begraben müssen. Ich will nicht noch weiteren Ehemännern, Vätern, Geliebten erzählen müssen, daß ihre Frauen vergewaltigt wurden, ehe man ihnen die Kehle durchschnitt! Hängt ihn!«

»Liegt Euch so viel an seinem Leben?« fragte Corbett, seinen Blick nicht einen Moment von Boso abwendend.

»Gott will es«, antwortete Pater Lukas und fragte den Geächteten. »Bist du bereit zu sterben, Boso?«
Der Geächtete hustete, legte den Kopf in den Nacken und spuckte. Er erwischte den Geistlichen auf der Wange. Ranulf kam mit seinem Pferd näher.
»Wie viele hast du auf dem Gewissen, Boso?«
»Mehr als du je erfahren wirst.« Deverells Blick richtete sich wieder auf Corbett. »Schade, daß Ihr nicht zu Hause wart, Herr über die Erde! Sonst hätte ich diese strohblonde Frau von Euch aufgesucht!«
Corbett wendete sein Pferd. Er schaute auf die Dorfbewohner mit ihren schmutzigen braunen Gesichtern, die keine Gemütsregung verrieten. Seine Verwalter und Amtmänner standen etwas von ihnen entfernt. Corbett zog sein Schwert und hielt es hoch. Er umklammerte das Querstück.
»Ich, Sir Hugh Corbett, ergebener Diener des Königs und Herr über Leighton Manor, verurteile dich, Boso Deverell, mittels der Gewalt, die mir über Axt, Strick und Schinderkarren gegeben ist, zum sofortigen Tod durch den Strick für verschiedene und fürchterliche Verbrechen wie Mord, Vergewaltigung und Diebstahl!«
Nachdem Corbetts Todesurteil verklungen war, senkte sich eine seltsame Stille über die Wegkreuzung. Selbst die Vögel in den Bäumen und die Krähen, die über dem Galgen kreisten, verstummten. Corbett schaute zum Geistlichen hinüber.
»Pater, sagt ein Gebet! Ranulf, häng ihn!«
Corbett wendete erneut sein Pferd, ritt den Weg zurück und wartete nach einer Kurve hinter ein paar Bäumen. Er

schloß die Augen und griff nach seinem Sattelknauf. Kurz darauf hörte er das Knirschen der Wagenräder und das darauffolgende zustimmende Gemurmel.
»Gott sei seiner Seele gnädig!« flüsterte Corbett.
Er haßte Hinrichtungen! Boso hatte sterben müssen, ja, aber sein Tod bescherte ihm unangenehme Erinnerungen – die verregneten Wälder Schottlands, in denen die Leichen zu Dutzenden gehangen hatten, nachdem Edwards Truppen die schottische Rebellion unter Wallace niedergeschlagen hatten; Kornfelder, die in Flammen aufgegangen waren, und Dörfer, über denen schwerer Rauch gehangen hatte; Brunnen, in denen Leichen gelegen hatten, und Frauen und Kinder sterbend in den Gräben.
»Gott sei Dank!« murmelte Corbett. »Gott sei Dank bin ich nicht dort!«
»Es ist vollbracht.«
Corbett öffnete die Augen und blickte Ranulf-atte-Newgate an, das lange rote Haar unter einer Kapuze verborgen und das bleiche Gesicht ernst. Seine grünen Augen verrieten jedoch, daß er mit sich zufrieden war.
»Es ist vorbei, Herr. Boso ist jetzt in der Hölle. Pater Lukas ist froh darüber, und das sind die Leute aus dem Dorf auch.« Ranulf richtete sich hoch im Sattel auf und schaute durch die Äste über ihnen. »Heute abend wird es ganz Epping wissen. Die anderen Geächteten werden sich dann hüten, Leighton zu nahe zu kommen. Ihr werdet Euer Versprechen doch halten, Herr?«
Corbett zog Stulpenhandschuhe aus Leder aus seinem Gürtel.
»Ich werde mein Versprechen halten, Ranulf. Noch diese

Woche werde ich eine Vollmacht zur Vorführung ausstellen. Du kannst alle kräftigen Männer mit in den Wald nehmen und den Rest von Bosos Gefolgschaft zur Strecke bringen.«

Ranulf lächelte.

»Ist es dir so langweilig?« fragte Corbett.

Das Lächeln erstarb auf Ranulfs Zügen. »Es sind jetzt drei Monate, Herr, daß Ihr den Dienst des Königs verlassen habt. Der König hat in dieser Zeit fünfmal an Euch geschrieben.« Er bemerkte Corbetts verärgertes Stirnrunzeln. »Ja, mir ist langweilig«, meinte er noch eilig. »Ich bin eben gerne Beamter des Königs, Herr, und gerne im Auftrag des Königs unterwegs.«

»Wie damals in Schottland?« fauchte Corbett ihn an.

»Das war Krieg. Wir bekämpften die Feinde des Königs zu Wasser und zu Lande – wir hatten einen Eid geschworen.«

Corbett sah Ranulf nachdenklich an. Sein Gefolgsmann war längst kein Grünschnabel mehr, sondern ein ehrgeiziger Beamter. Er war in London buchstäblich in der Gosse geboren, hatte sich jedoch selbst beachtliche Kenntnisse angeeignet, sprach Französisch und Latein und beherrschte die Kunst, Briefe zu verfassen und zu siegeln. Schlicht gesagt haßte Ranulf Landleben und Landwirtschaft und wurde deswegen immer ungeduldiger. Langsam streifte Corbett sich seine Handschuhe über.

»Ich könnte Briefe schreiben«, erbot er sich. »Der König würde dich wieder in seine Dienste nehmen. Du könntest ein hohes Amt bekleiden, Ranulf.«

»Seid nicht dumm!«

Corbett grinste. Er beugte sich zur Seite und faßte Ranulf am Handgelenk.

»Als die Truppen des Königs Dundee plünderten«, sagte er, »sah ich den Leichnam einer Frau mit einem Kind in den Armen, das keine drei Jahre alt war. Wie konnten sie um Himmels willen Feinde des Königs sein?«

»Ihr findet also, daß der König den Rückzug antreten soll? Daß er auf Schottland verzichten soll?« Ranulf nahm seine Kapuze ab und kratzte sich am Kopf. »Einige Richter des Höchsten Gerichts würden das als Hochverrat bezeichnen.«

»Ich finde nur, daß es eine bessere Lösung gibt«, erwiderte Corbett. »Die Kriege haben die Finanzen erschöpft. Trotzdem führt Wallace noch immer den Aufstand an. Der König sollte abwarten und verhandeln.«

»Warum sagt Ihr dem König das dann nicht?« wollte Ranulf wissen. »Warum kehrt Ihr denn nicht in die Dienste des Königs zurück, unter der Voraussetzung, daß Ihr alles tut, außer in Schottland Krieg führen?«

»Jetzt bist du dumm.« Corbett nahm die Zügel seines Pferds. »Du weißt auch, daß der höchste Beamte seinem König überallhin folgen muß. Mehr gibt es dazu nicht zu sagen.«

Corbett ritt langsam weiter. Ranulf fluchte, zog seine Kapuze über und gab seinem Pferd ebenfalls die Sporen.

Sie waren kaum durchs Tor, das in den Park des Herrenhauses führte, da merkte Corbett, daß etwas nicht in Ordnung war. Ein Dachdecker, der Strohbündel auf dem Rücken trug, trat beiseite, rief aufgeregt etwas und deutete den Weg entlang. Corbett ritt weiter. Plötzlich kam eine

Gestalt wie aus dem Nichts hervor und sprang winkend in die Luft. Corbett zügelte sein Pferd und schaute seinen Stallmeister Ralph Maltote an, der alles über Pferde, aber wenig über die Natur des Menschen wußte. Maltotes rundes, jungenhaftes Gesicht war rot und schweißbedeckt. Er rang nach Luft und klammerte sich an den Zügeln von Corbetts Pferd fest.

»Sag bloß nicht, daß wieder eine Stute ein Fohlen wirft«, murmelte Ranulf. »Sonst gerätst du doch nie dermaßen aus der Fassung, Maltote.«

»Der König«, Maltote wischte sich mit dem Handrücken über den Mund. »Sir Hugh, der König. Er ist hier mit dem Earl of Surrey und dem Earl of Lincoln und den anderen. Lady Maeve bewirtet sie. Sie schickt mich.«

Corbett beugte sich vor und klopfte ihm auf die Schulter. »Zumindest keine Stute, die wirft, Maltote. Das wäre für einen Tag zuviel der Aufregung.«

Corbett ritt weiter, und Maltote trottete hinter ihm her. Sie kamen um eine Kurve und hielten inne. Der breite gepflasterte Weg, der zum Portal des Herrenhauses führte, war jetzt voll von Soldaten, Gefolgsleuten und ritterlichen Bannerträgern, die alle die prächtige Livree von Edward von England trugen. Pferde bewegten sich unruhig unter den Bannern und Wimpeln hin und her, auf denen der goldene Leopard der Plantagenets im Sprung zusammen mit den Wappen Englands, Frankreichs, Schottlands und Irlands zu sehen war. Kammerherren und Beamte des königlichen Haushalts riefen Befehle und versuchten für Ordnung zu sorgen. Packpferde wurden losgebunden und Karren und Planwagen hin und her geschoben.

»Wo Edward hinzieht«, seufzte Corbett, »dorthin folgt ihm das Chaos.« Er stieg ab und warf die Zügel seines Pferdes Maltote zu. »Ranulf, du kommst besser mit.«
Er bahnte sich einen Weg durch die Menge und trat auf die Haustür zu. Gelegentlich fing einer der Ritter Corbetts Blick auf und begrüßte ihn, und dieser erwiderte den Gruß. Er ging die Stufen hinauf und durch die halbgeöffnete Tür. Seine kleine Tochter Eleanor stand in der Diele und hopste herum wie ein Grashüpfer. Sie war das Ebenbild Maeves, und ihr blondes Haar fiel ihr in dicken Zöpfen auf die Schultern. Sie strahlte die Puppe, ein Geschenk des Königs, an, die sie an einer Hand hielt.
»Schau! Schau!« Sie tanzte auf Corbett zu. »Schau, eine Buppe!«
Corbett kniete sich hin. »Eleanor, bleib stehen.«
Die Kleine sprang nur noch wilder herum, warf sich dann in seine Arme und drückte ihr heißes, klebriges Gesichtchen an seines.
»Eine Buppe! Eine Buppe!«
Corbett schaute auf das kostbare, in Taft gehüllte Spielzeug.
»Ja.« Er seufzte und nahm seine Tochter an der Hand. »Es ist eine Buppe, und sie erinnert mich an die Damen am Hof von König Edward.« Er sah zum Kindermädchen hoch, das in der Nähe geblieben war. »Paß auf sie auf«, flüsterte Corbett. »Nimm dich vor den Soldaten in acht!« Er grinste, als er den verblüfften Gesichtsausdruck des sonnengebräunten Kindermädchens bemerkte. »Du wirst viele Einladungen zu einem Kuß erhalten, Beatrice«, murmelte er. »Aber jedes Mädchen, das Ranulf überlebt hat ...«

Die junge Frau schien zu wissen, wovon die Rede war, denn sie schaute Ranulf erzürnt an.
»Ja, jetzt weißt du, worum es geht«, meinte Corbett. »Und Lady Maeve?«
Beatrice deutete auf die Tür, die von zwei Soldaten mit gezogenen Schwertern bewacht wurde. Corbett ging auf sie zu, die bewaffneten Krieger öffneten sie, und er betrat die Haupthalle seines Hauses. Direkt hinter der Tür standen einige Ritter und königliche Beamte, und Corbett hielt inne, um sie zu begrüßen.
»Sir Hugh?«
Ein zerzauster Beamter mit von Tinte fleckigen Händen drängte sich zu ihm vor. Corbett schüttelte die Hand von Simon, einem von Edwards persönlichen Schreibern. Simon nickte in Richtung des Absatzes, auf dem der König und seine beiden Earls saßen und Lady Maeve Komplimente machten. Sie hatten noch nicht bemerkt, daß Corbett eingetroffen war.
»Es ist gut, Euch zu sehen, Sir Hugh.« Simon fuhr sich mit der Zungenspitze über die Lippen. »Der König hat gute Laune, er hat erfreuliche Nachrichten aus Schottland erhalten, aber sein Bein tut ihm weh und auch die Wunde in seiner Seite, wo er sich die Rippe gebrochen hat. Er kann von einem Augenblick auf den nächsten schlechte Laune bekommen.«
»Er hat sich also nicht verändert?«
Corbett drängte sich zwischen den anderen hindurch und ging die Halle entlang. Auf dem Absatz saßen drei grauhaarige Männer in von der Reise schmutzigen Kleidern an einem Tisch, die Mäntel nachlässig umgehängt, und hat-

ten nur Augen für Maeve. Diese saß wie eine Königin auf Corbetts Stuhl, das silberne Haar unter einer perlengeschmückten Haube hochgesteckt. Die Haut ihres Gesichts, sonst mit einem Elfenbeinschimmer, war leicht gerötet, da sie einer Geschichte Henry de Laceys, des Earl of Lincoln, lauschte. Neben ihr saß beifällig nickend Edward.

»Komm schon, Henry!« Der König schlug mit der Faust auf den Tisch. »Erzähl ihr, was der Klosterbruder der Äbtissin gesagt hat.«

»Sir!« rief Corbett. »Ihr bringt doch nicht etwa meine Frau mit Euren Lagerfeuergeschichten in Verlegenheit?«

Der König riß den Kopf herum, und Maeve schaute auf. Du bist so wunderschön, dachte Corbett. Er bemerkte, daß ihre Hand auf ihrem leicht gerundeten Bauch ruhte. Ihre Finger spielten mit einer goldenen Kordel, die um ihre Taille lief.

»Hugh!« Sie wollte sich erheben, aber der König hielt sie zurück.

»Ihr hättet hier sein sollen, Corbett.« Der König stand auf, reckte seine kräftigen, gedrungenen Glieder und strich das eisengraue Haar zurück, das sein Gesicht umrahmte.

Du siehst alt aus, dachte Corbett. Das Gesicht des Königs war so grau, als wäre es von feinem Staub bedeckt. Sein Bart war zerzaust, und seine schweren Lider hingen herab, als wollte er alle daran hindern, in seine Seele zu blicken. Corbett verbeugte sich.

»Sir, wenn ich gewußt hätte, daß Ihr kommt ...«

»Ich habe Euch einen von diesen verdammten Boten geschickt!« Der König sah finster zu seinen Dienern am anderen Ende der Halle hinüber.

»Herr, er ist hier nie eingetroffen.«

»Dann hat sich der dumme Kerl wohl verirrt.« Der König wischte sich die Hände an seinem Umhang ab. »Oder er sitzt bei einem Mädchen in der Schenke. Wie du immer, was, Ranulf?« Der König zwang sich zu einem Lächeln und kam um den Tisch herum. »Ich habe Eurer Frau schöne Augen gemacht, Corbett. Wenn ich nicht verheiratet wäre, dann würde ich Euch umbringen und sie selbst zur Frau nehmen.«

»Dann würden zwei gute Männer eines gewaltsamen Todes sterben«, meinte Maeve hinter ihm kühl.

Edward lächelte hinterhältig und streckte seine Hand aus, damit Corbett sie küssen konnte. Hugh kniete nieder, und der König stieß seine Finger dermaßen gegen seinen Mund, daß sein Ring Corbett die Lippe ritzte.

»Das war nicht nötig«, murmelte Corbett, als er sich wieder erhob.

»Ihr habt mir gefehlt«, zischte der König, über ihn gebeugt. »Ranulf!«

Erneut streckte er seine Hand aus. Ranulf küßte eilig den Ring und trat dann sofort zurück, ehe Edward ihm ebenfalls etwas tun konnte. Der König bemerkte das wütende Funkeln in Corbetts Augen. Er trat von dem Absatz herunter, legte Corbett einen Arm um die Schultern und führte ihn zum anderen Ende der Halle.

»Ihr habt mir gefehlt, Corbett.« Sein Griff wurde fester. Er zog Hugh so nah an sich, daß dieser den Geruch von Leder, Schweiß und einem widerlich süßen Parfüm wahrnehmen konnte, der in den Kleidern des Königs saß. »Ich habe Euch Briefe geschickt, aber Ihr antwortet nicht. Ich lade Euch

zu Ratssitzungen ein, aber Ihr kommt nicht. Ihr seid ein launischer, wehleidiger Bastard.« Edward krallte sich in Corbetts Schulter fest.
»Was wollt Ihr deswegen tun, Euer Gnaden?« erwiderte sein ehemals höchster Beamter. »Mit mir sprechen oder mich erdrosseln?«
Edward lächelte träge und ließ seine Hand sinken. Er beabsichtigte gerade wieder etwas zu sagen, da wurde die Tür aufgerissen, und Uncle Morgan ap Llewellyn stürzte mit einem wehenden braunen Militärumhang und klirrenden Sporen, im übrigen gekleidet in lächerliches Lincolngrün, in die Halle. Eine der Sporen verfing sich in den Binsen, die den Fußboden bedeckten. Uncle Morgan strauchelte, und Corbett biß sich auf die Unterlippe, um nicht laut herauszulachen.
»Verdammte Binsen!« fluchte Morgan und fing sofort damit an, den Ärgernis erregenden Bodenbelag beiseite zu treten. Sein Gesicht war verschmutzt, und große Schweißflecken verfärbten sein Hemd. Er nahm den Umhang ab und warf ihn auf den Tisch. »Hugh, warum kannst du dir keine türkischen Teppiche leisten ...?«
Morgan wurde sich plötzlich bewußt, in welcher Gesellschaft er sich befand. Er warf sich dem König fast an die Brust, als er sich vor ihm auf ein Knie sinken ließ und dabei sein schweißnasses Haar zurückstrich.
»Hoheit, ich wußte nicht, daß Ihr hier seid«, sagte der Waliser erstaunt. »Ich komme eben von der Jagd ...«
Edward nahm Morgans Hand, zog ihn hoch und umarmte ihn.
»Ich wünschte, ich hätte dabeisein können.« Edward

küßte Morgan auf die Wangen und stieß ihn dann weg. »Diese jungen Hunde können nicht so jagen wie wir, was, Morgan. Sie sind verweichlicht!«

Corbett schloß die Augen und betete, daß ihm nicht der Geduldsfaden reißen würde. Der König war wie gewöhnlich den Leuten gegenüber charmant, bei denen er es nicht nötig hatte. Jetzt würde Morgan vermutlich wieder mit dieser alten Leier anfangen, was für Waschlappen Corbett und alle anderen geworden seien.

»Hoheit, das habe ich mir auch schon gesagt.« Morgan hob einen seiner Wurstfinger, und auf seinem runden, freundlichen Gesicht breitete sich ein wissendes Lächeln aus. »Waschlappen, nicht so wie die Männer in Wales, was, Hoheit? Damals, als Ihr mich gejagt habt und ich Euch.«

O Gott, betete Corbett, bitte laß ihn nicht wieder damit anfangen!

»Hört!« Der König nahm Morgan freundschaftlich am Arm und zwinkerte Corbett zu. »Mein Gefolge wartet draußen – alles Faulpelze! Sorgt dafür, daß sie etwas zu essen und zu trinken bekommen, und bringt ihnen Disziplin bei.«

Maeves Onkel wurde gleichsam einen Kopf größer. Er plusterte sich auf wie eine Waldtaube und legte außer sich vor Freude den Kopf in den Nacken, daß gerade ihm diese verantwortungsvolle Aufgabe übertragen wurde. Dann drehte er sich auf dem Absatz um und lief wie ein Jagdhund zur Tür.

»Teuerster Morgan«, sagte Edward leise.

»Teuerster Morgan«, entgegnete Corbett, »von wegen, ein ständiges Ärgernis ist er. Tagsüber hält er mir dauernd Vorträge, und nachts betrinkt er sich und erzählt allen seine Lebensgeschichte!« Corbett sah sich um und hoffte, daß Maeve ihn nicht gehört hatte. »Aber er ist trotzdem ein guter Mann«, fuhr er fort. »Er liebt Maeve und Eleanor – obwohl er und Ranulf nur Unsinn im Kopf haben.«

Edward hakte Corbett unter und ging mit ihm durch die Halle.

»Ein guter Soldat«, sagte er, »verschlagen und beherzt. Er hat lange und hart gekämpft, ehe er die königliche Amnestie annahm. Wie so viele! Und alle fort!« Edward sah Corbett direkt an. »Alle fort, Hugh! Burnell, Peckham, mein Bruder, Edmund ...«

Jetzt kommen die Tränen, dachte Corbett. Er wird sie sich aus den Augen wischen und dann meinen Arm umklammern.

»Ich bin einsam«, sagte der König heiser. »Ihr fehlt mir, Hugh.« Er wischte sich die Augen und ergriff Corbetts Arm.

»Ihr habt andere Beamte«, entgegnete Corbett. »Hoheit, ich kann nicht wieder in den Krieg ziehen. Ich habe immer noch Alpträume – das Land ein Flammenmeer, die Städte voller schreiender Frauen und Kinder.«

Corbett hatte beschlossen, den König mit seinen eigenen Waffen zu schlagen, aber Edwards Augen leuchteten nur vor Freude.

»Der Krieg in Schottland ist vorüber, Hugh. Wallace ist gefangengenommen worden. Die schottischen Adligen streben nach Frieden. Ich brauche Euch nicht in Schottland, sondern in Oxford.« Der König drehte sich um und schaute zum anderen Ende der Halle, wo de Warrenne und de Lacey wieder ihre launische Unterhaltung mit Maeve aufgenommen hatten. »Ihr habt davon gehört?«

»Ja«, antwortete Corbett. »Ein wandernder Geselle war letzte Woche hier, um Pergament und Velinpapier zu verkaufen. Ihr sprecht von diesen Gerüchten über die Leichen? Über die verräterischen Erklärungen einer gewissen Person, die sich der Bellman nennt?«

»Bettler«, unterbrach ihn der König. »Armenhäusler. Viele von ihnen versammeln sich beim St. Osyth's Hospital unweit von Carfax. Bisher hat man vier gefunden. Die Köpfe hingen vom Rumpf getrennt wie faulige Äpfel von den Bäumen.«

»Direkt in der Stadt?«

»Nein, außerhalb. Im Norden, aber auch im Westen.«

»Warum bringt jemand einen Armenhäusler um?« fragte Corbett.

Er bemerkte, daß sich Ranulf auf Maeves Einladung hin jetzt ebenfalls auf den Absatz gesetzt hatte. Er sagte ein stilles Gebet. Ranulf konnte es nicht lassen, de Warrenne Komplimente zu machen, und der alte Earl war weder für sein Aussehen noch für seine Geduld bekannt.

»Ich weiß nicht«, erwiderte Edward. »Der letzte war allerdings Adam Brakespeare. Ihr erinnert Euch doch an Adam, Hugh?«

Der König gab Corbett ein Zeichen, sich auf eine Bank zu setzen. Corbett erinnerte sich an einen frettchenhaften Mann mit dunkelblondem Haar und einem haselnußbraunen Gesicht. Als Verwalter der Waffenkammer war er mit ihm zusammen in Wales gewesen. Einmal hatten die schwer zu greifenden Waliser sie in einen Hinterhalt gelockt, und Brakespeare hatte ihn aus einem stinkenden Sumpf gezogen, während ihnen die Pfeile um die Ohren gepfiffen waren.

»Adam war Soldat.« Corbett spielte mit dem Ring an seinem Finger. »Er war einer Eurer Favoriten. Es war doch sogar die Rede davon, ihn zum Ritter zu schlagen?«

»Als die Armee in Wales aufgelöst wurde«, antwortete Edward, »kehrte Adam nach Hause zurück. Er verlor alles beim Spiel. Er zog umher, ein landloser Edelmann, bis er krank wurde und sich an die Kanzlei um Hilfe wandte. Als mich die Bittschrift erreichte, war Brakespeare bereits tot. Er war die dritte Leiche, die man bei Oxford gefunden hat.«

»Und der Bellman?« fragte Corbett.

Edwards Miene verfinsterte sich. »Richtig, der Bellman.« Er zog wie ein wütender Hund die Lippen zurück. »Er ist ein Dichter, unser Bellman. Von Sparrow Hall aus gibt er Erklärungen ab und schreibt Briefe, in denen er den Geist des toten de Montfort beschwört.« Edwards Stimme wurde lauter, und das fröhliche Geplapper am anderen Ende der Halle verstummte.

Corbett rückte von dem König ab, als dieser seinen Alpträumen nachhing.

»De Montfort! De Montfort!« Der König schlug mit der Faust auf den Tisch. »Immer dieser verdammte de Montfort! Er ist tot! Verstehen die das denn nicht? Ich habe ihn in Evesham in eine Falle gelockt, Hugh. Ich habe seine Armee in blutige Schnipsel verwandelt. Ich habe ihn sterben sehen.« Der König schäumte vor Wut. »Er wurde nicht einmal begraben«, sagte er heiser. »Es war nichts von ihm übrig.« Er sah Hugh mit seinen blutunterlaufenen Augen an. »Ich habe ihn getötet, Corbett, ihn und seine gesamte verräterische Familie. Ich habe seine Leiche in Streifen geschnitten und den Hunden zum Fraß vorgeworfen, und jetzt ist der Bastard zurück.« Er griff in seinen Umhang, zog eine Pergamentrolle hervor und warf sie Corbett zu. »Ich habe Sparrow Hall gedroht«, sagte er, »obwohl sie von meinem guten Freund Braose gegründet worden ist. Sie sollen bei sich für Ordnung sorgen, oder ich schließe das College. Ich habe einen Brief an Copsale, den Rektor, geschickt. Dieser starb jedoch im Bett. Dann schickte ich an den Bibliothekar und Archivar Ascham eine ähnlich lautende Aufforderung, und er wurde ermordet. Ich werde Sparrow Hall niederbrennen.«

Corbett spielte mit dem Pergament.

»Tut das nicht, Hoheit«, riet er. »Tut nichts übereilt. Oxford weiß, wie man sich rächt. Sie werden denken, daß Ihr Angst habt, daß Ihr versucht, etwas zu verbergen. Außerdem wißt Ihr nicht, ob sich der Bellman wirklich in Sparrow Hall aufhält, obschon er das vorgibt.«

Der König nahm Corbetts Hand. »Geht dorthin, Hugh«, bat er. »Ihr seid mein bester Jagdhund. Geht dorthin, und findet ihn für mich. Rächt den Tod von Brakespeare. Findet den Bellman!«

»Ich habe den Dienst des Königs verlassen.«

Der König suchte in seinem Beutel. Er zog das Geheimsiegel und den Ring des Bevollmächtigten hervor und drückte beides Corbett in die Hand.

»Hier ist Eure Vollmacht. Tut das für mich, Hugh. Ich werde dann Pate Eures nächsten Kindes.«

Corbett wußte, daß er nicht ablehnen konnte. Dem König war es ernst. Er bat ihn um etwas und würde sich an ihm rächen, wenn er ablehnen würde. Uncle Morgan, Maeve, Eleanor, Ranulf und Maltote würden alle seine Wut zu spüren bekommen.

»Ich gehe.«

»Gut!« Edward strahlte und klopfte Corbett energisch auf die Schulter. »Mein guter Jagdhund, mein scharfäugiger Bluthund. Ihr wißt doch, daß sie Euch so nennen, Corbett?« Edwards plötzliche Freundlichkeit hatte etwas Bösartiges. »Sie nennen Euch den Bluthund des Königs.«

»Ich bin ein Untertan des Königs«, erwiderte Corbett.

Der König beugte sich ganz nahe zu ihm. Corbett konnte seinen von Wein geschwängerten Atem spüren.

»Ich weiß, Corbett. Es ist auch nichts dagegen einzuwenden, Bluthund in einer Bande von Kötern zu sein – das habe ich ihnen so gesagt. Reist nach Oxford, und findet heraus, wer diese armen Bettler auf dem Gewissen hat, aber denkt daran, ich will den Bellman, ich will ihn mit eigenen Händen aufknüpfen!« Der König erhob sich. »Ich werde noch vor Ende dieser Stunde aufbrechen, aber Simon wird hierbleiben. Jetzt will ich nur hoffen, daß dieser Bastard de Warrenne meine Geschichte nicht zu Ende erzählt hat. Habt Ihr sie gehört, Hugh? Über die Äbtissin, den Klosterbruder und die Schachtel Feigen?«

Noch bevor die Stunde um war, war der König tatsächlich unter Umarmungen, Küssen und Beteuerungen der königlichen Gunst aufgebrochen. Sein Gefolge bestieg die Pferde und galoppierte in einer Staubwolke davon. Der König rief, er sei in seinem Palast in Woodstock anzutreffen. »Hier residiere ich, um die Sache im Auge zu behalten.«

Corbett atmete erleichtert auf und umarmte Maeve. Sie kehrten in die Halle zurück, Corbett, um zu frühstücken. Dann befahl er allen zu gehen. Nur Maeve, Ranulf und ein ängstlich aussehender Simon blieben.

»Gehst du nach Oxford?« fragte Maeve schroff.

»Es scheint mir nichts anderes übrigzubleiben.«

Simon lächelte schwach. »Gott sei Dank, Sir Hugh. Über eine Weigerung würde sich der König fürchterlich ärgern. Er hat gestern seine Schreiber nur für die geringsten Fehler von ihren Hockern gestoßen.«

»Du hast das Siegel und den Ring also angenommen?« beharrte Maeve. »Ist es das, was du willst?« Maeve preßte verärgert die Lippen zusammen, ehe sie zu lachen anfing. »Ich bin nicht dumm, Hugh. Wenn du dem König diesmal nicht gehorchen würdest ...«

»Willst du, daß ich gehe?« Corbett beugte sich zu ihr hinüber und tätschelte ihr den Bauch.

»Ja, das will ich«, antwortete Maeve. Sie nickte in Richtung Ranulf, der gespannt wie eine Katze dasaß. »Zum einen wäre es schön, endlich wieder einmal ein Lächeln auf Ranulfs Gesicht zu sehen, und du langweilst dich ebenfalls, Hugh. Schließlich schaut, wie Ranulf so richtig bemerkt hat, doch ein Schaf aus wie das andere.«

Corbett drückte ihre Hand. Er zog die Pergamentrolle hervor, die der König ihm gegeben hatte. Er rollte sie vorsichtig auf und studierte sie. Es war die Schrift eines Schreibers.

»Kanzleischrift«, murmelte er. »Das könnte also jeder routinierte Schreiber geschrieben haben.«

»Falls es einer der königlichen Schreiber war«, meinte

Simon finster, »muß er damit rechnen, gehängt, gerädert und gevierteilt zu werden. Lest, Sir Hugh.«

»›An den Bürgermeister, die Ratsherren und den Kanzler der Universität Oxford und an die Rektoren der Colleges‹«, fing Corbett an, »›sendet der Bellman brüderliche Grüße. Wieder einmal beschwere ich mich und weise auf die Untaten unseres Königs und seines adeligen Rates hin.
Item: Zumindest einmal im Jahr sollte ein Parlament zusammentreten, bei dem der König den Petitionen seiner guten Ratsherren und Bürger lauschen sollte.
Item: Die Heilige Mutter, die Kirche, sollte von Steuern befreit und ihre Einnahmen sollten nicht angetastet werden, es sei denn, die Convocation der Geistlichkeit hätte zugestimmt.
Item: Der König verschwendet seinen Reichtum bei einem sinnlosen Krieg gegen die Schotten und schließt gleichzeitig Augen und Ohren vor den vielfachen Untaten seiner Beamten zu Hause.
Item: Der König sollte die Klauseln der Magna Charta bestätigen und die Privilegien der Universität …‹«

Die Proklamation führte weitere wirkliche oder vorgebliche Mißstände auf, erst der letzte Absatz fiel Corbett wieder besonders ins Auge.

»›Erinnert Euch in Euren Gebeten an den heiligen Simon de Montfort, den Earl of Leicester, der von besagtem König brutal ermordet wurde. Die Maßnahmen des Earls, wie sie hier in der Stadt veröffentlicht wurden, hätten zu einer guten Regierung dieses Reiches geführt. Niedergeschrieben in Sparrow Hall am Feiertag des heiligen Bonaventura, den 15. Juli 1303, zur Bekanntgabe in der Stadt und Universität Oxford, unterzeichnet: The Bellman of Oxford.‹«

Corbett betrachtete das Schreiben genau. Das Velinpapier war von guter Qualität mit gerade beschnittenen Rändern. Die Tinte war bläulichviolett, die Buchstaben waren sauber und die einzelnen Sätze deutlich gegeneinander abgehoben. Oben eine gemalte Glocke, sonst nichts, die von einem Nagel durchstoßen war, mit dem die Erklärung an der Tür irgendeiner Kirche befestigt worden war.
Corbett gab das Schreiben an Maeve weiter. Sie las es und schob es dann Ranulf zu.
»Was hat das zu bedeuten?« fragte sie.
»Vor fast vierzig Jahren«, fing Corbett an, »führte Simon de Montfort, der Earl of Leicester, einen Aufruhr gegen den jetzigen König und seinen Vater an. De Montfort war ein brillanter, charismatischer Rädelsführer. Er kümmerte sich nicht weiter um die Adligen, sondern wandte sich an die Ratsherren und Bürger in Städten wie Oxford und London. Er versicherte sich ihrer Unterstützung und der eines Großteils der Geistlichkeit, die ein eigenes Parlament hat, das Convocation heißt. De Montfort war der erste, der die Theorie eines Parlaments vortrug, in dem Nichtadlige und Adlige in verschiedenen Sitzungen zusammenkommen sollten, um dem König Petitionen vorzutragen und sich auf die Besteuerung zu einigen.«
Maeve zuckte mit den Schultern. »Aber das ist doch nur gerecht.« Sie kniff die Augen zusammen. »Hat nicht einer von Edwards Richtern gesagt, daß das, was alle betrifft, von allen gebilligt werden muß?«
»Oh, Edward war damit einverstanden. Er hat diese Idee aufgenommen. Parlamente werden regelmäßig einberufen, obwohl sie nicht die Bedeutung haben, die de Mont-

fort ihnen geben wollte.« Corbett spielte mit dem Krug Ale, den ein Diener ihm eingeschenkt hatte. »Was de Montfort wollte«, fuhr er fort, »war, daß das Parlament den König und alle königlichen Beamten kontrollieren sollte, aber, noch wichtiger, de Montfort wollte auch das Parlament kontrollieren.«

»Aber warum hat der König solche Angst vor so einer Idee von einem Mann, der vor fast vierzig Jahren getötet wurde?« fragte Maeve.

Corbett zuckte mit den Schultern. »Weil de Montfort fast Erfolg gehabt hätte, und wenn das der Fall gewesen wäre ...«

»Und wenn das der Fall gewesen wäre«, unterbrach ihn Ranulf, »wäre de Montfort König geworden und Edward ...«

»... Edward«, beendete Corbett seinen Satz, »wäre auf irgendeinem Castle verschwunden und hätte dort irgendeinen unglücklichen Unfall gehabt. Es hätte eine neue Dynastie gegeben, und dieser Alptraum quält die Krone noch heute!«

. 2 .

Corbett las die Erklärung des Bellman ein weiteres Mal.

»Wie lange sind diese schon im Umlauf?«

»Seit über fünf Monaten«, antwortete Simon. »Anfänglich dachten wir, es sei der verrückte Einfall eines Gelehrten. Dann versuchte der Rat des Königs, die Sache unter den Teppich zu kehren, aber die Erklärungen tauchten immer häufiger auf. Der König schrieb an den Rektor John Copsale, der sich im Antwortschreiben für unschuldig erklärte. Vor einem Monat wurde Copsale, der über fünfzig war, tot im Bett aufgefunden. Der Arzt meinte, er sei eines natürlichen Todes gestorben, aber seither ist der Bellman rachsüchtiger geworden.«

»Und wie stehen die Dinge in Sparrow Hall jetzt?«

»Wie in jedem College, Sir Hugh, Spannungen, Rivalitäten, kleinliche Eifersüchteleien. Lady Mathilda wünscht sich weiterreichende königliche Privilegien, die Gelehrten finden die Braoses unerträglich. Ihnen gefällt der Name des College nicht, und sie würden ihn gerne zusammen mit den Statuten ändern, die von Braose bei der Gründung des College niedergelegt wurden.«

»Warum?«

»Sparrow Hall wird als eine königliche Gründung angesehen, errichtet auf dem Blut des Mannes, de Montfort, den viele heute als einen Heiligen betrachten. Copsale hielt es für wichtig, daß Sparrow Hall unabhängiger werden würde, besonders da sich die Colleges in Oxford alle ihrer Geschichte und Unabhängigkeit rühmen.«

»Stammte de Montfort aus Oxford?« fragte Maeve.

»De Montfort hatte an der Universität viele Anhänger«, antwortete Corbett, »sowohl unter Lehrern als auch Studenten. Was aber wichtiger ist, der Earl rekrutierte hier auch Truppen für seinen Bürgerkrieg. Er hielt ebenfalls einen großen Rat in der Stadt ab, in der er die ›Oxforder Erklärung‹ veröffentlichte, die die Übernahme des königlichen Rats und der Regierung vorsah.«

»Und natürlich«, meinte Ranulf noch, »ist Oxford der Schlüssel zum Königtum. Hierher kommen Gelehrte aus dem ganzen Reich und aus dem Ausland. Der Hochverrat des Bellman ist wie die Pest. Die Sache könnte sich ausweiten und zu erneuten Unruhen führen.«

»Und das kann der König nicht gebrauchen«, warf Simon ein. »Die Steuern sind hoch, und die königlichen Hoflieferanten ziehen überall Lebensmittel ein. Die Earls wollen zu ihren Herrenhäusern zurück. Das Feuer könnte schnell aufflammen.« Simon deutete auf die Erklärung. »Ich habe einen ganzen Sack davon. Diese lasse ich Euch hier. Aber ehe Ihr noch danach fragt, Sir Hugh, es gibt keine Anhaltspunkte, ob der Verfasser ein Lehrer oder Gelehrter in Sparrow Hall ist. Natürlich hat der König seine Richter dorthin geschickt – aber was sollten die schon erreichen? Die Lehrer und Gelehrten beteuerten ihre Unschuld und fühlten sich nur schikaniert.«

»Warum schließt der König Sparrow Hall nicht einfach?« fragte Maeve.

»Oh, das würde dem Bellman erst recht gefallen«, antwortete Corbett. »Dann würde sowohl die gesamte Universität als auch die Stadt sehen, daß der König seine Niederlage eingesteht. Das wäre äußerst peinlich. Sparrow Hall ist von Lord Henry Braose gegründet worden, einem der wichtigsten Heerführer Edwards, der mit Entschiedenheit gegen de Montfort gekämpft hat. Braose erhielt einige der Ländereien des toten Earls und auch einen Teil seines Vermögens, mit dem er in Oxford, in der Nähe des St. Michael's Northgate, einige Gebäude errichtete – das College und, wenn ich mich recht erinnere, auf der anderen Seite der Gasse das Wohnhaus der Lehrer, ein großes fünfstöckiges Gebäude mit Gärten und Innenhöfen.«

»Wenn Sparrow Hall geschlossen würde«, Simon trommelte mit den Fingern auf den Tisch, »hätte der Bellman wirklich etwas zu lachen. Viele meinen, daß auf Sparrow Hall ein Fluch liegt, da sein Fundament mit dem Blut des sogenannten Großen Earl befleckt ist. Sie sagen sogar, daß dort ein Geist umgeht, der auf Rache aus ist.«

»Wer sind die Lehrer?« fragte Corbett.

»Alfred Tripham ist der Konrektor. Bis zu Aschams und Copsales Tod gab es acht Lehrer. Jetzt hat Tripham zusammen mit fünf anderen die Leitung, mit Leonard Appleston, Aylric Churchley, Peter Langton, Bernard Barnett und Richard Norreys, der Vorstand des Wohnheims ist. Henry Braoses jüngere Schwester Lady Mathilda hat ebenfalls ein Zimmer im College.«

»Das ist ungewöhnlich, daß eine Frau Wohnrecht in einem Oxforder College haben kann.«

»Lady Mathilda«, entgegnete Simon, »ist eine gute Freundin des Königs. Ständig sendet sie Bittschriften an die

Krone, ihrem toten Bruder größere Anerkennung zuteil werden zu lassen und Mittel bereitzustellen, um das College zu vergrößern.« Simon verzog das Gesicht. »Aber die Finanzen sind erschöpft, das Schatzamt ist ausgeblutet.«

»Und niemand in Sparrow Hall weiß etwas über den Bellman oder Copsales Tod?«

»Nein.«

»Und Ascham?« fragte Corbett.

»Er war der Bibliothekar und Archivar«, antwortete Simon. »Ein guter Freund des Gründers. Vor fünf Tagen ging Ascham spät am Nachmittag in die Bibliothek. Er verriegelte und versperrte die Tür. Das Fenster war bereits mit Läden verschlossen. Er entzündete eine Kerze, aber wir wissen nicht, ob er arbeitete oder nach etwas suchte. Als er nicht wieder im Speisesaal auftauchte, machte sich der Schatzmeister William Passerel auf die Suche nach ihm.« Simon zuckte mit den Schultern. »Die Tür wurde gewaltsam geöffnet, und Ascham wurde mit einem Armbrustbolzen in der Brust in einer Blutlache gefunden. Aber er war nicht sofort gestorben.«

Der Beamte schob seinen Hocker zurück, öffnete seinen Beutel und reichte ein Stück Pergament über den Tisch. Corbett rollte es auf.

»›Der Bellman fürchtet weder König noch königliche Beamte‹«, las er laut. »›Der Bellman wird die Wahrheit verkünden, und alle werden sie hören.‹«

Diese Nachricht war in derselben Schrift wie die Proklamation niedergeschrieben.

»Dreht es um«, sagte Simon.

Corbett tat das und sah seltsame Symbole, die mit Blut

geschrieben waren. »P A S S E R …« Es waren einzelne Buchstaben.

»Offensichtlich«, erklärte Simon, »schrieb Ascham das sterbend mit seinem eigenen Blut.«

»Aber das ist doch der Name des Schatzmeisters des College, den Ihr erwähnt habt?«

»Ja. William Passerel«, erwiderte Simon. »Doch gegen ihn können wir nichts unternehmen. Den größten Teil des Tages, an dem Ascham starb, war Passerel in Abingdon in Geschäften. Er kehrte zurück, ging sofort in den Speisesaal und beschloß dann, nach Ascham zu suchen, mit dem er befreundet war.«

»Und die Bibliothek war verschlossen?« fragte Corbett.

»Die Tür zum Gang war versperrt und außerdem noch von innen verriegelt. Das Fenster zum Garten war mit Fensterläden verschlossen. Es gibt keine weiteren Zugänge.«

»Und doch«, sagte Corbett und betrachtete den Pergamentfetzen, »konnte jemand Ascham nicht nur erschießen, sondern auch dieses Stück Pergament zurücklassen? Und der Schatzmeister Passerel läuft immer noch frei herum?«

»O ja, gegen ihn liegt nichts vor. Passerel kann beweisen, daß er in Abingdon war. Die Diener bezeugen außerdem, daß er nach seiner Rückkehr direkt in den Speisesaal ging.« Simon lächelte schief. »Es gibt ein weiteres Problem. Passerel sieht nicht gut. Und außerdem hat er Rheuma in den Fingern. Er hätte die Armbrust gar nicht spannen können. Es gibt auch keine Erklärung, wie er die Bibliothek hätte betreten oder verlassen oder die Fenster und Türen von innen hätte verschließen sollen.«

»Hat der König das mit seinem Rat besprochen?«
»O ja. Edward und seine wichtigsten Gefolgsleute haben Stunden damit zugebracht. Sie haben sogar einen Spion in Sparrow Hall. Ich weiß nicht, wer es ist.« Simon fuhr sich mit der Zunge über die Lippen. »Der König meinte, dieser Spion gebe sich Euch zu erkennen, sobald Ihr in Oxford eintrefft ...«
Corbett schlug mit dem Pergament gegen die Tischkante. »Warum gerade jetzt?« murmelte er. »Warum taucht dieser geheimnisvolle Schreiber, der sich Bellman nennt, gerade jetzt auf und verfaßt und veröffentlicht Proklamationen, in denen er den König angreift? Was will er damit erreichen?« Er schaute Simon an. »Es gibt keine Anzeichen dafür, daß die Feinde des Königs hier oder im Ausland an dieser Sache beteiligt sind?«
Simon schüttelte den Kopf.
»Und die Handschrift?«
»Wie Ihr seht«, antwortete Simon, »handelt es sich um die Schrift eines Schreibers. Diese Proklamationen könnten das Werk von Euch, von mir oder von Ranulf sein.« Er lächelte bekümmert. »Schreiber werden unnachsichtig angehalten, sich der gleichen Handschrift zu bedienen.«
»Keine Drohungen, keine versuchte Erpressung?«
»Nein.«
»Und Ihr glaubt, der Tod von Copsale und Ascham waren das Werk des Bellman?«
»Möglich.« Simon breitete die Hände aus. »Aber es gibt auch Feindseligkeiten unter den Lehrern. Ascham könnte ebenso aus anderen Gründen ermordet worden sein, um seinen Tod dann dem Bellman in die Schuhe zu schieben.«

»Und die Bettler, die ermordet aufgefunden worden sind?«
»Ah, das ist eine Tragödie.« Simon nahm einen Schluck Ale. »Die Leichen werden immer vor den Toren der Stadt gefunden, und die Köpfe sind abgetrennt und hängen an den Haaren an Ästen von irgendwelchen Bäumen. Diese Morde haben aber noch zwei andere Dinge gemeinsam. Die Toten sind alle Männer, alte Bettler, und sie werden immer in der Nähe von Pfaden gefunden, die in die Stadt herein- oder aus ihr hinausführen.«
»Weisen die Leichen irgendwelche Spuren auf?«
»Einer wurde mit dem Pfeil getötet – ebenfalls mit einem Armbrustbolzen, der aus nächster Nähe abgefeuert wurde. Er durchschlug den ganzen Körper. Einem anderen war mit einer Keule oder einem Knüppel der Hinterkopf zerschmettert worden. Zwei weiteren scheint man die Kehle durchgeschnitten zu haben.«
»Und die Männer kamen alle aus dem St. Osyth's Hospital?«
»Ja. Das ist eine barmherzige Stiftung in der Nähe von Carfax, einem Stadtteil von Oxford.«
»Könnten das die Taten eines wahnsinnigen Henkers sein?« fragte Ranulf. »Magier und Hexenmeister treiben sich doch immer in der Nähe von Städten wie Oxford herum?«
»Nein, es gibt davon zwar viele, aber die Leichen waren nicht verstümmelt, und es ist auch kein klares Motiv für die Morde zu erkennen.«
»Besteht eine Verbindung zum Bellman?« fragte Maeve. Die Aufgabe, die ihrem Ehemann anvertraut worden war, faszinierte sie. Sie hatte das sich regende Leben unter

ihrem Herzen und den Plan, mit dem Vogt, der sich ihrer Meinung nach bereicherte, abzurechnen, vergessen.
»Keine«, antwortete Simon. »Außer in dem Fall des alten Soldaten Brakespeare. Etwa zwei Tage bevor seine Leiche gefunden wurde, wurde er gesehen, wie er in der Gasse zwischen der Sparrow Hall und dem Wohnheim bettelte. Das ist jedoch schon alles ...«, er stand auf, »... was ich Euch erzählen kann.« Er schaute auf die Stundenkerze, die in ihrer hölzernen Halterung neben dem Kamin brannte. »Ich muß gehen. Der König erwartet mich in Woodstock.« Seine Stimme bekam etwas Bittendes: »Ihr werdet doch reisen, Sir Hugh, um unser aller willen?«
Corbett nickte. »Ranulf, kümmere dich darum, daß Simon etwas zu essen bekommt und daß sein Pferd bereitgestellt wird.« Er erhob sich und nahm Simons Hand. »Sagt dem König, daß ich ihn in Woodstock aufsuchen werde, wenn diese Sache zu einem Abschluß gekommen ist.«
Corbett setzte sich und wartete, bis Ranulf Simon aus der Halle geführt hatte. Maeve nahm seine Hand.
»Du solltest dorthin reisen«, sagte sie leise. »Eleanor geht es gut. Oxford ist nicht weit, und der König braucht dich.«
Corbett verzog das Gesicht. »Das wird gefährlich werden«, murmelte er. »Das habe ich im Gefühl. Der Bellman, wer immer er ist, ist bösartig. Er verbirgt sich hinter den Bräuchen und Traditionen der Universität und könnte dem König sehr schaden. Er wird alles versuchen, nicht gefaßt zu werden, denn dann steht ihm ein schrecklicher Tod bevor. Edward haßt de Montfort, sein Andenken und alles, was mit ihm zu tun hat.« Er sah seine Frau an. »Vor

zwei Jahren machte während einer Ratssitzung in Windsor irgendein armer Schreiber den Fehler, de Montforts ›Oxforder Erklärung‹ zu erwähnen. Edward hätte ihn fast erwürgt.« Corbett legte seinen Arm um seine Frau und zog sie an sich. »Ich werde reisen«, fuhr er fort, »aber es wird weitere Morde, weiteres Chaos, weitere Seelenqualen und weiteres Blutvergießen geben, bevor diese Sache vorbei ist.«

Corbetts Worte waren prophetisch. Noch während er seine Sachen für Oxford packte, saß William Passerel, der fette Schatzmeister mit dem rötlichen Gesicht, in seiner Schreibstube in Sparrow Hall und versuchte den Lärm unten von der Straße zu überhören. Er warf seine Feder auf den Tisch, legte den Kopf in die Hände und versuchte die Tränen der Angst zurückzudrängen, die ihm in die Augen stiegen.

»Warum?« flüsterte er. »Warum nur mußte Ascham sterben? Wer hat ihn umgebracht?«

Passerel seufzte und lehnte sich auf seinem Stuhl zurück. Oh, warum? Oh, warum? schrie es in ihm. Warum hatte Ascham seinen Namen beziehungsweise den Anfang davon auf dieses Pergament geschrieben? An dem Tag, an dem Ascham ermordet worden war, war er in Abingdon gewesen. Er war nur wenig früher zurückgekehrt. Jetzt klagte man ihn an, den Mann ermordet zu haben, den er als einen Bruder angesehen hatte. Passerel starrte auf das Kruzifix, das oben an der weißgetünchten Wand hing.

»Ich habe es nicht getan, Herr!« betete er. »Ich bin unschuldig!«

Das geschnitzte Antlitz des Erlösers schaute blind auf ihn herab. Passerel hörte, wie der Tumult auf der Straße zunahm. Er ging zum Fenster und spähte hinaus. Eine Gruppe Gelehrter, die meisten von ihnen aus den Grafschaften von Wales, hatte sich unten zusammengedrängt. Passerel erkannte viele von ihnen. Einige trugen Umhänge mit einem aufgenähten Spatzen, dem Wahrzeichen des College. Ihr Anführer, David ap Thomas, ein großer, blonder, stämmiger junger Mann, war damit beschäftigt, ihnen mit den Händen fuchtelnd einen Vortrag zu halten. Selbst der blinde Bettler, der sonst mit seiner Bettlerschale am Anfang der Gasse stand, hatte seine feuchten und schmutzigen Lumpen enger um die Schultern gezogen und war näher gekommen, um zu lauschen.

Passerel versuchte die Fassung wiederzugewinnen. Er kehrte zu der Liste über Aschams persönliche Habe zurück, die er gerade aufstellte: ein scharlachroter Umhang mit Ärmeln mit Schottenmuster, grüne Kissen, Seidenborten, große silberbeschlagene Trinkgefäße aus Maserholz, goldene Manschettenknöpfe, mit Silberfäden durchwirkte Roben, Untertassen, Teller, Bernsteinperlen und Breviere. Eine Weile arbeitete er weiter, obwohl ihn der zunehmende Tumult auf der Straße ablenkte. Der Lärm ging jedoch in höhnische Rufe und Schreie über, und er hörte seinen Namen.

Verstohlen begab er sich zum Fenster und schaute hinaus. Ihm wurde das Herz schwer, und Schweißperlen bildeten sich auf seiner Stirn. Aus der Menge war ein wütender Mob geworden. Sie riefen und schrien und schüttelten drohend die Fäuste. Ihr Anführer David ap Thomas, der die Hände in die Seiten gestemmt hatte, entdeckte Passerel, welcher aus dem Fenster lugte.

»Da ist er!« schrie er, und seine Stimme dröhnte wie eine Glocke. »Aschams Meuchelmörder, Passerel, der Lügner! Passerel, der Mörder!«

Die anderen wiederholten seine Worte. Dreck und Unrat wurden gegen das Fenster geschleudert. Ein Ziegel durchschlug die Bleiglasscheibe. Passerel jammerte und zog seinen Umhang enger um sich. Er zuckte zusammen, als die Tür aufgerissen wurde. Leonard Appleston, Lehrer der Theologie des College, stürzte herein. Sein eckiges, sonnengebräuntes Gesicht war aschfahl, und seine Lippen waren angstvoll zusammengepreßt.

»William, um Gottes willen!« Er packte den Schatzmeister am Arm. »Du mußt fliehen!«

»Wohin?« Passerels Hände zitterten.

»In die Kirche, ins Kirchenasyl«, antwortete Appleston und zog den Schatzmeister an sich heran. »Nimm die Hintertreppe, schnell. Geh!«

Passerel blickte sich in seinem Zimmer um und auf seine Bücher und geliebten Handschriften. Er, der Gelehrte, war gezwungen, wie eine Ratte durch ein Abflußrohr zu fliehen. Er hatte keine Wahl. Appleston stieß ihn bereits aus dem Zimmer und den Gang entlang. Auf der Treppe sahen sie Lady Mathilda Braose. Ihr dünnes, giftiges Gesicht war voller Angst. Neben ihr ging der taubstumme Master Moth, der ihr wie ein Hund überallhin folgte. Sie rief etwas, aber Appleston stieß Passerel an ihr vorbei. Der Schatzmeister, dem die Angst Beine gemacht hatte, eilte durch die Küche und die Spülküche und auf eine nach Urin stinkende Gasse. Eine räudige Katze näherte sich ihm und machte einen Buckel. Passerel schlug nach ihr und schaute durch die Tür zurück. Dort stand Appleston und drängte ihn, weiterzugehen.

»Warum sollte ich fliehen?« Passerels Unterlippe bebte. »Warum sollte ich?« schrie er.

Er hörte ein Geräusch am Ende der Gasse und schaute auf. Vor Angst wurde ihm ganz übel. Eine Gruppe Studenten hatte sich dort versammelt. Passerel hoffte, daß sie ihn bei dem schlechten Licht nicht sehen würden. Er preßte sich an die Mauer, schloß die Augen und betete zur heiligen Anne, seiner Schutzheiligen.

»Dort ist er!« rief eine Stimme. »Passerel, der Mörder!«

Der Schatzmeister flüchtete die Gasse entlang. An ihrem Ende blieb er stehen. Wohin sollte er fliehen? Die Bocardo Lane entlang? Vielleicht konnte er das Castle erreichen? Er hörte das Geräusch laufender Schritte und änderte die Richtung. Er rannte so schnell er konnte, drängte sich an Studenten und Kaufleuten vorbei und stieß einige Kinder um, die mit einer aufgeblasenen Schweineblase spielten. Er atmete erleichtert auf, als er das Kirchhoftor der St. Michael's Church vor sich sah. Hinter ihm erschollen Vorwärts-Rufe. Die allgemeine Verfolgung wurde aufgenommen. Er dachte schon, er hätte seine Verfolger überlistet, da sauste ein Erdklumpen an seinem Kopf vorbei. Passerel eilte über den Friedhof und sprang durch das Portal der Kirche. Er warf die Tür hinter sich zu und legte den Riegel vor.

»Was wollt Ihr?« fragte eine singende Frauenstimme.

Schweißgebadet spähte Passerel ins Dunkel. Er bemerkte

einen Lichtschein, der durch einen Spalt in einer hölzernen Trennwand über der Tür fiel. Erst meinte er einen Geist vernommen zu haben, bis ihm klar wurde, daß es sich um die Zelle einer Anachoretin handelte, die sich direkt über dem Hauptportal befand. Passerel hörte von draußen Rufe und Schläge gegen die Tür.

»Ich suche Asyl!« sagte er atemlos.

»Dann läutet die Glocke zu Eurer Linken«, befahl ihm die Anachoretin. »Beeilt Euch! Die Kirche hat einen Seiteneingang. Sie können Euch den Weg abschneiden!«

Passerel tastete im Dunkeln und zog an einem Seil. Über ihm begann laut wie die Posaunen des Jüngsten Gerichts eine Glocke zu läuten.

»Lauft!« rief die Anachoretin.

Passerel mußte sich das nicht zweimal sagen lassen. Er rannte den Mittelgang entlang und wäre beinahe auf dem glatten Kalksteinboden ausgerutscht. Er erreichte den niedrigen Lettner aus massivem Eichenholz, stolperte durch den Eingang ins Allerheiligste und klammerte sich am Altar fest. Die Glocke, an deren Seil er so heftig gezogen hatte, läutete immer noch. Passerel kauerte schluchzend wie ein Kind in der Dunkelheit. Er schaute auf das rote Lämpchen, eine Kerze in einer roten Glasschale, die auf einem Bord unterhalb der silbernen Pyxis mit der Hostie stand. Die Seitentür flog krachend auf. Passerel wimmerte vor Angst.

»Was wollt Ihr? Was sucht Ihr hier?«

Passerel kniff die Augen zusammen. Eine Gestalt mit Kapuze stand im Durchgang durch den Lettner. Ein Span wurde entzündet, und auf das Allerheiligste fiel das Licht einer Kerze. Das Gesicht über der Kerze war sanft mit widerspenstigem, borstigem Haar, traurigen Augen und den Falten des Alters. Passerel seufzte erleichtert, als er Pater Vincent, den Priester der St. Michael's Church, erkannte.

»Ich suche Asyl«, wimmerte Passerel.

»Für welches Verbrechen?«

»Keines«, antwortete Passerel. »Ich bin unschuldig.«

»Alle Menschen sind vor Gott unschuldig«, erwiderte der Geistliche. Er entzündete eine Kerze auf dem Altar sowie zwei weitere große Kerzen auf dem Meßopfertisch neben dem Lavabo. »Steht auf! Steht auf!« befahl ihm Pater Vincent. »Hier seid Ihr in Sicherheit!«

Passerel erhob sich und versuchte das Zittern seiner Knie zu unterdrücken.

»Ich bin Master William Passerel«, verkündete er, »der Schatzmeister von Sparrow Hall. Sie klagen mich des Mordes am Archivar Robert Ascham an.«

»Ah!« Der Geistliche kam näher. Er hob eine Hand, um die ein glänzender schwarzer Rosenkranz gewickelt war. »Ich habe von Robert Aschams Tod und von dem des Rektors Sir John Copsale gehört. Das waren beide gute Menschen.«

»Kein Mensch ist gut!« rief hinten aus der Kirche die Anachoretin.

»Nur ruhig, Magdalena!« entgegnete der Priester. »Sir John Copsale bedachte immer großzügig unseren Opferstock. Ich habe von Aschams Tod gehört und von den Taten des Bellman.«

Die Stimme des Geistlichen hallte wie jedes andere Geräusch in der Kirche wider – es war also kaum verwunderlich, daß die Anachoretin sie hören konnte.

»Der Bellman ist hierhergekommen!« sagte Magdalena mit dröhnender Stimme. »Er hat seine Proklamation an das Portal der Kirche geheftet, jawohl, das hat er. Er kam mit kleinen Augen wie eine Maus und zusammengepreßten Lippen angekrochen. Ein Kobold!«

»Ruhig, ruhig!« Der Priester legte Passerel eine Hand auf die Schulter. »Die Verfolger sind fort. Ich habe die Glocke gehört und bin nach draußen gegangen. Alles Schläger. Angeber und Hohlköpfe machen immer den meisten Lärm.« Er lächelte. »Ich habe sie von Gottes Acker gewiesen. Sie hatten kein Recht, hier gewalttätig aufzutreten, aber sie halten an der Kirchhofpforte und um den Friedhof herum Wache. Wenn Ihr von hier fortgeht, werden sie Euch umbringen.« Der Priester schüttelte den Kopf. »Das passierte mit dem letzten, der sich hierhergeflüchtet hat. Er kam und ging wie ein Dieb in der Nacht. In der Hog Lane haben sie ihn erwischt und ihm den Kopf abgeschlagen.«

Passerel stöhnte vor Angst.

»Hier seid Ihr jedoch sicher«, fuhr der Priester freundlich fort. »Schaut.« Er nahm Passerel am Arm und führte ihn zu einer Nische in der Wand. »Dies hier ist der Platz für das Kirchenasyl. Ich werde ein Kissen, ein paar Decken, Wein, Brot und Käse bringen. Ihr könnt vierzig Tage lang hierbleiben.« Er bemerkte, daß Passerel sich an den Bauch langte. »Falls Ihr Euch erleichtern müßt, nehmt die Seitentür. Neben einem der Gräber ist eine Abflußrinne. Achtet aber darauf, wo Ihr hintretet.« Er kicherte.

»Fallt nicht hinein, und nehmt auch kein Nachtlicht mit.«

Passerel setzte sich in die Nische. Der Geistliche tapste davon. Wenig später kam er mit einem schadhaften Zinnkelch, einem Krug verdünntem Wein, einem Stück Brot, einigen Streifen gedörrtem Speck, Käse und zwei kleinen, ziemlich harten Weißbroten zurück. Passerel aß hungrig und lauschte den launigen Bemerkungen des Geistlichen, als dieser mit einigen aufgerollten Decken wiederkehrte, die nach Pferdeurin rochen.

»Hier!« Pater Vincent machte einen Schritt nach hinten und bewunderte sein Werk. »Achtet darauf, daß Ihr das Allerheiligste sauberhaltet.« Er deutete auf die rote, flackernde Lampe. »Der Herr sieht Euch, und die Heilige Mutter Kirche beschützt Euch. Ich werde Euch morgen vor der Frühmesse die Beichte abnehmen, und Ihr könnt dann mein Meßdiener sein. Morgen werde ich eine Predigt halten. Eine sehr gute, über die Gefahren des Reichtums.«

»Was soll es dem Menschen nützen«, erscholl Magdalenas Stimme den Mittelgang entlang, »die ganze Welt zu gewinnen, aber doch Schaden zu nehmen an seiner Seele.«

»Richtig, richtig.« Der Priester begann, die Kerzen zu löschen. »Ich lasse eine brennen.« Er beugte sich vor und nahm Passerels Hand. »Gute Nacht, Bruder.«

Pater Vincent ging unter dem Lettner hindurch. Passerel hörte, wie sich die Seitentür hinter ihm schloß, und lehnte sich seufzend zurück. Was soll ich tun? fragte er sich. Alfred Tripham, der Konrektor, würde ihm doch sicher helfen, oder? Er würde den Sheriff um Beistand bitten. Passerel kaute auf seiner Unterlippe. Trotzdem, sein Leben war vorbei. Er war mit seinen Büchern und Handschriften und mit dem Studium der Abrechnungen in seiner kleinen Geldkammer in Sparrow Hall glücklich gewesen. Jetzt war das alles von einem Augenblick zum nächsten vorbei. Was würde nur mit ihm geschehen? Wenn dieser Unsinn weiterginge, dann würde er vor der Wahl stehen, sich entweder den Gehilfen des Sheriffs zu stellen oder Oxford zu verlassen, zum nächsten Hafen zu wandern und ein Schiff in fremde Lande zu nehmen. Passerel kratzte seine Beine mit ihrer rissigen Haut und kam zu dem Schluß, daß er vermutlich schon zu Tode erschöpft sein würde, ehe er noch das nächste Stadttor erreicht hätte. Und draußen? Diese Studenten würden auf ihn warten.

»Auf die Knie, und bete zu Gott!« dröhnte Magdalenas Stimme in der Kirche. »Bete, daß dir nicht der Prozeß gemacht wird!«

»Halt schon den Mund!« flüsterte Passerel.

Er legte den Kopf in die Hände und versuchte sich auf das Chaos und die Tragödie, mit denen er sich konfrontiert sah, einen Reim zu machen. Er dachte daran, daß Copsale tot im Bett aufgefunden worden war. Der Rektor hatte immer ein schwaches Herz gehabt. War er im Schlaf gestorben? Und Ascham? Passerel erinnerte sich, wie er die Tür der Bibliothek geöffnet und den Archivar in seiner blutgetränkten Robe mit einem Armbrustbolzen in der Brust gefunden hatte. Das Fenster war jedoch mit Läden verschlossen gewesen und die Tür verriegelt. Warum war Ascham ermordet worden? Was hatte sein Gemurmel über die »lieben kleinen Spatzen« oder was immer zu bedeuten gehabt? Was hatte er in den Schriften von de Montforts Anhängern zu finden gehofft, diesem Unsinn, der schon Jahrzehnte alt war? Und was hatte es mit seiner Überzeugung auf sich, daß jemand in Sparrow Hall das Werk des Gründers Henry Braose zerstören wollte?

Passerel nahm die Hände von den Beinen und schaute sich um. Es wurde dunkler. Die einzelne Kerze flackerte. Zugluft drückte sie nieder. In ihrem unsteten Licht war ein grell-buntes Gemälde auf der gegenüberliegenden Wand zu erkennen – eine Gruppe Dämonen, die es wie die Bluthunde auf irgendeine arme Seele abgesehen hatten. Passerel gab das wenig Trost. Er legte sich auf die Steine, stöhnte, weil sie so hart waren, und dachte an sein weiches und hohes Bett. Da hörte er ein Geräusch. Die Seitentür wurde geöffnet. Jemand trat ein. Passerel erstarrte. Leise Sohlen näherten sich dem Allerheiligsten. Passerel saß ganz still und behielt den Durchgang des Lettners im Auge. Er stieß einen Seufzer der Erleichterung aus, als er undeutlich ein Paar Hände bemerkte, die einen Krug Wein und einen Becher abstellten. Ein Freund aus Sparrow Hall? Die Schritte entfernten sich, und die Seitentür wurde leise geschlossen. Passerel stand auf, ging auf den Lettner zu, hob den Krug hoch und roch an ihm. Der Rotwein darin war schwer. Passerel lief das Wasser im Mund zusammen. Er goß den Becher voll und trank hastig.

»Dies ist das Haus Gottes und das Tor des Himmels!« rief die Anachoretin. »Ein Ort des Schreckens!«

Passerel, den der Wein mutiger gemacht hatte, hob den Kopf.

Er wollte gerade den Becher ein zweites Mal füllen, als er

schreckliche Schmerzen im Bauch bekam, als hätte ihm jemand ein Messer in die Därme gestoßen. Passerel schwankte nach vorn, und Krug und Becher fielen ihm aus den Händen. Sie zersprangen auf den Steinen und klangen im verlassenen Kirchenschiff wie Glocken. Passerel hielt sich mit beiden Händen den Bauch. Er öffnete den Mund, um zu schreien, aber verschluckte sich an der Galle in seiner Kehle.

»Es ist schrecklich«, stimmte die Anachoretin an, »wenn die Seele eines Sünders in die Hände des lebendigen Gottes fällt!«

Passerel hatte die Augen weit aufgerissen. Sein Gesicht war schweißgebadet. Er streckte die Hand in Richtung des Lichtes der Anachoretin. Der Schmerz breitete sich in Wellen von seinem Bauch bis zu seiner Kehle aus. William Passerel, ehemals Schatzmeister von Sparrow Hall, schloß die Augen und brach tot vor dem Lettner zusammen.

Während Passerel vor dem Altar der St. Michael's Church sein Leben aushauchte, versuchte der alte Bettler Senex – das war der einzige Name, unter dem er bekannt war – dem Tod zu entkommen, der ihn verfolgte. Er konnte nicht sehr schnell laufen, ein eitriges Geschwür am rechten Schienbein ließ ihn beim Auftreten jedesmal zusammenzucken. Senex schlurfte weiter. Er schwankte blind durch die Dunkelheit, spitzte die Ohren und lauschte auf jeden auch nur so leisen Schritt.

»O bitte!« flüsterte Senex.

Er setzte sich und machte sich, die Arme an die Brust gepreßt, ganz klein. Wenn er hier bliebe, still wie ein

Hund, dann würde man ihn vielleicht nicht finden. Senex erinnerte sich an einen Hasen, der von einem Wiesel auf einem Feld verfolgt worden war. Der Hase war neben einem Grasbüschel erstarrt. Senex schloß die Augen. Er wußte nicht, wie alt er war, und er hatte aufgehört, darüber Mutmaßungen anzustellen. Sein Leben war nie gut gewesen, aber nichts hatte ihn auf das hier vorbereitet. Er hätte nie nach Oxford kommen sollen. Wenn er weiter auf dem Land geblieben wäre, in Scheunen geschlafen und bei den Bauern gebettelt hätte, dann befände er sich jetzt in Sicherheit. Doch der letzte Winter war so streng gewesen, daß Senex nach Oxford gewandert war und den Weg zur St. Osyth's Priory gefunden hatte. Seine Hände und Füße waren mit schmerzenden Frostbeulen und Blasen bedeckt gewesen. Die guten Brüder hatten sich um alle seine Wunden bis auf das Geschwür auf seinem Schienbein gekümmert, denn das hatten sie nicht heilen können. Senex hatte sich an die Stadt gewöhnt, an den aufgeregten Lärm, an die arroganten und angeberischen Studenten und an die Lehrer in ihren pelzverbrämten Roben. Oh, er hatte gut gegessen, an Mittsommer hatte er einen Schilling erhalten, um Konfekt für sich und seine Kameraden im St. Osyth's Hospital zu kaufen. Senex öffnete die Augen und lauschte. Er starrte in die Dunkelheit. Jetzt wünschte er sich nur noch ein Stück Käse und einen Krug Ale. Senex begann zu zittern, als er sich an die geflüsterten Erzählungen über die Insassen erinnerte, die verschwunden waren. Ihre geköpften Leichen waren in einsamen Wäldern gefunden worden. Jetzt wußte er, warum, und fluchte leise. Er dachte an ein Gebet, ein kurzes, das er vor vielen Jahren

gelernt hatte, als er und Margaret, seine ältere Schwester, an den Straßen Brot erbettelt hatten.
Senex winselte wie ein Hund. Margaret war fort. Sie war vor vielen Jahren in einem Straßengraben an einem Fieber gestorben. Er hatte ihre Leiche mit Farn bedeckt. Jetzt war Margaret doch sicher im Himmel und würde ihm helfen? Der arme alte Senex würde keiner Fliege etwas zuleide tun. Der Bettler starrte ins Dunkel. Man hatte ihm gesagt, es sei ein Spiel. Vielleicht würde er ja zum erstenmal in seinem Leben gewinnen? Senex fing an, auf allen vieren nach vorne zu kriechen. Er kehrte den ganzen Weg zurück, den er gekommen war, und tastete sich immer an der schimmligen Mauer entlang. Er kam an eine Ecke. In der Ferne sah er einen Lichtschein, aber da hörte er erneut die Pfeife, leise und doch deutlich, wie ein Mann, der nach seinem Hund pfeift. Senex lauschte angespannt. Lauerte dort jemand? Er drehte sich um und hastete davon, zurück an den Platz, den er eben verlassen hatte. Mit einer Hand stützte er sich dabei an der Sandsteinmauer ab. Irgendeinen Weg nach draußen mußte es doch geben? Er würde sich nicht in die Falle locken lassen wie der alte Brakespeare. Senex blieb stehen und legte einen Finger an die Lippen. Brakespeare war Soldat gewesen, und es hatte ihn trotzdem erwischt! Senex schnupperte. Er nahm schwach die Gerüche aus einer Küche wahr, Speck und Braten. Sein Magen knurrte. Er fuhr sich mit der Zunge über seine trockenen Lippen. Wenn er nur weiterginge, vielleicht wäre er ja dann sicher? Er kam an die Ecke, duckte sich und rannte dann einfach weiter. Beim leisesten Geräusch der Schritte hinter sich erstarrte er. Jemand war ihm dicht

auf den Fersen. Senex kam an eine Mauer, kletterte hinauf und hielt nach einem Fluchtweg Ausschau. Es gab keinen. Er drehte sich um. Er hätte nach rechts gehen sollen! Wieder hörte er die Pfeife. Der Schein einer Laterne wurde immer deutlicher, als die Person, die sie trug, näher kam. Senex hob die Hände.

»Oh, bitte nicht! Bitte nicht!«

Er hörte das Klicken, und bevor er sich noch bewegen konnte, erwischte ihn der Armbrustbolzen voll im Bauch. Senex hockte sich hin und ballte die Fäuste vor Schmerz. Er konnte sich nicht bewegen. Er versuchte vorwärts zu kriechen, da bemerkte er die Stiefel. Er schaute auf, und als er das tat, trennte ihm eine Streitaxt sauber den Kopf ab.

Am nächsten Morgen fand der reisende Geselle Taldo, der auf dem Weg von Oxford nach Banbury war, Senex' Leiche. Sie lag unter einer Steineiche, und von einem der Äste, die über den Weg ragten, hing der abgetrennte Kopf des alten Bettlers.

. 3 .

Taldo eilte nach Oxford zurück, um dem Sheriff von seinem fürchterlichen Fund zu berichten. Am nächsten Tag kamen Sir Hugh Corbett, Ranulf und Maltote in die Stadt. Ein frühmorgendlicher Wolkenbruch hatte die Straßen unter Wasser gesetzt und Rinnsteine und Gassen gesäubert. Der schreckliche Geruch der Müllhaufen wurde so etwas gemildert. Corbett hatte seine Kapuze zurückgeschlagen und ließ sein Pferd einen Weg durch die bevölkerten Straßen der Universitätsstadt suchen. Sie hatten Oxford durch das südliche Tor betreten, aber statt sich gleich zum Castle oder zur Sparrow Hall zu begeben, hatte Corbett Ranulf und Maltote durch die Gassen und über die Nebenwege geführt, damit sie ein Gefühl für die Stadt bekämen. Corbett überfiel eine nostalgische Stimmung. Seit seinem letzten Besuch waren Jahre vergangen. Jetzt brachten ihm Gebäude, Geräusche und Gerüche die wunderbaren Tage seiner Jugend zurück. Eine glückliche und sorgenfreie Zeit. Damals hatte Corbett in schäbigen Zimmern gewohnt und sich mit den anderen Studenten und Gelehrten in den kahlen Räumen der Colleges gedrängt, um Vorlesungen der Professoren in Rhetorik, Logik, Theologie und Philosophie zu hören.

Corbett kam seine Rückkehr unheimlich vor. Trotz der Jahre, die vergangen waren, schien nichts verändert zu sein. Bauern aus der Umgebung von Oxford versuchten sich mit ihren großrädrigen Karren und tropfnassen Packpferden, die mit Waren für die Märkte der Stadt beladen waren, einen Weg zu bahnen. Sie ritten an den offenen Türen heruntergekommener Wohnhäuser vorbei, und Corbett sah Kinder und alte Frauen, die sich ihre Knie am Herdfeuer wärmten. In der Dunkelheit brannten schwache Lampen. Die Häuser drängten sich zu beiden Seiten der Straße zusammen, unterbrochen von Gassen und Wegen, die nach den Regenfällen noch naß und glatt waren.

Trotzdem waren die Straßen wie immer in Oxford voll von Menschen. Kaufleute in pelzverbrämten Roben bewegten sich zielstrebig in ihren hohen marokkanischen Lederstiefeln. Diener schritten vor ihnen her, um schreiende Kinder und bellende Hunde zu vertreiben. Franziskaner, Dominikaner und Karmeliter waren auf dem Weg zu ihren Klöstern, einige in frommer Stille, andere laut plappernd wie Elstern. An einer Ecke stand ein Karren mit Unrat und Schmutz aus Abflußrinnen, den man als Pranger zweckentfremdet hatte. Ein Mann, der fehlerhaftes Tuch verkauft hatte, stand bis zur Hüfte im Dreck, andere Händler, die von einem Gericht für schuldig befunden worden waren, verdorbenes Fleisch oder schadhafte Waren verkauft oder gegen die von den Marktschreiern festgesetzten Preise verstoßen zu haben, waren an den Karrenrädern festgebunden. Daneben stand ein Hundefänger, der auf seinem Wagen einen Käfig voller kämpfender und schnappender Köter hatte und gerade eine magere Promenadenmischung aufgriff. Er wurde von einer Gruppe schmutziger Kinder beschimpft, die behaupteten, der

Hund gehöre ihnen. Der Hundefänger, dessen gelbliches Gesicht rot vor Wut war, beschimpfte sie ebenfalls.
Corbett seufzte, stieg ab und befahl Ranulf und Maltote, das auch zu tun. Sie nahmen eine Abkürzung zur Eel Pie Lane, die auf die High Road führte. Hier stieß Corbett auf eine Gruppe Gelehrter, Spaßvögel, Angeber, Witzbolde und Schelme von der Universität, die ihre schon etwas verschlissenen, aber besten Kleider angelegt hatten, die Kandidaten in kurzen Umhängen und die Studenten in zerrissenen Strümpfen und schäbigen Jacken. Verschiedene Dialekte und Sprachen waren zu hören, als die Studenten aus den Colleges oder Vorlesungssälen auf die Straße strömten. Wie in einer eigenen Welt, schrien und sangen die Gelehrten, schubsten sich gegenseitig und beachteten die guten Bürger der Stadt überhaupt nicht. Diese gingen leise schimpfend an den Gelehrten vorbei und schauten sie nur verächtlich an. Hier und dort waren Professoren und Dozenten zu sehen, die wie die Gänse stolzierten. Auf dem Kopf trugen sie wollene, mit Seide gefütterte Hüte, die von ihrem Status und ihrer Wichtigkeit kündeten. Hinter ihnen kamen Gelehrte, die betteln mußten, und junge Männer, die die Gebühren nicht zahlen konnten. Diese trugen die Bücher und das andere Gepäck der hohen Herren. Büttel und Aufsichten, die an der Universität für Disziplin sorgten, kamen mit ihren Knüppeln, die eine Spitze aus Blei hatten, ebenfalls vorbei. Bei ihrem Anblick verstummten die Studenten, obwohl sie sich im übrigen ihre gute Laune und Ausgelassenheit nicht verderben ließen.
Corbett hielt inne, wickelte sich die Zügel um die Hand

und schaute in beide Richtungen die High Street entlang. Hier hatte sich vieles verändert. Auf beiden Seiten gab es mehr Häuser. Sie standen so dicht, daß ihre Giebel zusammenstießen und den Himmel verdunkelten. Zwischen den großen Häusern befanden sich die Hütten der ärmeren Leute, die mit vom Regen vollkommen durchnäßten Binsen, Stroh oder Schindeln gedeckt waren. Die Marktstände hatten jetzt nach dem Wolkenbruch wieder geöffnet, und die Geschäfte gingen gut. Corbett wurde vorwärts gedrängt und bewegte sich weiter. Hinter ihm zog Ranulf stöhnend einen Stiefel aus dem knöcheltiefen Schmutz. Er schaute mitleidig auf die Kinder, die trotz des Wetters in dem Schlamm spielten, der ihnen bis an die Knie reichte. Ranulf unterdrückte einen Fluch. Er hätte seinen Unmut gerne an Corbett ausgelassen, der gleichmütig vor ihm herging, aber der Lärm wurde immer ohrenbetäubender. Corbett wandte sich unvermittelt nach links und ging eine schmutzige Gasse entlang. Hier war es ruhiger. Er führte sie in den Innenhof der Red Lattice Tavern und seufzte zufrieden. Seine Zügel warf er einem säuerlichen Pferdeknecht zu, der ihnen entgegenkam und leise fluchte, daß diese Neuankömmlinge seine Ruhe störten.

»Etwas zu essen und zu trinken«, murmelte Ranulf und strich sich über den Magen, »würde mein Innenleben sehr zufriedenstellen.«

»Einen Schluck Wein«, entgegnete Corbett. Er beachtete Ranulfs finsteren Blick nicht weiter, als er seine beiden Gefährten in die muffige Schankstube führte. Sie standen schweigend und trinkend neben der Tür und kehrten dann zurück auf die Straße.

»Was machen wir hier?« Ranulf trat neben Corbett. »Wohin gehen wir?«

»Ich möchte euch die Stadt zeigen«, antwortete Corbett. »Ich möchte, daß ihr ein Gefühl für sie kriegt.« Er blieb stehen und gab seinen Gefährten ein Zeichen, näher zu kommen. »Oxford ist eine Welt für sich«, erklärte er, »eine Stadt, die aus kleinen Dörfern besteht, den Colleges eben. Jedes hat eigenen Grund mit Werkstätten, Schmieden und Ställen.« Er deutete die Straße entlang. Ranulfs und Maltotes Blick fiel auf ein großes eisenbeschlagenes Tor in einer hohen Mauer. »Das ist Eagle Hall, und es gibt zahlreiche weitere. Jedes College hat seine eigenen Privilegien und Traditionen und seine eigene Geschichte. Die Studenten kommen aus Frankreich, Hainault, Spanien, den deutschen Fürstentümern und noch weiter aus dem Osten. Die einzelnen Colleges haben nichts füreinander übrig. Die Universität haßt die Stadt, die Stadt verabscheut die Universität. Überall herrscht Gewalt, alle haben ein Messer griffbereit. Gelegentlich muß man fliehen, und«, fügte er nachdenklich hinzu, »daß man weiß, in welche Richtung man fliehen muß, kann einem das Leben retten.«

»Aber Ihr seid doch der Bevollmächtigte des Königs«, meinte Maltote und strich seinem Pferd über die Nüstern. »Sie werden doch wohl den Anordnungen des Königs gehorchen?«

»Nichts könnte ihnen gleichgültiger sein«, erwiderte Corbett.

»Wenn wir jetzt angegriffen würden, wer würde uns dann zu Hilfe eilen? Oder sich später als Zeuge melden?« Er versetzte Ranulf einen freundschaftlichen Stoß in die

Rippen. »Laß deine Kapuze auf, halte den Kopf gesenkt, und komme mit deiner Hand deinem Dolch nicht zu nahe.«

Sie gingen die High Street entlang und traten beiseite, als das Portal einer Kirche geöffnet wurde. Gelehrte in schäbigen Wappenröcken, die von Schnüren und Lederriemen zusammengehalten wurden, kamen aus der Mittagsmesse. Wie Ranulf flüsternd meinte, schien der Gottesdienst bei ihnen nicht viel ausgerichtet zu haben. Sie stießen und schubsten sich gegenseitig, brüllten heiser, und einige von ihnen grölten sogar gotteslästerliche Parodien der eben gesungenen Hymnen. Trotz der Nässe und der sich drängenden Menge bestand Corbett darauf, seinen beiden Gefährten den Aufbau der Stadt zu erklären. Schließlich gingen sie vorsichtig an den offenen Kloaken von Carfax und an der Swindlestock Tavern vorbei und auf die Great Bailey Street, die zum Castle führte.

»Warum gehen wir dorthin?« fragte Maltote. »Ich dachte, unser Ziel sei Sparrow Hall?«

»Wir müssen erst den Sheriff aufsuchen«, erklärte Corbett über die Schulter. »Sir Walter Bullock.« Er grinste. »Das bereits ist ein Erlebnis. Bullock ist so reizbar wie ein halbverhungerter Hund.«

Sie überquerten den Festungsgraben, der kaum mehr war als eine schmale Rinne. Sein Wasser war von einem schwarzen Schleim bedeckt, auf dem direkt unterhalb der Zugbrücke ein aufgeblähter Katzenkadaver schwamm. Eine Wache in einem schmutzigen Lederwams lehnte unter dem Fallgitter gegen die Mauer. Schwert und Schild lagen neben ihm. Er schaute kaum auf, als sie den inneren

Burghof betraten. Auf dem Hof war einiges los. Eine Gruppe Bogenschützen schoß gut gelaunt auf Tonnen. Ein paar zerlumpte Kinder, die mit Holzschwertern bewaffnet waren, versuchten eine kreischende Gans zu bekämpfen. Frauen standen um den Brunnen herum und schlugen Kleidungsstücke auf die Seiten von großen Bottichen, die sie als Waschzuber benutzten. Niemand beachtete die Neuankömmlinge außer einem Reliquienhändler, der, in grell-bunte Lumpen gehüllt, damit beschäftigt war, seine Waren anzupreisen. Jetzt kam er mit einem Stück Holz in der Hand auf sie zu.

»Kauft ein Stück des Wacholderbuschs.« Er stieß Ranulf das geschwärzte Holzstück förmlich ins Gesicht.

»Warum?« fragte Ranulf.

Der Bursche öffnete den Mund und stellte dabei eine Reihe fürchterlich verfaulter Zähne zur Schau. »Weil gerade dieser Busch«, flüsterte er, »das Jesuskind beschützt hat, als seine Mutter Maria es vor der Wut des Pilatus nach Ägypten gerettet hat.«

»Ich dachte, das sei Herodes gewesen?« entgegnete Ranulf.

»Ja, aber Pilatus half ihm«, brabbelte der Reliquienverkäufer.

Ranulf nahm das Holzstück und betrachtete es aufmerksam.

»Das kann ich nicht kaufen«, sagte er. »Das ist kein Wacholder, das ist Esche!«

Der Schurke öffnete den Mund und schloß ihn wieder. »Gott segne Euch, Herr. Ich war mir selbst nicht ganz im klaren. Seid Ihr Euch sicher?«

»Absolut«, antwortete Ranulf und gab das Holzstück zurück.

»Dann ist es also das«, flüsterte der Reliquienverkäufer, drehte sich um und ging zu einer Gruppe von Küchenburschen hinüber. »Kauft ein Stück Esche!« rief er. »Der Baum, an dem sich Judas aufgehängt hat!«

Corbett grinste. Er wollte Ranulf gerade fragen, wie er Wacholder und Esche unterscheiden könne, da stieß ihm jemand in den Rücken, und er drehte sich um.

»Was wollt Ihr?« Der Sergeant musterte Corbett von Kopf bis Fuß. »Was wollt Ihr?« sagte er noch einmal. »Und wo habt Ihr diese Pferde her?«

Ranulf trat zwischen seinen Herren und den Sergeanten und schaute in das unrasierte und schmutzige Gesicht des Mannes.

»Wir wollen zum Sheriff«, antwortete Ranulf. »Sir Walter Bullock. Das hier ist Sir Hugh Corbett, der Bevollmächtigte des Königs und Hüter des Geheimsiegels.«

Der Sergeant räusperte sich und spuckte aus. »Von mir aus könnte er vom Heiligen Vater persönlich kommen!«

Er rief einem Stallburschen zu, die Pferde zu versorgen, dann schnippte er mit den Fingern und meinte zu Corbett und seinen Gefährten, sie sollten ihm folgen.

Sir Walter saß in seiner Kammer über dem Torhaus, ein kahler Raum, in dem farbige Tücher wie angefressene Banner an der Wand hingen. Der fette, schon etwas kahlköpfige Sheriff aß gerade Aal aus einer Schale, und neben ihm auf einem Tablett lagen mehrere Äpfel und ein Stück Käse. Bullock war klein und stämmig und in Wams, Kniehosen und ein Hemd gekleidet. Sein Schwertgürtel und seine ledernen Reitstiefel lagen neben ihm auf dem strohbedeckten Fußboden. Der Sergeant führte Corbett und seine Gefährten in das Zimmer und schlug die Tür hinter ihnen zu. Der Sheriff hob sein glattrasiertes Gesicht, das glänzte wie eine Messingschale.

»Was wollt Ihr?« fragte er mit vollem Mund.

»Das wollte dieser Idiot da unten auch von mir wissen«, antwortete Ranulf.

Bullock setzte sich zurück und nickte in Richtung des Schießschartenfensters.

»Wenn das groß genug wäre, würdet Ihr diesen Ausgang nehmen!«

Corbett seufzte und zog aus seiner Tasche das Siegel des Königs und warf es auf den Tisch. Bullock schluckte runter, was er im Mund hatte, und nahm es in die Hand.

»Ihr wißt, was das ist, Master Bollock?« fragte Ranulf höhnisch.

»Ich heiße Bullock.« Der Sheriff stieß seinen Hocker zurück und stand auf. Dann leckte er sich die Finger und wischte sie an einer schmutzigen Serviette ab. Schließlich baute er sich, die Hände in die Seiten gestemmt, vor Ranulf auf. »Ich heiße Bullock«, sagte er noch einmal, »und wißt Ihr auch, warum, Sir? Weil ich wie ein Bulle bin – kräftig, unberechenbar und übellaunig.« Er stieß Ranulf in den Magen. »Ihr seht mir wie eine Kämpfernatur aus, aber das interessiert mich nicht. Ich habe mir schon größere Sachen aus der Nase gezogen!« Abrupt drehte er sich mit ausgestreckter Hand nach Corbett um. »Tut mir leid, Sir Hugh. Wenn der König Euch angekündigt hätte, hätten wir Euch erwartet.«

Corbett nahm die Hand des Sheriffs. Er bemerkte, daß der Mann dunkle Ringe der Erschöpfung um die Augen hatte. »Ihr seht müde aus, Sheriff.«

Sir Walter deutete auf eine Bank an der Wand. »Würde ich mich hinlegen, Sir Hugh, würde ich nicht mehr hochkommen. Wünscht Ihr Wein? Etwas zu essen?« Er schaute Ranulf hinterhältig an. »Vielleicht einen Eimer Wasser als Abkühlung nach dem weiten und heißen Ritt?«

Ranulf grinste diesen kleinen Streithammel von Mann an. »Sir Walter, ich entschuldige mich.«

Der Sheriff schüttelte Ranulfs Hand und stocherte dann in den Zähnen. »Das hier würde ich wirklich gerne für das Leben eines Soldaten eintauschen!« Er wartete, bis sich Corbett gesetzt hatte, zog seinen Hocker heran und zählte dann an seinen breiten Fingern ab, was ihn bedrückte: »Der König ist in Woodstock und läßt mir keine Ruhe. Das Parlament ist nach Westminster einberufen. Ich habe die Anweisung, dafür zu sorgen, daß der richtige Mann gewählt wird. Irgendein Scharlatan verkauft Rattenzähne an Kinder. Die Garnison ist schon seit vier Monaten nicht mehr bezahlt worden, und die Lebensmittel gehen mir aus. Im Bocardo«, meinte er noch – so hieß das Stadtgefängnis – »sitzen drei Verbrecher, die hängen werden, ehe die Sonne untergeht. Eine Magd in der Chequers Tavern wurde mit Gewalt gefügig gemacht. Außerdem habe ich einen eitrigen Pickel am Hintern, habe zwei Nächte lang nicht geschlafen, und die Verwandtschaft meiner Frau hat sich angekündigt und will bis zum Michaelitag bleiben.« Er rümpfte die Nase. »Und das sind nur die Kleinigkeiten.«

Corbett lächelte. Er kramte in seinem Beutel und reichte ihm zwei Goldmünzen.
»Ich lasse mich nicht bestechen, Sir Hugh.«
»Das ist keine Bestechung«, entgegnete Corbett. »Das ist Euer Lohn. Ich werde mit dem Schatzamt abrechnen.«
Die Münzen waren im Handumdrehen verschwunden.
»Und der Bellman?« fragte Corbett.
»Keine Ahnung, wer das ist«, antwortete der Sheriff. »Ich weiß nur, daß immer wieder eine seiner Erklärungen am Portal von irgendeiner Kirche oder irgendeinem College auftaucht.«
»Habt Ihr nicht in Evesham für de Montfort gekämpft?« fragte Corbett unvermittelt.
Bullock schaute weg. »Doch«, sagte er wie zu sich selbst. »Ich war jung, voller Ideale und dumm genug, um noch an Träume zu glauben. Jetzt, Sir Hugh, bin ich in Krieg und Frieden ein Mann des Königs. Ich bin kein Verräter. Ich weiß nicht, wer der Bellman ist oder wo er herkommt. Natürlich habe ich bei diesen Hohlköpfen in Sparrow Hall meine Nachforschungen angestellt, aber ich könnte genausogut quer über einen Kirchhof pfeifen, als von ihnen eine Antwort zu erwarten!«
»Und die Leichen in der Umgebung von Oxford?«
Bullock zuckte mit den Schultern. »Ich weiß nicht mehr als Ihr, Sir Hugh. Arme Teufel, die Köpfe abgetrennt und mit den eigenen Haaren an einem Baum festgebunden. Ich habe meine Männer losgeschickt. Sie haben die Wälder und Wiesen abgesucht. Irgend etwas geht da vor.« Er hielt inne und kratzte sich an einem Muttermal auf der rechten Wange. »Oxford ist ein seltsamer Ort, Sir Hugh. In den

Kirchen singen sie das ›Salve Regina‹ und verehren den Leib Christi, aber nachts in den Schenken löst der Wein alle Hemmungen, und sie feiern Orgien. Jenseits der Mauern, an einsamen Stellen, nun, um es kurz zu machen, an der Straße nach Banbury haben meine Männer mit einem Förster gesprochen. Er hat sie zu einer versteckten Lichtung geführt. Dort ist ein großer Felsen, den der Teufel selbst aus der Hölle geworfen haben muß. Jemand hatte ihn als Altar benutzt. Es fanden sich Spuren eines Feuers und Blutflecken, und in den Ästen eines Baums hing ein Tierschädel.«

»Zauberer?« fragte Corbett.

»Zauberer, Hexenmeister und Hexen.« Bullock verzog das Gesicht. »Sonst nichts. Die Bauern aus der Gegend sind unschuldig. Sie haben weder die Zeit noch die Kraft für solchen Unsinn.«

»Und Ihr denkt, daß das mit diesen Morden zu tun hat?«

»Möglich.« Bullock wischte sich mit dem Handrücken über den Mund. »Ich würde den Mörder gerne finden. Ich hoffe, es ist so ein Laffe von Student. Übrigens hat man uns heute morgen eine weitere Leiche gebracht. Ein alter Mann und schlichtes Gemüt, hieß Senex. Er wurde so gefunden wie die anderen.« Bullock lächelte grimmig. »Eine Ausnahme allerdings – der alte Mann hatte die Hände zu Fäusten geballt. Als ich ihm mit Gewalt die Finger öffnete, fand ich Straßenschmutz, Steine und, was wichtiger ist, einen Knopf.«

»Einen Knopf?« erkundigte sich Ranulf.

»Ja, aus Metall, mit dem Relief eines Spatzen, dem Wappen von Sparrow Hall. Außerdem«, fuhr Bullock fort,

»werden diese Knöpfe, wie Ihr wißt, Sir Hugh, nur von den Professoren oder von bestimmten reichen Gelehrten an ihren Umhängen getragen. Die meisten anderen können sich nichts Besseres als Sackleinwand leisten.«

»Was meint Ihr also?« fragte Corbett.

Bullock erhob sich. »Meiner Ansicht nach gibt es in Sparrow Hall einen Geheimbund von Zauberern, die dem Herrn der Galgen gehorchen. Die Morde an diesen alten Männern müssen mit irgendwelchen abscheulichen Praktiken zu tun haben, aber ich habe dafür keinerlei Beweis oder Anhaltspunkt. Der alte Mann hat den Knopf vielleicht aufgelesen, als er verfolgt wurde, oder er hat ihn im Todeskampf jemandem vom Mantel gerissen. Das ist jedoch nicht die einzige Leiche, mit der wir es heute morgen zu tun haben.« Bullock nahm einen Schluck aus seinem Weinkelch. »Gestern abend wurde kurz vor der Abendmesse William Passerel, der Schatzmeister, von einem Mob Studenten aus Sparrow Hall verjagt. Alle wissen, daß Ascham, der von jedermann geschätzt wurde, den Anfang von Passerels Namen auf ein Stück Pergament schrieb, ehe er in der Bibliothek starb. Passerel mußte flüchten und suchte in der St. Michael's Church Schutz. Pater Vincent, der Gemeindepfarrer, bot ihm Kirchenasyl an und gab ihm zu essen und zu trinken. Der Mob verlief sich, aber etwas später kam jemand in die Kirche und ließ einen Krug Wein und einen Becher vor der Tür des Lettners stehen. Passerel trank den Wein, der mit Gift versetzt war. Er starb fast sofort.«

»Wie wollt Ihr das wissen?« fragte Corbett.

»In der St. Michael's Church lebt eine Anachoretin, eine

verrückte Alte, die Magdalena heißt. Sie sah diese Person, einen bloßen Schatten, in die Kirche schleichen. Dann bemerkte sie, wie Passerel trank, und hörte unmittelbar darauf seinen Todesschrei.« Bullock ging zur Tür. »Kommt, ich bringe Euch in die Leichenkammer!«

Sie begaben sich nach unten, durch das Torhaus und über den immer noch sehr belebten Innenhof. Dann stiegen sie eine lange enge Treppe hinunter, die in die Keller und zu den Kerkern der Burg führte. Hier war es stockdunkel. Ab und zu warfen Fackeln einen flackernden Lichtkegel. Anschließend liefen sie einen feuchten und muffigen Gang entlang und zu einem Raum hinter einer Biegung an dessen Ende. Bullock stieß die Tür auf, und ein übler Geruch schlug ihnen entgegen. Fauliges und durchnäßtes Stroh bedeckte den Boden. Die dicken Talgkerzen und stinkenden Öllampen, die auf einem Wandbord standen, gaben dem gewölbten Raum etwas Unheimliches. Als Corbetts Augen sich an das Dunkel gewöhnt hatten, konnte er zwei Tische erkennen, wie man sie in Schlachthäusern fand. Auf beiden lag ein Leichnam. Einer war mit einem Laken bedeckt, nur die Füße ragten heraus, der andere war bis auf ein Lendentuch nackt. Der Mann, der sich über sie beugte, war wie ein Mönch in eine Kutte mit Kapuze gekleidet. Er schaute nicht auf, als sie eintraten, sondern fuhr fort, das Gesicht des Toten mit einem Tuch abzutupfen.

»Guten Tag, Hamell!«

Der Mann drehte sich um, nahm die Kapuze ab und lehnte sich gegen den Tisch. Sein Gesicht war gelb wie das der Leichen und lang wie das eines Pferdes. Er ließ den Mund offenstehen. Seine Oberlippe war von einem borstigen Schnurrbart bedeckt, der ungleichmäßig geschnitten war. Mit verquollenen traurigen Augen schaute er den Sheriff an.

»Das ist Hamell, der Castle-Quacksalber.«

»Und ein Schluckspecht obendrein«, flüsterte Ranulf.

»Ich bin nicht betrunken.« Hamell schwankte auf sie zu. »Ich mußte mich nur stärken. Das hier ist wirklich ekelhaft.« Corbett bemerkte, daß er nach Ale stank. »Wollt Ihr die Leiche mitnehmen?«

»Das ist der Bevollmächtigte des Königs«, erklärte Bullock.

»Oh, der Herr stehe uns bei!« lallte Hamell. »Dann will der König etwa die Leiche?« Er schwankte mit seinem nassen Lappen wieder auf den Toten zu. »Mausetot, zweifellos.«

»Und die Todesursache?« fragte Corbett und trat hinter ihn.

»Ich bin kein Arzt«, stammelte Hamell.

Er deutete auf die roten Kratzer auf Bauch, Brust und Hals des Mannes. Das Gesicht hatte einen bläulichen Schimmer. Die Augen waren weit aufgerissen, der Mund war halb offen, und die geschwollene Zunge trat zwischen den Lippen hervor.

»Er hat eine tödliche Dosis Digitalis zu sich genommen«, erklärte Hamell. »Ich habe schon früher solche Fälle gesehen – Leute, die das versehentlich getan hatten.« Er gab Corbett ein Zeichen, sich neben ihn an den Tisch zu stellen. »Aber das Gesicht und die geschwollene Zunge ...«, er zeigte auf die verfärbten Hautpartien, »... bedeuten, daß er eine ganze Menge davon getrunken hat. Das passiert leicht«, meinte er noch. »Besonders, wenn die Tollkirsche mit einem schweren Wein gemischt wird.«

»Und es gibt keine weiteren Verletzungen«, fragte Corbett, »oder Verfärbungen?«

»Einige Kratzer«, meinte Hamell.

»Und die andere Leiche?« wollte Corbett wissen.

Hamell drehte sich um und schlug das Laken zurück. Corbett zuckte zusammen. Ranulf fluchte, und Maltote übergab sich umgehend in der Ecke. Senex' Leiche war mattweiß wie der Bauch eines etwas vergammelten Schellfisches. Es war jedoch der Kopf, der von seinem blutigen Hals getrennt war und unter einem seiner Arme lag, der das Bild so grausig machte.

»Ich habe ihn noch nicht wieder angenäht«, erklärte Hamell fröhlich. »Ich tue das immer.«

Bullock hielt sich eine Hand vor den Mund und wendete sich ebenfalls ab.

»Sieh zu, daß du es diesmal ordentlich machst«, knurrte er. »Letztesmal warst du so betrunken, daß du den Kopf falsch herum angenäht hast!«

Corbett schaute auf den verstümmelten Hals und auf das dunkle, geronnene Blut, das dort klebte, und sah, daß es sich um einen einzigen, sehr kräftigen Hieb einer scharfen Axt gehandelt haben mußte.

»Deckt ihn wieder zu!« befahl er.

Hamell gehorchte.

»Was wurde in seinen Händen gefunden?«

Der Quacksalber deutete auf den Rand des Tisches. Corbett nahm eine Kerze und betrachtete eingehend die

schmutzigen Kiesel. Dann nahm er den Messingknopf, auf dem ganz deutlich ein Spatz zu erkennen war.
»Kann ich den behalten?« fragte er.
Bullock nickte. Corbett untersuchte Senex' Hände, die kalten, rissigen Finger und die schmutzigen, eingerissenen Nägel. Er bemerkte, daß die rechte Handfläche viel schmutziger war als die linke. Dann betrachtete er die Knie und registrierte, daß diese ebenfalls dreckig waren.
»Er muß gekrochen sein«, erklärte Corbett. »Er hat auf der Erde oder im Dreck gekniet. Sein Mörder stand über ihn gebeugt. Er hat mit der Axt ausgeholt und dabei vermutlich den Knopf verloren. Der arme Senex hat ihn wahrscheinlich in die Finger bekommen, als die Axt auf ihn niederging.« Corbett legte den Knopf in seinen Beutel. »Wie auch immer, das mag Gott wissen. Sheriff, ich habe genug gesehen!«
Sie verließen das Gewölbe. Maltote hatte sich wieder beruhigt, obwohl er immer noch aschfahl war. Sie gingen zurück in den Innenhof der Burg. Der Sergeant, der sich mit Corbett angelegt hatte, wartete auf sie.
»Ihr habt noch mehr Gäste, Sir Walter, aus Sparrow Hall. Der Konrektor Master Tripham und ein paar andere sind gekommen, um Passerels Leiche zu holen.« Der Soldat deutete auf einen Karren, der neben dem Tor stand.
»Wo sind die Besucher?«
»Ich habe sie in die Räume beim Torhaus geführt.«
Sir Walter rieb sich die Augen. »Kommt, Sir Hugh.«
Drei Personen warteten auf sie. Alfred Tripham, der Konrektor, saß auf einer Bank und machte sich nicht die

Mühe, aufzustehen, als der Sheriff und Corbett das Zimmer betraten. Er war groß und hatte ein abweisendes, glattrasiertes Gesicht unter vollem silbergrauem Haar. Tiefe Falten umgaben seine dünnen Lippen. Er trug einen kostbaren dunkelblauen Umhang. Seine Kapuze und seinen Umhang zierten die Seidenborten der Professoren. Lady Mathilda Braose saß auf dem Hocker des Sheriffs. Sie war klein und stämmig, und ihr stahlgraues Haar sowie ihr alltägliches Gesicht waren von einem dunklen Schleier bedeckt. Über einem am Hals hochgeschlossenen burgunderroten Kleid trug sie einen grauen Umhang. Sie hatte glänzende braune Augen, die jedoch von dunklen Ringen umgeben wurden. Ihre Lippen waren mürrisch zusammengepreßt, was ihrem bläßlichen Gesicht einen höhnischen und arroganten Ausdruck verlieh. Richard Norreys, der die Anwesenden einander vorstellte, war wesentlich umgänglicher und erfreulicher. Er hatte ein rundes Gesicht und trug einen gepflegten Schnurr- und Backenbart. Sein rotes Haar war bereits angegraut. Er hatte einen festen Händedruck und eine überaus verbindliche Art.

»Wir haben hier gewartet, Sir Walter«, erklärte er mit einem singenden Akzent, »weil man uns gesagt hat, daß Ihr bald zurück sein würdet. Aber wenn wir gewußt hätten, daß Ihr so erlauchte Gäste habt …« Norreys' etwas vorstehende blaue Augen leuchteten. Er fuhr sich mit der Zungenspitze über die Lippen, als er darüber nachdachte, was er weiter sagen sollte.

»Oh, hört schon auf zu kriechen, Norreys!« Lady Mathilda schob den Teller mit den Aalen weg. »Sir Walter, wir sind gekommen, um Passerels Leiche zu holen. Er hat ein ehrloses Ende genommen, und wir wollen ihm wenigstens ein ehrenvolles Begräbnis geben.«

Bullock antwortete nicht, sondern nahm den Teller mit den Aalen, lehnte sich gegen die Wand und begann zu essen. Er beachtete Tripham nicht weiter, und Corbett hatte den Eindruck, daß die beiden ein sehr schlechtes Verhältnis hatten. Lady Mathilda sah Corbett von der Seite an. Für Ranulf und Maltote, die hinter ihm standen, hatte sie nur Verachtung übrig.

»Ihr seid also Corbett, der Bevollmächtigte des Königs?«

Sir Hugh verbeugte sich. »Allerdings, Lady.«

»Ich habe von Euch gehört, Corbett«, fuhr sie fort, »und von Eurer langen Nase, mit der Ihr überall herumschnüffelt. Der Spürhund des Königs ist also nach Oxford gekommen, um in diesem Unrat hier herumzuwühlen.«

»Nein, Madam«, mischte sich Ranulf eilig ein. »Wir sind nach Oxford gekommen, um den Bellman zu stellen, einen zum Tode verurteilten Verräter. Wir wollen ihn nach London bringen, damit er dort bei den Ulmen am Tyburn gehängt, gerädert und gevierteilt werden kann.«

»Ist das so, Rotschopf?« flüsterte Lady Mathilda spöttisch. »Ihr werdet also den Bellman fangen und hängen.« Sie schnippte mit den Fingern. »Einfach so?«

»Nein, Madam«, erwiderte Corbett. »Wie Ihr sagt, werde ich ihn unter dem Müll hervorgraben wie auch den Meuchelmörder, der für den Tod von Ascham und Passerel verantwortlich ist, und vielleicht auch den kaltblütigen Killer der Bettler.«

»Was meint Ihr damit?« Tripham erhob sich. »Wollt Ihr

damit sagen, daß es sich dabei um ein und denselben handelt?«

»Er ist ein guter Spürhund.« Sir Walter grinste und schob sich ein Stück Brot in den Mund. »Er hat bereits etwas im Müll herumgewühlt.«

»Lady Mathilda! Lady Mathilda! Master Tripham!« Master Norreys trat fuchtelnd vor. Dann besann er sich und wischte die Handflächen an seinem wollenen Umhang ab. »Sir Hugh ist der Bevollmächtigte des Königs«, fuhr er fort. »Wir sind uns bereits einmal begegnet, Sir.« Er trat an Corbett heran. »Ich war mit der Armee des Königs in Wales.«

Corbett schüttelte den Kopf. »Sir, das waren viele, und außerdem ist es so lange her.«

»Ich weiß, ich weiß.« Norreys schob den Ärmel seines Umhangs zurück und zeigte ihnen einen Handgelenkschutz aus Leder. »Ich war Späher«, erklärte er.

Corbett nickte.

»Jetzt bevölkern die Waliser Sparrow Hall«, ergriff Tripham nun das Wort. Er zwang sich zu einem Lächeln, als wollte er sich für seine bisherigen schlechten Manieren entschuldigen. »Sir Hugh, was immer Ihr denken mögt, Ihr seid sehr willkommen. Der König hat angeordnet, daß wir Euch Gastfreundschaft gewähren. Richard Norreys steht unserem Gästehaus vor. Er wird dafür sorgen, daß Ihr gut untergebracht seid und gut verpflegt werdet.« Er zog seine Robe enger um seine schmalen Schultern. »Heute abend sollt Ihr unser Gast in Sparrow Hall sein, Sir Hugh. Unsere Köche sind nach französischer Art ausgebildet. Master Norreys, Ihr dürft Euch uns ebenfalls anschließen.« Er blies seine Wangen auf und wandte sich dann an Sir Walter, der immer noch gegen die Wand lehnte. »Sir, Ihr habt Passerels Leiche?«

Der Sheriff kaute langsam weiter. Er stellte den Teller zurück auf den Tisch, leckte sich die Finger ab und nickte Corbett zu. Er wollte Tripham gerade aus dem Zimmer führen, da klopfte es. Der junge Mann, der eintrat, hatte eine gesunde Gesichtsfarbe und schwarzes, sorgsam geöltes Haar, das hinten zusammengebunden war. Er war wie ein gewöhnlicher Student gekleidet, in eine braune, wollene Weste, und Beinkleider derselben Farbe, die in Stiefeln steckten. Am Gürtel trug er in einem Ring einen Dolch. An seinem Gesicht war nichts Außergewöhnliches, abgesehen von seinen Augen. Diese leuchteten und waren gleichzeitig abwartend und ängstlich, bis ihm Lady Braose ein Zeichen gab, vorzutreten. Er näherte sich ihr wie ein Schoßhündchen und stellte sich hinter sie. Corbett sah Lady Mathilda neugierig zu, die dem jungen Mann Zeichen gab. Dieser nickte und gestikulierte ebenfalls. Lady Mathildas Züge wurden nachsichtig und erinnerten Corbett an die einer Mutter, die sich mit ihrem Lieblingskind unterhält.

»Das ist mein Knappe«, erklärte sie stolz. »Master Moth.« Sie lächelte Corbett an. »Es tut mir leid, daß ich so taktlos war, Sir, aber immer wenn Master Moth nicht bei mir ist ...«, sie schaute zum Sheriff hinüber, »... dann mache ich mir Sorgen um ihn.« Sie tätschelte Master Moth die Hand. »Er ist taubstumm, hat keine Zunge und kann weder lesen noch schreiben. Eine Waise, ein Findelkind, das bei Sparrow Hall ausgesetzt wurde. Er ist der Sohn, den ich immer gerne gehabt hätte, aber nicht haben konnte.« Sie wandte sich erneut an ihn und machte weitere Zeichen. Der junge Mann antwortete und deutete dann aufs Fenster. »Sheriff«, sagte Lady Mathilda schroff, »es ist Zeit, daß wir aufbrechen, sonst verschwindet unser Karren noch ohne uns! Sir Hugh?« Sie erhob sich. »Ihr seid doch heute abend unser Gast?«

Corbett nickte.

»Ich vermute, daß dann auch die Befragung beginnt?«

»Ja, Madam.«

Lady Mathilda nahm Moth beim Arm und hinkte auf die Tür zu.

»Kommt schon, Sheriff«, meinte sie kurz angebunden. »Ihr wollt uns lossein, und wir wollen nicht bleiben.«

Sir Walter verabschiedete sich von Corbett und folgte ihr. Dann rief er über seine Schulter zurück, daß Corbett wisse, wo er zu finden sei, falls es Fragen gäbe. Corbett wartete, bis ihre Schritte in der Ferne verhallten.

»Ziemlicher Schlamassel, was, Ranulf?« fragte er. »Haß und Abneigung überall.«

»Liebt überhaupt jemand in Oxford jemand anderen, Sir Hugh?«

Corbett lächelte gezwungen und ging zum Fenster. Er schaute auf den Burghof hinunter und sah Sir Walter und sein Gefolge, die gerade auf dem Weg zum Leichengewölbe waren, während Lady Braose gerade Moth losschickte, den Karren zu holen.

»Das kommt mir seltsam vor«, murmelte er. »Ist dir das aufgefallen, Ranulf? Der Schatzmeister von Sparrow Hall wird von einem Mob Studenten verfolgt und ist gezwungen, Schutz in einer Kirche zu suchen. Dort wird er später vergiftet, aber niemand fragt, warum. Niemand trauert. Natürlich sind sie gekommen, um die Leiche zu holen, aber sie haben sich benommen, als wollten sie nur ein vergessenes Gepäckstück auflesen. Warum ist das so?«

»Vielleicht mochte Passerel niemand?«

»Das glaube ich nicht«, Corbett fuhr sich mit der Zungenspitze über die Lippen und bemerkte, wie hungrig und durstig er war. »Kommt, laßt uns in einer Schenke frühstücken und dann ins Gästehaus gehen, um zu sehen, was uns dort erwartet.«

»Ihr habt Eure eigene Frage noch nicht beantwortet, Herr?«

Corbett hielt mit der Hand auf der Türklinke inne.

»Ich wette ein Faß Wein gegen ein Faß Malvasier, daß man Passerel früher oder später als den Mörder, vielleicht sogar den Bellman hinstellen wird. Wenn wir dumm genug sind, das zu schlucken, dann wird der Bellman nicht wieder in Erscheinung treten, bis wir Oxford verlassen haben.«

· 4 ·

Zwei Stunden später, Regenwolken ballten sich zusammen, trafen Corbett und seine Gefährten in der Sparrow Hall in der Pilchard Lane ein. Das College war ein hübsches dreistöckiges Gebäude aus gelbem Sandstein mit grauem Schieferdach. Über dem prächtigen Hauptportal befand sich ein großes Erkerfenster. Die anderen Fenster waren breit und rechteckig und hatten eine bunte Bleiverglasung.

Das Wohnheim auf der anderen Seite der Gasse war wesentlich schlichter. Offensichtlich hatte der Gründer drei vierstöckige Wohnhäuser gekauft mit dem Sockelgeschoß aus Ziegeln und den oberen Stockwerken aus Fachwerk und diese Gebäude behelfsmäßig durch Laubengänge verbunden. Auch die Fassade war bei weitem nicht so luxuriös wie beim College, einige der Fenster waren mit Fensterläden verschlossen, andere hatten Scheiben aus Horn.

Corbett, Ranulf und Maltote gingen durch eine Seitengasse in den Hinterhof, dessen schadhaftes Pflaster mit Schmutz bedeckt war. Hier waren die Ställe, die Schmiede und die Vorratsräume. Studenten in unterschiedlichster Kleidung lehnten in den offenen Türen. Ein Stallknecht nahm ihnen ihre Pferde ab. Als Corbett abstieg, wurden die Studenten neugierig, steckten die Köpfe zusammen und flüsterten. Ein Ziegel sauste über sie hinweg, und eine

Stimme mit einem walisischen Akzent rief: »Die Spürhunde des Königs sind da!«

Ranulf legte eine Hand auf seinen Dolch. Im Hof wurde es still. Weitere Studenten waren ins Freie getreten. Ein großer und stämmiger junger Mann strich sich seine Mähne aus seinem geröteten Gesicht und kam auf sie zu. Er trug die Kleider der Studenten, die ihren Unterhalt selbst bezahlen – enge Beinkleider, weiche Lederstiefel und über einem Umhang, der nur bis knapp über den vorstehenden Hosenbeutel reichte, ein weißes Hemd aus Kambrik. An einem breiten Ledergürtel hingen, durch Ringe geschoben, ein Schwert und ein Dolch. Er schlenderte heran, und die anderen folgten ihm.

Der Stallbursche führte eilig die Pferde weg, und die Studenten umringten Corbett und seine Gefährten.

»Ein schöner Tag«, sagte Corbett und warf seinen Umhang zurück, damit die Studenten sein Schwert sehen konnten. »Solltet Ihr nicht bei Euren Studien sein? Die niederen Künste, die höheren Künste, die Grammatik und die Logik? Um den unsterblichen Aristoteles zu zitieren: ›Die Wahrheit suchen und Gutes tun.‹«

Der Anführer der Studenten blieb verblüfft stehen. Er hätte gerne etwas Unverschämtes zurückgegeben, aber Corbett drohte ihm mit dem Finger.

»Ihr habt Euer Abc-Buch nicht gründlich genug studiert, Sir.«

»Das stimmt«, erwiderte der junge Mann träge. Seine Stimme verriet einen weichen walisischen Akzent. »Wir wurden die ganze Zeit durch das ständige Kommen und Gehen der neugierigen Beamten des Königs gestört.«

»In diesem Fall«, Ranulf erhob die Stimme und trat vor, »wäre es vielleicht angebracht, wenn Ihr Euch uns anschließen würdet, um diese Sache vor Ihrer königlichen Hoheit in Woodstock zu erörtern.«
»Edward von England interessiert mich nicht«, entgegnete der Bursche und drehte sich grinsend zu seinen Gefährten um. »Llewellyn und David sind unsere Prinzen.«
»Das ist Hochverrat«, erwiderte Ranulf.
Der Anführer der Studenten trat einen Schritt vor. »Ich heiße David ap Thomas«, verkündete er finster. »Was ist los, Schreiber, habt Ihr etwas gegen die Waliser?«
»Ich liebe sie«, meinte Corbett und legte Ranulf eine Hand auf die Schulter, um ihn zurückzuhalten. »Ich bin mit Lady Maeve ap Llewellyn verheiratet. Ihr Uncle Morgan ist dadurch mit mir verwandt. Ja, ich habe gegen die Waliser gekämpft, aber sie waren richtige Kämpfer, keine Schwätzer.«
Der Student sah ihn überrascht an.
»Jetzt«, fuhr Corbett fort, »macht Ihr mir entweder den Weg frei, Sir, oder ...«
»Laßt ihn, ap Thomas!« rief jemand.
Richard Norreys drängte sich durch die Menge. Die Studenten gingen ihres Weges, aber nicht etwa, weil Norreys auf der Bildfläche erschienen war, sondern weil Corbett für sich in Anspruch nehmen konnte, mit einer der führenden Familien in Südwales verwandt zu sein. Unter Entschuldigungen führte Norreys Corbett und seine Gefährten über den Hof in den Aufenthaltsraum im Untergeschoß des Wohnheims. Die Diele war ziemlich schmutzig, ihre weißgekalkte Wand fleckig, aber der Wohnraum

war gemütlich. Der Fußboden aus Sandsteinquadern war geschrubbt, und Gobelins, Wappenschilder und Waffen hingen an den Wänden. Norreys wies sie zu einem Tisch und gab einem Diener ein Zeichen, Weißwein und gebrannte Mandeln zu bringen.

»Ich muß mich wirklich für ap Thomas entschuldigen.« Sein Atem ging schwer, als er sich neben Corbett an den Tisch setzte. »Er ist von walisischem Adel und spielt gerne den Maulhelden.«

»Sind hier viele Waliser?« fragte Ranulf.

»Eine ganze Menge«, antwortete Norreys. »Als Henry Braose das College gründete und dieses Gästehaus kaufte, wurde in der Stiftungsurkunde besondere Rücksicht auf Studenten aus den Grafschaften Südwales genommen.« Norreys lächelte. »Braose hatte ein schlechtes Gewissen wegen der Waliser, die er umgebracht hatte ... aber haben wir das nicht alle, Sir Hugh?«

Eine Weile sprachen sie über die Feldzüge des Königs nach Wales. Norreys erinnerte sich an die nebligen Täler, die heimtückischen Moore, die plötzlichen Angriffe und die lautlosen walisischen Krieger, die sich nachts in das Lager des Königs schlichen, um Kehlen durch- oder ganze Köpfe abzuschneiden.

»Habt Ihr dort lange gedient?« fragte Corbett.

»Ja, einige Zeit«, entgegnete Norreys. Er breitete die Hände aus. »Deswegen wurde ich hier auch bevorzugt behandelt, in Anerkennung für geleistete Dienste.« Er schaute auf die Kerze, die in einer Nische neben dem Kamin brannte. »Aber kommt, Sir Hugh, man erwartet uns um sieben im College, und Tripham ist Pünktlichkeit überaus

wichtig.« Er erhob sich. »Ich habe Zimmer für Euch«, fuhr er fort, »zwei Stück im zweiten Stock.«
Er ging vor ihnen her eine Holztreppe hinauf. Immer wieder mußte er stehenbleiben, da ihm Studenten mit ihren Büchern in den Händen und Taschen über den Schultern eilig entgegenkamen.
»Die Nachmittagsvorlesungen«, erklärte Norreys. Dann erzählte er, wie Braose dieses große Haus mit allen Nebengebäuden und Kellern gekauft und es in ein Wohnheim und Gästehaus verwandelt hatte.
»O ja, wir haben hier alles«, sagte er stolz. »Dachkammern für die Studenten, die selbst zahlen, Schlafsäle für die anderen und Zimmer für die Magister, jedenfalls für die, die sie sich leisten können.« Er bemerkte, daß Maltote unter den schweren Satteltaschen zu schwitzen begann. »Wir sind gleich da.«
Der Korridor im zweiten Stock war dunkel und feucht, die Wände waren stockfleckig. Er öffnete die Türen von zwei Zimmern, die so spartanisch eingerichtet waren wie Klosterzellen. In dem ersten standen zwei Rollbetten, in dem zweiten, Corbetts, lag nur eine Matratze auf dem Fußboden. Es gab allerdings auch einen Tisch, einen Stuhl, eine Truhe, zwei Kerzenhalter und an der Wand ein Kruzifix.
»Das ist alles, was wir bieten können«, murmelte Norreys. Er sah Corbett beschämt an. »Sir Hugh, Ihr seid hier nicht wirklich willkommen, das müßt Ihr wissen.« Er beeilte sich fortzufahren: »Falls es kalt wird, kann ich Euch Kohlenbecken heraufbringen lassen. Und dann solltet Ihr um Gottes willen mit den Kerzen aufpassen. Wir haben fürchterliche Angst vor einem Feuer. Das Refekto-

rium und die Schenkstube liegen im Erdgeschoß, obwohl Tripham Euch vermutlich einladen wird, im College zu speisen.«

»Könnten wir etwas Wasser bekommen?« fragte Corbett. »Meine Gefährten und ich würden uns gerne waschen.«

Norreys nickte und ging.

Murrend und leise fluchend machten es sich Ranulf und Maltote so bequem wie möglich. Corbett legte das wenige, was er mit sich führte, in eine kleine, etwas ramponierte Truhe unter dem schießschartenbreiten Fenster. Die Tasche mit seinen Dokumenten und Schreibutensilien versteckte er unter dem Kopfende seiner Matratze und ging dann zu Ranulf und Maltote hinüber. Bei ihrem Anblick mußte er grinsen. Maltote war bereits auf seinem Bett fest eingeschlafen. Ranulf hockte neben ihm und starrte finster an die Wand.

»Sag bloß nicht, daß du dich nach Leighton zurücksehnst«, spottete Corbett.

»Jetzt weiß ich auch, warum Ihr gesagt habt, daß wir keine Wertsachen mitnehmen sollen«, erwiderte Ranulf, ohne den Kopf zu bewegen.

»In Oxford«, entgegnete Corbett, »sind die Studenten keine Diebe, sondern eher Elstern. Wenn sie etwas brauchen, dann nehmen sie es einfach. Ich beendete mein erstes Sommersemester in anderen Kleidern als denen, in denen ich es begonnen hatte.«

Ein Diener brachte zwei Zinnschüsseln und Wasserkannen. Corbett ging in sein eigenes Zimmer zurück. Er wusch sich Gesicht und Hände und legte sich einen Moment hin. Er war fast eingeschlafen, als er von dem unangenehmen Klingeln einer Glocke geweckt wurde. Er stand auf, legte seinen Schwertgürtel um und beschloß, sich das Gästehaus etwas näher anzusehen. Das verwinkelte Gebäude erinnerte Corbett an den Irrgarten von Königin Eleanor in Winchester. Korridore, Laubengänge und Treppen führten zu Zimmern, Schreibstuben und Lagerräumen – wirklich ein beachtliches Labyrinth. Alles war unsauber und stank nach Öllampen und Kohl. Er begab sich ins Refektorium hinunter, einen langen weißgekalkten Saal mit Tischen und Bänken die Wände entlang. Hier saßen ein paar Studenten, die laut stritten, wieder andere lagen auf ein paar Binsen in der Ecke und schliefen. Ein Diener kam auf Corbett zu und fragte ihn, ob er etwas zu trinken wünsche, aber dieser lehnte ab. Er ging einen Gang entlang, blieb vor einer imposanten eisenbeschlagenen Tür stehen und drückte die Klinke, aber die Tür war verschlossen.

»Kann ich Euch helfen?« Norreys kam mit einem klirrenden Schlüsselbund in der Hand angelaufen.

»Ich bin fasziniert von Eurem Gästehaus, Master Norreys. Ein beeindruckender Irrgarten.«

»Es ist renovierungsbedürftig«, entgegnete Norreys, »aber die hohen Herren trennen sich nur ungern von ihrem Silber.« Er deutete auf die Tür. »Hier entlang geht es zu den Kellern und Lagerräumen. Diese Tür wird immer fest verschlossen gehalten, sonst würden die Studenten den Wein und das Bier stehlen und sich an den Vorräten vergreifen. Wollt Ihr einen Blick nach unten werfen? Aber ich muß Euch warnen, da ist es nicht besser als hier oben, und Ihr braucht eine Kerze.«

Corbett schüttelte den Kopf. »Was war früher in diesen Häusern?«
»Sie gehörten einem Weinhändler. Eines der Häuser war ein Lagerhaus. Der Kaufmann, seine Familie und seine Gehilfen lebten in den anderen beiden. Und dann gibt es noch den Hof und die Keller.«
»Keine Gärten?«
»O nein, der Preis für Land steigt ständig, Sir Hugh. Vor fünf Jahren hat Master Copsale die Gärten an den Rat der Stadt verkauft.«
Corbett dankte ihm und kehrte in seine Kammer zurück. Ranulf und Maltote waren wach. Nachdem sie ihre Sachen ausgepackt hatten, kleideten sie sich an und gingen zusammen mit Corbett aus dem Gästehaus auf die Straße. Sie blieben stehen, als ein Klosterbruder eine Schubkarre an ihnen vorbeischob, auf der von einem Laken bedeckt eine Leiche lag. Neben dem Klosterbruder ging ein Junge her, der Mühe hatte, seine Kerze nicht verlöschen zu lassen. Bei jedem Schritt, den dieser Meßdiener machte, klingelte zur Warnung eine Glocke, die er umgebunden an einer Kordel trug. Corbett bekreuzigte sich und schaute zum College gegenüber. Der Himmel war immer noch bedeckt, und er konnte hinter den Fenstern brennende Kerzen ausmachen. Drei aneinandergekettete Schuldner, die Ausgang aus dem Stadtgefängnis hatten, kamen ihnen bettelnd entgegen. Ein betrunkener Gerichtsdiener schwankte hinter ihnen her. Er fluchte laut, als ihn ein paar Kinder anrempelten, die hinter einem Äffchen her waren, das in ein Jäckchen und eine Schellenmütze gekleidet war. Sie warfen Stöcke und Steine und wurden ihrer-

seits wieder von dem Reliquienhändler verfolgt, dem Corbett bereits beim Castle begegnet war. Corbett warf einem der Bettler eine Münze zu und wartete, bis das Getümmel vorbei war, ehe er seinen Weg fortsetzte. Dann zog er energisch an der Glocke neben dem Hauptportal des College. Dieses wurde geöffnet, und Master Moth bedeutete ihnen lächelnd, einzutreten. Corbett fielen sofort die Unterschiede zwischen dem Gästehaus und dem College ins Auge. Hier waren die meisten Wände eichengetäfelt und mit bunten Teppichen und Gobelins geschmückt. Binsenmatten bedeckten den Steinfußboden, und Kerzen brannten in Kerzenhaltern aus Messing. Auf Wandborden lagen in Zinnschüsseln duftende Kräuter.

Moth führte sie schweigend in den Wohnraum, der bequem und gemütlich eingerichtet war. Tripham und Lady Mathilda saßen auf gepolsterten Stühlen vor dem Kamin. Moth brachte zusammen mit einem Diener Hocker für Corbett und seine Gefährten. Alle begrüßten sich förmlich, und dann wurden Wein und mit Käse überbackenes Brot gereicht. Tripham hatte Ranulfs sarkastischen Blick auf den Luxus des Zimmers bemerkt, die Gobelins, die türkischen Teppiche, die Zinn- und Silberschalen auf den Wandborden, die kleinen Metalltruhen und die drei langen Holztruhen unter einem Tisch in der Ecke.

»Sir Hugh«, entschuldigte sich Tripham und trank einen Schluck Wein, »ich bin mir bewußt, daß das Gästehaus nicht unbedingt das beste und angenehmste Quartier ist.«

Corbett gab Ranulf einen Tritt, ehe dieser noch etwas sagen konnte, und erwiderte dann: »Ich habe schon unbequemer geschlafen. Master Norreys tut, was er kann!«

»Ihr müßt verstehen«, warf Lady Mathilda ein, »daß die Statuten von Sparrow Hall nichts anderes zulassen. Mein Bruder, Gott sei seiner Seele gnädig, verfügte, daß dieses Haus dem Studium vorbehalten bleiben sollte, und abgesehen von mir dürfen hier keine Besucher wohnen.«
»Ihr seid keine Besucherin«, wies sie Tripham taktvoll zurecht.
Lady Mathilda verzog nur den Mund und schaute weg.
»Wie lange besteht dieses College bereits?« wollte Corbett wissen.
»Dreißig Jahre«, antwortete Lady Mathilda. »Es wurde im Jahr nach Prinz Edwards Krönung gegründet. Mein Bruder«, ihre Augen leuchteten, »wünschte sich einen Ort der Gelehrsamkeit, der Bücher und Handschriften. Sparrow Hall hat Beamte, Gelehrte, Priester und Bischöfe hervorgebracht. Mein Bruder wäre stolz darauf gewesen, obwohl«, meinte sie düster, »seine Verdienste um das College und um seine Gründung nie richtig gewürdigt worden sind.«
»Lady Mathilda«, sagte Tripham seufzend, »das haben wir jetzt wirklich oft genug erörtert. Unsere Mittel sind beschränkt.«
»Ich glaube trotzdem«, entgegnete Lady Mathilda von oben herab, »daß das College das Geld beschaffen könnte, um der Universität einen Lehrstuhl mit dem Namen meines Bruders zu stiften.« Sie griff sich an die lose Haut ihres Halses. »Bald sind alle tot, die meinen Bruder kannten, und damit sind seine großen Errungenschaften vergessen.« Nun sah sie Corbett an. »Der König ist ebenfalls undankbar: Er könnte die Mittel bereitstellen ...«

»Seine Hoheit können nicht bereitstellen«, entgegnete Corbett, »was sie nicht haben.«
»Ah, natürlich«, stimmte ihm Lady Mathilda zu. »Der Krieg in Schottland. Jammerschade.« Sie nahm ihren Kelch und starrte ins Feuer. »Es ist wirklich eine Schande, daß Edward meinen Bruder mit dem Tag vergessen hat, an dem er die königliche Standarte in Evesham verteidigt hat, damals als de Montfort fiel.«
»Niemand vergißt das«, unterbrach sie Tripham taktvoll.
»Nein, und ich auch nicht«, erwiderte Lady Mathilda. »Vielleicht sollte man die Kassenbücher des College genauer prüfen.«
»Was wollt Ihr damit sagen?« Tripham reckte seinen dünnen Hals, und sein Adamsapfel tanzte wie ein Korken auf einer unruhigen Wasserfläche.
Ranulf und Maltote verwirrte die Bosheit ihrer Gastgeber. Corbett schaute verlegen auf das Relief eines Spatzen über dem Motto auf dem Kaminsims. Er übersetzte den lateinischen Vers aus dem Neuen Testament: Wieviel mehr seid ihr als die Vögel? Lady Mathilda bemerkte, daß Corbett abgelenkt war, und gab Tripham ein Zeichen, daß diese Dinge würden warten müssen.
»Sir Hugh, ergibt für Euch Passerels Tod irgendeinen Sinn? Ist es möglich, daß er der Bellman gewesen ist?« fragte Tripham. »Ich meine, der Angriff der Studenten war natürlich unverzeihlich, aber ...«, er verzog das Gesicht, »Ascham war ein von allen geliebter Lehrer, voll kindlicher Unschuld. Ehe er starb, hat er fast den ganzen Namen Passerels auf ein Stück Pergament gekritzelt.«
»Es wäre verlockend«, erwiderte Corbett, »Passerel als

den Bellman zu identifizieren, zu denken, daß er Ascham ermordet hat, weil der Bibliothekar seiner geheimen Identität auf die Spur gekommen ist, und daß Passerel später in die St. Michael's Church geflohen ist, wo er, um Aschams Tod zu rächen, ermordet wurde.« Corbett stellte seinen Becher auf den Fußboden. »Wenn das die Wahrheit ist, und wenn ich diese auch noch beweisen könnte, dann würde der König den Tod Passerels einfach abtun. Er würde erklären, daß der Bellman zum Schweigen gebracht worden sei und damit Recht und Ordnung wiederhergestellt seien. Und ich könnte Oxford dann verlassen.« Corbett zuckte mit den Schultern. »Vielleicht wären wir sogar in der Lage zu beweisen, daß Passerel hinter den Morden an diesen alten Bettlern steckt, die in den Wäldern vor der Stadt gefunden worden sind.«

»Aber das würdet Ihr mit Eurer Logik doch kaum vereinbaren können?« ließ sich eine Stimme hinter ihm vernehmen.

Corbett drehte sich um. Master Leonard Appleston nahm sich einen Hocker und gesellte sich zu ihnen. Er stellte sich vor und schüttelte Corbett und seinen Gefährten energisch die Hand.

»Kennt Ihr Euch in der Logik aus?« fragte Corbett.

Applestons eckiges, sonnengebräuntes Gesicht verzog sich zu einem Lächeln. Er wirkte auf einmal schüchtern. Dann kratzte er sich an einer wunden Stelle am Mundwinkel, ein nervöser Tick, wie ein Schuljunge, der nicht wußte, ob er sich loben lassen sollte oder nicht.

»Leonard unterrichtet Logik«, meinte Lady Mathilda. »Seine Vorlesungen sind an den Colleges sehr beliebt.«

»Ich habe gehört, was Ihr gesagt habt«, erklärte Appleston. »Es wäre eine saubere Lösung, den armen Passerel als den Mörder hinzustellen, als *fons et origo* aller unserer Schwierigkeiten.«

»Glaubt Ihr daran?« fragte Corbett.

»Wenn ein Problem existiert«, sagte Appleston, lächelte Ranulf zu und breitete die Arme aus, »dann muß es auch eine Lösung geben.«

»Richtig, und das ist das Problem«, entgegnete Corbett. »Doch was passiert, wenn das Problem komplex ist, die Lösung aber so einfach, daß man sich fragt, ob es überhaupt ein Problem gegeben hat?«

»Was meint Ihr damit?« wollte Appleston wissen und ließ sich von Master Moth einen Kelch mit Wein bringen.

Corbett hielt inne, um seine Gedanken zu ordnen.

»Master Appleston, Ihr doziert an den Colleges doch auch über die Existenz Gottes?«

»Ja, meine Vorlesungen bauen auf Thomas von Aquins *Summa theologica* auf.«

»Und Ihr kommentiert auch seine Gottesbeweise?«

»Natürlich.«

»In diesem Fall«, erwiderte Corbett, »stimmt Ihr mir doch zu, daß Gott, wenn ich beweisen könnte, daß er existiert, aufhören würde zu existieren?«

Appleston legte die Stirn in Falten.

»Ich meine«, fuhr Corbett fort, »kann ich, obwohl ich endlich und sterblich bin, zweifelsfrei beweisen, daß ein unendliches und unsterbliches Wesen existiert, dann bin ich entweder auch unendlich und unsterblich oder das, was ich beweise, kann gar nicht existieren. Mit anderen Worten, ein solcher Gottesbeweis ist zu einfach und deswegen unlogisch, etwa als würde ich behaupten, eine Gallone Wasser in einen Pintkrug füllen zu können. Wenn ich das könnte, dann handelt es sich entweder nicht um eine Gallone, oder der Krug faßt mehr als ein Pint.«

»*Concedo*«, meinte Appleston widerstrebend. »Aber ich muß erst einmal darüber nachdenken, was Ihr da gesagt habt, Sir Hugh.«

»Dasselbe gilt auch für Passerel«, fuhr Corbett eilig fort. »Wenn er der Bellman ist und der Mörder von Robert Ascham und John Copsale, einmal ganz zu schweigen von den alten Bettlern, dann würde ich sagen, daß diese Lösung zu einfach und zu sauber ist, und daher ist sie vollkommen unlogisch.«

»Ich stimme zu«, erklärte Ranulf und schnitt eine Grimasse in Richtung von Maltote.

»Wer hat also Ascham auf dem Gewissen?« fragte Tripham leise.

»Ich weiß es nicht«, erwiderte Corbett. »Deswegen bin ich hier.« Er wandte sich an Tripham. »Ich würde gerne heute abend die Bibliothek besuchen, vielleicht nach dem Abendessen?«

»Natürlich«, entgegnete der Konrektor. »Wir können dort den Likör trinken. Die Bibliothek ist sehr bequem eingerichtet.«

Master Moth gesellte sich zu ihnen. Er tippte Lady Mathilda auf die Schulter und gab ihr mit den Fingern ein Zeichen.

»Das Dinner wird jetzt serviert«, erklärte sie, stand auf

und nahm aus einer Ecke beim Kamin ihren Rohrstock. »Gentlemen, ich schließe mich später wieder an.« Sie humpelte mit einer Hand auf dem Stock, die andere auf ihren schweigenden Diener gestützt, aus dem Zimmer.

Die Unterhaltung wurde etwas unzusammenhängend fortgesetzt. Appleston und Tripham fragten nach dem Hofleben und den Getreidepreisen in Leighton Manor. Andere Lehrer gesellten sich zu ihnen, so Aylric Churchley, der Naturwissenschaften unterrichtete und dünn wie eine Bohnenstange war und ein giftiges Gesicht und einen kahlen Schädel hatte, auf dem noch ein paar graue Haarbüschel aufragten. Er hatte eine solche Piepsstimme, daß Corbett Ranulf und Maltote unauffällig ein Zeichen gab, um Gottes willen nicht zu lachen. Peter Langton hatte ein schmales, zerfurchtes Gesicht mit Triefaugen und nahm allen gegenüber eine unterwürfige Haltung ein, besonders Churchley, den er als den besten Arzt von Oxford bezeichnete. Bernard Barnett mit einem Mopsgesicht und einer hohen Stirn kam als letzter. Er war eine Tonne von Mann und hatte stechende Augen und eine hängende Unterlippe. Er sah sehr streitsüchtig aus und so, als wollte er jeden Moment die Frage erörtern, wie viele Engel auf einem Stecknadelkopf Platz finden.

Lady Mathilda kehrte zurück, und Tripham ging einen Gang entlang vor ihnen allen her und in den Speisesaal. In diesem luxuriös eingerichteten ovalen Raum war es gemütlich und warm. Der Tisch in der Mitte war mit weißem, golddurchwirktem Seidenstoff bedeckt, der im Licht der Bienenwachskerzen glänzte. Diese spiegelten sich auch in den Bechern und Krügen aus Silber und Zinn und im Besteck. Über der dunkelbraunen Wandtäfelung hingen wunderschöne Gobelins mit Szenen aus dem Leben König Arthurs. Kleine Teppiche lagen auf dem Fußboden. Die Kohlenbecken in den Ecken verbreiteten einen angenehmen Duft, und große Vasen mit Rosen standen neben den gepolsterten Bänken in den Fensternischen. Ihr süßlicher Duft mischte sich mit den schweren Gerüchen aus der Küche, bei denen einem das Wasser im Mund zusammenlaufen konnte. Tripham setzte sich ans Ende der Tafel, Lady Mathilda zu seiner Rechten, Corbett zu seiner Linken. Ranulf und Maltote bekamen Plätze am entgegengesetzten Ende bei Richard Norreys zugewiesen, der die Köche in der Küche beaufsichtigt hatte. Tripham sprach das Tischgebet und einen eiligen Segen, und das Essen wurde aufgetragen. Auf die Wachtelsuppe folgten Schwan und Fasan in schweren Weinsaucen und Roastbeef in Senfsauce. Wein floß in Strömen und wurde von schweigenden Dienern, die diskret im Schatten blieben, nachgeschenkt. Corbett probierte von allem und trank nur mäßig, aber Ranulf und Maltote machten sich wie ausgehungerte Wölfe über alles her.

Die meisten anderen tranken schnell und mit großen Schlucken. Ihre Gesichter röteten sich, und ihre Stimmen wurden lauter. Tripham schwieg die meiste Zeit, während Lady Mathilda, der ihre Verärgerung über den Konrektor anzumerken war, nur in ihrem Essen stocherte und kaum etwas trank. Hin und wieder drehte sie sich um, um Master Moth seltsame Fingerzeichen zu geben.

Tripham beugte sich zu Corbett hinüber. »Sir Hugh, Ihr wollt mit uns über unser Wirken in Oxford sprechen?«

»Ja, das will ich.« Corbett schaute auf den Tisch. »Dann kann ich auch genausogut gleich damit anfangen.«
Tripham klopfte auf die Tischplatte und bat um Ruhe.
»Unser Gast, Sir Hugh Corbett«, verkündete er, »hat uns bestimmte Fragen zu stellen.«
»Ihr habt alle«, begann Corbett unvermittelt, »von dem Bellman und seinen Schriften gehört. Diese stellen Hochverrat dar.«
Keiner der Anwesenden schaute ihm in die Augen. Sie sahen sich entweder gegenseitig an oder spielten mit ihren Bechern oder Messern.
»Der Bellman«, fuhr Corbett fort, »behauptet, daß er aus der Sparrow Hall kommt. Wir wissen, daß er die Kanzleischrift beherrscht, die leider sehr einheitlich ist, und daß er teures Pergament benutzt. Bei diesem Schreiber handelt es sich daher um einen Mann, der über einen gewissen Wohlstand und eine gewisse Gelehrsamkeit verfügt.«
»Es ist niemand von uns!« kreischte Churchley und fuhr mit den Fingern innen den Kragen seiner dunkelblauen Robe entlang. »Hier gibt es keine Verräter. Der Teufel könnte behaupten, daß er in der Sparrow Hall wohnt, aber ob er das wirklich tut, ist eine andere Sache.«
Seine Worte stießen auf gemurmelte Zustimmung. Selbst der sonst so zurückhaltende Langton nickte energisch.
»Es weiß hier also niemand etwas über den Bellman?«
Corbetts Frage stieß auf einen Chor der Verneinung.
»Er schreibt seine Aufrufe nachts und schlägt sie auch nachts an«, erklärte Churchley. »Sir Hugh, wir sehnen uns alle nach unseren Betten. Selbst wenn wir uns nachts auf

die Straße begeben wollten, ist es dort in Oxford zu gefährlich. Außerdem sind unsere Türen verschlossen und verriegelt. Wer sich zu so später Stunde noch einmal auf den Weg machte, würde ganz sicher auffallen.«

»Deswegen«, mischte sich Appleston eilig ein, »könnte der Verfasser auch ein Student sein. Einige Studenten sind arm, andere aber auch reich. Sie beherrschen die Kanzleischrift, und bei den jungen hat de Montfort immer noch den Status eines Märtyrers.«

»Gibt es im Wohnheim eine Sperrstunde?« fragte Corbett an Norreys gewandt.

»Natürlich, Sir Hugh, aber eine einführen und ihre Einhaltung bei den heißblütigen jungen Leuten dann auch durchzusetzen, sind zwei Paar Schuhe. Sie kommen und gehen, wie es ihnen gefällt.«

»Laßt uns«, sagte Corbett, »*disputandi* causa einmal annehmen, daß der Bellman weder in die Sparrow Hall noch ins Wohnheim gehört. Warum sollte er das dann von sich behaupten?«

»Ah!« sagte Lady Mathilda von oben herab und strich die weiten Manschetten ihrer Robe zurück. »Über de Montfort wird so viel Unsinn geschrieben. Als mein geliebter Bruder hierherkam, das College gründete und Häuser kaufte, um in ihnen das Wohnheim einzurichten, lebte in den Weinkellern gegenüber eine Witwe mit Kind. Sie war ziemlich hübsch, aber etwas verrückt. Offenbar war ihr Mann einer der Ratgeber de Montforts gewesen. Mein Bruder, Gott segne ihn, mußte sie zum Ausziehen auffordern. Er bot ihr eine andere Behausung an, aber sie lehnte ab.« Lady Mathilda strich mit einem Finger über den Rand ihres Bechers. »Um es kurz zu machen, Sir Hugh, diese Frau lebte fortan mit ihrem Jungen auf der Straße, bis er in einer Winternacht starb. Sie brachte seinen kleinen Leichnam in unsere Gasse, hielt eine Glocke in der Hand und begann zu läuten. Eine Menge strömte zusammen, darunter auch mein Bruder und ich. Dann zündete sie eine Kerze an, die, so behauptete sie zumindest, aus dem Fett eines Gehängten bestand, und verfluchte meinen Bruder und Sparrow Hall. Sie schwor, daß der Bellman eines Tages zurückkommen und sowohl für sie als auch für das ehrwürdige Angedenken von Earl Simon Rache nehmen würde.«

»Was ist aus ihr geworden?« fragte Corbett.

Lady Mathilda grinste. In dem flackernden Kerzenschein erinnerte sie Corbett mit ihren schmalen Augen an eine Katze. Ihre Haut spannte über den Wangenknochen, und eine ihrer Hände lag auf dem Tisch wie eine Kralle.

»Das ist jetzt wirklich ein seltsames Zusammentreffen, Sir Hugh. Sie trat in das Kloster von Godstowe ein, mußte es aber wegen ihrer Überspanntheit wieder verlassen. Jetzt ist sie Anachoretin in der St. Michael's Church. Ganz richtig! Das ist die Kirche, in der Passerel vergiftet worden ist.«

»Warum der Bellman?« erhob Maltote die Stimme, der sonst immer schwieg, jetzt aber durch den Wein Mut bekommen hatte. »Warum hat die Anachoretin vom Bellman gesprochen?«

»Weil der Bellman«, mischte sich Tripham hastig ein, »in London in der Nacht vor dem Hinrichtungstag vor den Gefängnissen von Fleet und Newgate steht. Er gibt den

Gefangenen in den Zellen der zum Tode Verurteilten bekannt, daß sie sterben werden.«

»Es ist nicht nur das, Sir Hugh«, meinte Langton schüchtern. »Vor vielen Jahren, als ich noch ein Grünschnabel war, war ich Lehrling bei dem öffentlichen Schreiber in der Nähe von St. Paul's. Als de Montfort die Fahne der Revolution gegen den König hißte, wurden die Handwerksmeister von London von seinem Herold zur Unterstützung aufgefordert. Und dieser Herold nannte sich Bellman.«

Corbett lächelte zustimmend und fragte sich gleichzeitig insgeheim, wer in Sparrow Hall wohl den toten Earl unterstützte oder bekämpfte.

»Ihr wißt also nichts«, fragte er, »über den gegenwärtigen Bellman oder über diese grausamen Morde an den Bettlern?«

»Kommt schon!« Churchley klopfte auf den Tisch. »Sir Hugh, Sir Hugh! Warum sollte es jemand hier auf die Köpfe dieser Notleidenden abgesehen haben?«

»Oxford ist voll von Geheimbünden und Banden«, erhob Appleston die Stimme. »Die Jungen experimentieren mit seltsamen Riten und Praktiken. Außerdem haben wir Studenten aus den Mooren im Osten, deren Christentum, um es einmal deutlich zu sagen, nicht viel wert ist.«

»Laßt uns zu Dingen zurückkehren, die uns mehr angehen«, erwiderte Corbett. »Was ist mit dem Tod von Master John Copsale?«

»Er hatte ein schwaches Herz«, erklärte Churchley. »Ich bereitete ihm häufig ein Gebräu aus Digitalis, um seine Hitzewallungen zu mildern. Sein Blut floß dann auch gleichmäßiger. Ich war Copsales Arzt. Er konnte jederzeit sterben. Als ich seine Leiche für das Begräbnis vorbereitete, fiel mir nichts Außergewöhnliches auf!«

»Wo liegt er begraben?« fragte Corbett.

»Auf dem Friedhof von St. Mary's. Passerel wird auch dort begraben werden. Das College besitzt da ein Stück Land, das direkt an den Friedhof angrenzt.«

»Hat Passerel irgend etwas gesagt?« fragte Ranulf vom anderen Ende des Tisches. »Irgend etwas, was erklären könnte, warum Ascham seinen Namen oder zumindest den größten Teil davon auf ein Stück Pergament geschrieben hat?«

»Er wies alle Beschuldigungen vehement zurück«, erwiderte Norreys. »Jedesmal, wenn er herüberkam, um die Vorräte zu inspizieren oder die Abrechnungen zu unterschreiben, begann der Ärmste mit einer Verteidigungsrede.«

»Wir haben ihm alle zugestimmt«, sagte Tripham. »An dem Tag, an dem Ascham ermordet wurde, befand sich Passerel auf dem Rückweg von Abingdon.«

»Aschams Leiche muß bereits kalt gewesen sein«, meinte Churchley, »als Passerel gegen fünf Uhr hier ankam. Er veranlaßte die Suche nach dem armen Robert, und als wir die Tür aufstemmten, war Ascham kalt wie Eis.«

»Um welche Zeit ist er Eurer Meinung nach gestorben?« fragte Corbett.

»Das wissen wir«, antwortete Tripham. »Er ging zwischen ein und zwei Uhr nachmittags in die Bibliothek, verschloß die Tür hinter sich und verriegelte sie auch noch. Er muß nach etwas gesucht haben, aber wonach, das ist uns nicht bekannt. Ich verbrachte einen Teil des Nachmittags damit, mit Lady Mathilda die Einnahmen des College zu besprechen.« Er warf einen vielsagenden Blick zur Seite. »Dann gingen wir hinunter in die Speisekammer. Passerel stürzte herein und sagte, die Bibliothek sei verschlossen und Ascham antworte nicht.«

»Und wo waren alle anderen?«

Die gemurmelten Antworten gaben nicht viel her. Norreys war gegenüber im Wohnheim gewesen und hatte sich um seine Abrechnungen gekümmert. Die anderen hatten sich auf ihren Zimmern aufgehalten.

»Ich habe befohlen, die Tür aufzubrechen«, erklärte Tripham. »Als wir eintraten, lag Ascham mit dem Stück Pergament neben sich in seinem Blut. Die Kerze war niedergebrannt, und das Fenster zum Garten war mit Läden verschlossen.«

»Ich habe ihn untersucht«, erhob Churchley die Stimme. »Es war etwas nach fünf Uhr nachmittags, als wir die Tür aufbrachen. Er war vermutlich etwa seit einer Stunde tot.«

»Und was ist an dem Tag passiert, an dem Passerel in die St. Michael's Church geflüchtet ist?« fragte Corbett.

»Die Studenten liebten den alten Ascham«, antwortete Tripham. »An dem fraglichen Tag versammelte sich ein Mob und drohte mit Gewalt.«

»Hättet Ihr den Sheriff nicht um Unterstützung bitten können?«

»Auf den würden wir vermutlich jetzt noch warten«, antwortete Appleston. »Ich bat Passerel zu fliehen, das schien das Beste zu sein.«

»Wir hielten es für vernünftig, die Sache etwas zur Ruhe

kommen zu lassen«, meinte Tripham. »Am nächsten Morgen hätte ich um Hilfe gebeten.« Er klopfte auf das Tischtuch. »Unter diesen Umständen ist es schwierig, den Studenten die Schuld zu geben.«

Corbett schob seinen Becher weg. Vom anderen Ende der Tafel aus schauten ihn Ranulf und Maltote erwartungsvoll an. Maltote war vollkommen durcheinander, und Ranulf grinste und fuhr sich mit der Zungenspitze über die Lippen. Er flüsterte Maltote zu: »Ich liebe es, wenn der alte Meister Langschädel mit der Befragung anfängt. Mit seinen scharfen, etwas verhangenen Augen ist er ein wahrer Inquisitor. Er sitzt da und stellt seine Fragen, und dann geht er weg und denkt über die Antworten nach.« Ranulf gefiel das Schauspiel außerordentlich. Abgesehen von Norreys, hatten ihn alle nicht weiter beachtet, so als gäbe es ihn gar nicht. Plötzlich war von draußen der Schrei eines Käuzchens zu vernehmen, und Ranulf schauderte es. Sagte Uncle Morgan nicht immer, der Schrei eines Käuzchens sei der Vorbote des Todes?

.5.

Corbett saß schweigend da. Er betrachtete seinen Becher. Das war ein Trick, den er oft benutzte, um die anderen dazu zu zwingen, etwas zu sagen. Diesmal wurde er enttäuscht. Alle sahen ihn nur erwartungsvoll an.

Corbett begann erneut mit seiner Befragung. »Hat Ascham jemals etwas Ungewöhnliches gesagt? Wenn der Bellman ihn ermordet hat, kann es dafür nur einen Grund geben. Ascham muß einen Verdacht gehabt haben, was die Identität des Bellman angeht.« Er faltete seine Hände auf dem Tisch. »Studenten dürfen das College nicht betreten, oder dürfen sie das?«

»Nein«, antwortete Tripham, »das dürfen sie nicht.«

»Sie dürfen auch nicht im Garten spazierengehen?«

»Nein.«

»Deswegen muß sich Aschams Mörder auch im College aufgehalten haben. Es ist entweder einer von Euch oder einer der Diener. Darum frage ich auch noch einmal: Hat Ascham jemals etwas über den Bellman oder seine mögliche Identität verlauten lassen?«

»Zu mir hat er etwas gesagt«, erklärte Langton, ein wenig verlegen über seine Freimütigkeit. »Ich habe ihn gefragt, wer der Bellman seiner Meinung nach sein könne.« Jetzt überschlugen sich seine Worte förmlich. »Ascham hat jedoch bloß mit einem Zitat aus den Paulusbriefen geantwortet: ›Durch ein Glas sehen wir nur verschwommen.‹«

»Das hat er auch zu mir gesagt«, ergriff Churchley nun das Wort, »einmal, als ich ihn in der Speisekammer getroffen habe. Er sah besorgt aus, und deswegen fragte ich ihn, was los sei. Er antwortete, daß der Augenschein trüge, daß etwas in Sparrow Hall nicht in Ordnung sei. Ich fragte ihn, was er damit meine, aber er weigerte sich zu antworten.«

»Warum hat Euer Bruder«, fragte Corbett und änderte unvermittelt seinen Kurs, »seine Gründung Sparrow Hall genannt?«

»Das war eines seiner biblischen Lieblingszitate«, erklärte Lady Mathilda. »Die Worte Christi über den Vater, der selbst noch weiß, wann jeder Spatz zur Erde fällt, sich aber bewußt ist, daß jeder von uns mehr wert ist als viele Spatzen.«

»Er studierte Beda Venerabilis«, erklärte Appleston. »Besonders seine *Kirchengeschichte des englischen Volkes*. Henry liebte Bedas Geschichte von einem Than. Dieser vergleicht das Leben des Menschen mit einem Spatzen, der in einen Wohnraum fliegt, in dem es hell und warm ist, ehe er seinen Flug in die kalte Dunkelheit fortsetzt.« Appleston lächelte. »Ich lernte Sir Henry erst wenige Monate vor seinem Tod kennen. Diese Geschichte hatte für ihn etwas Tröstliches.«

»Hat Ascham in den Tagen vor seinem Tod viel Zeit in der Bibliothek verbracht?« fragte Corbett.

»Ja, das tat er«, antwortete Tripham. »Aber nach welchem Buch er suchte oder was er dort las, weiß keiner von uns.«

»Ich würde die Bibliothek auch gerne besuchen«, erklärte Corbett. »Ist das möglich?«

Tripham willigte ein, und Diener wurden losgeschickt, Kerzen zu entzünden. Als sie zurückkamen, befahl ihnen der Konrektor, Wein in die Bibliothek zu bringen. Er erhob sich, und Corbett und die anderen folgten ihm auf den Gang. Die Bibliothek lag zum Garten hinaus am anderen Ende des Gebäudes, ein langer, hoher und holzgetäfelter Raum, dessen Deckenputz mit kleinen goldenen und silbernen Sternen verziert war. Im rechten Winkel zu den Wänden standen die Regale, dazwischen Tischchen und Hocker. Ein langer Tisch nahm die Mitte des Raums ein. Die Luft roch süßlich nach reinem Bienenwachs, Pergament und Leder. Corbett gefiel dieser Geruch, und er zeigte sich überrascht von der großen Anzahl an Büchern, Manuskripten und Folianten.

»Oh, wir haben hier die meisten bedeutenden Werke«, erklärte Lady Mathilda stolz. »Mein Bruder, Gott gebe seiner Seele Frieden, war Bücherliebhaber. Seine Bücher und seine Papiere werden hier aufbewahrt. Er kaufte viel im In- und Ausland.«

Corbett wollte gerade nach der Quelle solchen Reichtums fragen, erinnerte sich dann aber noch rechtzeitig. Sir Henry Braose hatte wie viele, die den König gegen de Montfort unterstützt hatten, eine überaus großzügige Belohnung von der Krone erhalten, einschließlich der Einkünfte und des Grundbesitzes der Anhänger de Montforts. Kein Wunder, daß die Braoses hier in Oxford so unbeliebt waren, wo man den toten Earl unterstützt hatte.

Die anderen Lehrer, die schon nicht mehr ganz sicher auf den Beinen waren, lehnten gegen die Tische oder setzten sich auf die Hocker, als Corbett die ganze Länge der

Bibliothek abschritt. Er bewunderte Bücher, Regale und Truhen, die beiden mit Schnitzereien verzierten Lesepulte und das Wandgemälde, auf dem eine Szene aus der Offenbarung Johannes dargestellt war, und zwar der Engel, der Johannes das Buch des Lebens auftut, damit dieser darin lesen kann. Corbett trat wieder in die Mitte des Raums und betrachtete die noch schwach sichtbaren dunklen Flecken auf dem Fußboden.

»Wurde Ascham hier gefunden?«

»Nein. Als wir die Tür geöffnet hatten, sahen wir ihn vor diesem Tisch dort drüben liegen.«

»Und wo befand sich das Pergament?«

Tripham deutete auf eine Stelle in der Nähe des Tisches. »Es lag so, als hätte es Ascham von sich weggestoßen.«

»Wir versuchten das Blut zu beseitigen«, erklärte Appleston. »Passerel sollte einen Schleifer für den Fußboden anstellen.«

Corbett betrachtete die Blutflecken in der Mitte des Raums und neben dem Tisch.

»Es hat also den Anschein«, sagte Corbett, »als wäre Ascham den Fußboden entlanggekrochen, um etwas vom Tisch zu nehmen?«

»Auch auf dem Tisch waren Blutflecken«, erklärte Tripham. »So als hätte sich Ascham zur Tischplatte hochgezogen. Warum, Sir Hugh?«

Corbett ging den Tisch entlang durch die Bibliothek und zu dem mit Läden verschlossenen Fenster an ihrem Ende.

»Und diese Läden waren mit einem Riegel verschlossen?«

»Ja«, antwortete Churchley. »Daran kann ich mich erinnern.«

»Und das Fenster war ebenfalls verschlossen?«

»Davon gehe ich aus«, sagte Tripham. »Warum, Sir Hugh?«

Corbett hob den Riegel an, mit dem die Läden verschlossen waren. Er ließ sich mühelos bewegen, und Corbett bemerkte, daß er gut geölt war. Er zog die Läden zurück. Das Sprossenfenster dahinter war sehr groß. Corbett drückte den Federriegel hinunter, stieß das Fenster auf und schaute auf den mondbeschienenen Garten. Hier duftete es intensiv nach Rosen. Er blickte sich um. Das Fenster lag ziemlich niedrig. Jeder, der unten im Blumenbeet stand, konnte in die Bibliothek schauen, obwohl er hinter einer Hecke, die etwa einen Meter entfernt war, verborgen war. Corbett schloß das Fenster wieder – er warf die Läden mit einem Knall zu, und der Riegel fiel sofort an seinen Platz.

»War das Fenster wirklich verschlossen? Waren die Läden wirklich verriegelt?« fragte er. »Ich meine, es war schließlich ein Sommerabend. Ascham wird doch Licht und frische Luft gebraucht haben?«

»Ich war im Garten«, meldete sich Churchley zu Wort, »und zwar am frühen Nachmittag. Da waren die Läden vor dem Fenster jedenfalls bereits zu. Ich glaube nicht«, fuhr er fort, »daß Ascham wollte, daß jemand sieht, was er tut.«

»Natürlich«, murmelte Corbett. »Deswegen war die Tür auch verschlossen und verriegelt.« Er schaute zu Tripham hinüber. »Daran konnte kein Zweifel sein, oder?«

»Nein«, antwortete Tripham. »Ihr könnt Euch das selbst ansehen. Wir mußten einen neuen Riegel und ein neues

Schloß anfertigen und auch die Scharniere aus Leder erneuern.«
Corbett begab sich zur Tür. Tripham hatte die Wahrheit gesagt. Riegel, Schloß und Scharniere waren neu. Er kehrte zu den Blutflecken zurück und betrachtete sie eingehend. Dann ging er langsam wieder vom Tisch zum Fenster. Hier und da waren undeutlich Blutspritzer zu erkennen.
»Wonach sucht Ihr, Sir Hugh?«
»Ich bemühe mich, mir vorzustellen, wie Ascham gestorben ist. Wie er von einem Armbrustbolzen getroffen werden konnte, obwohl die Tür und das Fenster der Bibliothek verschlossen waren. Ich will wissen, wo er stand, als er getroffen wurde.«
»Und?«
»Nun, es gibt zwei logische Schlußfolgerungen. Einmal, jemand hielt sich zusammen mit ihm hier in der Bibliothek auf, versteckte sich und verschwand anschließend.«
»Unsinn!« erklärte Tripham. »Der Raum wurde durchsucht. Nicht einmal eine Maus hätte ihn betreten oder verlassen können.«
»Nun dann ...« Corbett wollte gerade fortfahren, hielt jedoch inne, da zwei Diener mit einem Tablett mit Bechern eintraten. Der Wein wurde serviert, und Corbett nahm einen Schluck. Als die Diener wieder gegangen waren, deutete Corbett auf das Fenster.
»In diesem Fall bleibt nur eine Schlußfolgerung, und die muß logischerweise die richtige sein.«
»Aber das Fenster war doch verschlossen«, meinte Lady Mathilda. »Ascham war ein Geheimniskrämer. Er hatte

die Tür verschlossen und verriegelt. Er hätte auch das Fenster nicht offengelassen!«

»Ascham hat nach etwas gesucht«, erwiderte Corbett, »womit er den Bellman überführen konnte. Er kam herein und verschloß und verriegelte die Tür und das Fenster. Er wußte jedoch nicht«, fuhr Corbett fort, »daß ihm sein Mörder bereits auf den Fersen war. Spät an diesem Sommernachmittag saß Ascham vermutlich hier«, Corbett deutete auf den Tisch, »und las in einem Manuskript oder Buch. Darauf werde ich noch zurückkommen. Er hört ein Klopfen am Fenster. In seine Lektüre vertieft, denkt Ascham vermutlich, daß jemand versucht seine Aufmerksamkeit zu erwecken. Er zieht die Läden zurück und öffnet das Fenster. Die Person, der er auf der Spur ist, steht mit einer kleinen Armbrust in der Hand vor ihm. Der Armbrustbolzen wird ausgelöst. Ascham schwankt zurück. Natürlich wollte er zur Tür. Er bricht zusammen, und sein Mörder wirft ihm die höhnische Mitteilung hinterher.«

»Aber wer hat das Fenster und die Läden geschlossen?« rief Tripham. »Und woher wollte der Mörder wissen, daß er nicht gesehen würde?«

»Vor dem Fenster ist ein kleines Blumenbeet«, erwiderte Corbett, »das vom übrigen Garten von einer Hecke abgeschirmt wird.«

»Natürlich«, meinte Norreys aufgeregt. Er saß auf einem Hocker und gegen ein Bücherregal gelehnt. »Der Mörder brauchte einfach nur in den Garten zu gehen, geduckt zwischen der Mauer und der Hecke entlangzuschleichen und dann an das Fenster zu klopfen.«

»Aber wie wurden die Läden wieder geschlossen?« fragte Tripham hartnäckig.
»Ascham hat das vielleicht selbst getan«, antwortete Corbett. »Um sich gegen seinen Angreifer zu schützen. Ich habe jedoch gerade die Läden untersucht und festgestellt, daß der Riegel frisch geölt ist. Der Mörder hat die Läden vermutlich von außen mit einem solchen Schwung geschlossen, daß der Riegel von selbst zufiel. Deswegen habt Ihr, als Ihr in die Bibliothek kamt, auch gefolgert, daß das Fenster ebenfalls verriegelt sein müßte.«
Churchley nickte. Er hatte die Augen zusammengekniffen und musterte Corbett. »Niemand ist überhaupt auf den Gedanken gekommen, das zu untersuchen!« rief er.
»Ich habe ebenfalls den Verdacht«, meinte Corbett noch, »daß der Mörder das Fenster später ordentlich verschloß. Nur für den Fall, daß jemand noch mal nachsehen würde. Das war gewissermaßen eine Kleinigkeit.«
»Ihr wollt also sagen«, fragte Churchley, »daß der Mörder den Riegel der Fensterläden absichtlich geölt hat?«
»Natürlich, so daß er, wenn er die Läden von draußen zuziehen würde, wieder an seinen Platz fiele. Schaut.«
Corbett ging zum Fenster und öffnete die Läden. Er legte den Riegel zurück. Dann schloß er den einen Laden und warf den anderen zu. Als sich die beiden Läden berührten, fiel der Riegel wieder an seinen Platz.
»Alles ganz logisch«, meinte Appleston atemlos.
»Hat irgendeiner von Euch nachgesehen, was Ascham hier las?« fragte Corbett.
»Das habe ich getan.« Auf ihren Stock gestützt, trat Lady Mathilda vor. »Ich, Bevollmächtigter. Es lag ein Buch, ein

Foliant oder ein Manuskript auf dem Tisch, aber als ich am nächsten Morgen zurückkam, war es verschwunden.« Sie machte eine ausholende Handbewegung. »Und Gott weiß, was es gewesen sein könnte und wo es hingeraten ist.«

Corbett betrachtete die Anwesenden eingehend. Wer von ihnen war der Spion des Königs? Einer dieser gelehrten und überaus intelligenten Männer müßte doch wirklich bemerkt haben, daß etwas nicht so war, wie es sein sollte?

»Wie wollt Ihr das wissen?« Churchley hielt inne und schaute Langton an, der unvermittelt gerülpst und sich den Bauch getätschelt hatte. »Wie wollt Ihr wissen«, fuhr er fort, »daß Ascham zum Fenster gegangen ist?«

»Weil auf dem Fußboden Blutspritzer sind«, antwortete Corbett. »Die kleinen Tropfen beginnen dort, wo ihn der Armbrustbolzen in der Brust erwischt hat. Ascham hat sich dann vermutlich umgedreht und ist vom Fenster weggelaufen, aber dann ist er zusammengebrochen. Als er das tat, ist ihm vermutlich das Stück Pergament aufgefallen, das sein Angreifer durch das Fenster geworfen hatte, ehe er es schloß. Er kroch zum Tisch, nahm das Pergament und schrieb sterbend seine letzte Nachricht, die«, meinte Corbett seufzend, »einen anklagenden Finger auf den armen Passerel zu richten scheint.«

»Und dafür habt Ihr keine Erklärung, oder?« fragte Tripham vorwurfsvoll.

»Nein, ich …«

Corbett wurde dadurch unterbrochen, daß sich Langton aufrichtete. Er war bleich und angespannt. Dann ließ er

seinen Becher fallen und griff sich an den Unterleib. Schließlich schwankte er nach Luft schnappend auf Corbett zu.
»O Jesus!« keuchte er. »Mein Erlöser habe Gnade mit mir!«
Er fiel schwer gegen den Tisch und ging dann, beide Hände immer noch gegen den Unterleib gepreßt, in die Knie. Corbett eilte zu ihm. Mit hochrotem Kopf und in Zuckungen lag Langton auf dem Fußboden und rang nach Luft. Corbett versuchte ihn umzudrehen. Alle waren in Aufregung und drängten sich um ihn herum. Langton zuckte ein letztes Mal, seufzte, und sein Kopf fiel mit offenen Augen zur Seite. Ein Speichelfaden hing aus seinem Mundwinkel. Corbett legte seinen Kopf vorsichtig gerade hin. Dann wollte er ihm die Augen schließen, aber das war unmöglich. Er schaute zu den Gesichtern hoch, die ihn umringten, und versuchte vergeblich in einem von ihnen, dem des Mörders, einen Ausdruck der Zufriedenheit auszumachen. Churchley drängte sich zwischen den anderen hindurch. Er kniete sich neben den Toten und fühlte an Hals und Handgelenk nach dem Puls.
»Der Herr sei uns gnädig!« flüsterte er. »Er ist tot! Langton ist tot!«
Die anderen traten einen Schritt zurück. Corbett sah, wie Lady Mathilda ihren Becher an die Lippen hob.
»Trinkt nicht!« rief er. »Ihr alle, stellt die Becher hin!« Er tippte Churchley auf die Schulter. »War Langton krank?«
»Er hatte gelegentlich Magenbeschwerden«, antwortete dieser, »aber nichts Ernstes. Ich gab ihm eine Medizin und weiß nicht, ob ...«

Corbett öffnete den Beutel, den der Tote am Gürtel hängen hatte. Dann zog er ein Stück Pergament hervor und reichte es Churchley. Er faßte erneut in den Beutel, fand aber abgesehen von ein paar Münzen und einer abgebrochenen Schreibfeder nichts weiter darin.
»Das ist für Euch.« Churchley gab ihm das Pergament zurück. »Es trägt Euren Namen.«
Corbett nahm das quadratische Stück Velinpapier, dessen Seiten in etwa handbreit waren und das an den Ecken fachmännisch mit einem Tropfen rotem Wachs versiegelt war. Es trug seinen Namen, »Sir Hugh Corbett«. Er erkannte sofort die Kanzleischrift wieder, mit der die Aufrufe des Bellman abgefaßt waren. Corbett erhob sich und ließ die anderen bei Langtons Leiche zurück, dann brach er das Siegel. Die Worte des Schreibens schienen ihm förmlich entgegenzuspringen.

»Der Bellman grüßt die Krähe des Königs, den königlichen Schoßhund. Der Bellman fragt, was die Krähe in Oxford zu suchen hat. Die Krähe sollte vorsichtig sein, wo sie pickt und wo sie fliegt. Dieser Aasvogel, dieser Jäger blutiger Kadaverstücke sei hiermit gewarnt. Verweilt nicht zu lange in Oxfords Gefilden, oder es könnte Euch Euren Schnabel kosten, Ihr könntet Euch Eure Klauen brechen, oder man könnte Euch die Flügel beschneiden und tot zu Eurem königlichen Dienstherrn zurückbringen.
Unterzeichnet: Der Bellman.«

Corbett ließ sich seine Angst nicht anmerken und reichte die Erklärung herum. Ranulf fluchte, und Maltote, der kaum lesen konnte, fragte, was darin stehe. Lady Mathilda

fuhr sich mit der Hand an den Mund, und die anderen schienen mit einmal nüchtern zu werden.
»Das ist Hochverrat«, zischte Ranulf. »Das ist Hochverrat des Bevollmächtigten des Königs und der Krone!«
»Das ist Mord«, erklärte Corbett. »Gemeiner Mord. Bringt Eure Becher her, Ihr alle!«
Die anderen hasteten heran, bis sämtliche Becher auf dem Tisch vor ihm standen. Es war nicht leicht, festzustellen, welcher Langtons gewesen war. Corbett und Ranulf rochen, unterstützt von Churchley, vorsichtig an ihnen. Alle mit einer Ausnahme hatten das fruchtige Bukett süßen Weines. Corbett hielt den fraglichen Becher unter seine Nase und nahm einen scharfen, stechenden Geruch wahr.
»Was ist das?« Er reichte Churchley den Becher, und dieser schwenkte ihn und schnupperte.
»Weißes Arsen«, erklärte er schließlich. »Nur Arsen hat diesen Geruch, besonders weißes Arsen. Es ist sofort tödlich.«
»Müßte Langton es nicht geschmeckt haben?«
»Vielleicht«, antwortete Churchley. »Aber sein Geschmackssinn war möglicherweise schon von allem, was er gegessen und getrunken hatte, abgestumpft, und er maß dem Beigeschmack keine weitere Bedeutung zu.«
»Aber wie ist es in den Wein gekommen?« brüllte Barnett. »Master Alfred.« Er ergriff Triphams Arm. »Sollen wir alle in unseren Betten vergiftet werden?«
Lady Mathilda schnalzte mit den Fingern und gab Master Moth ein Zeichen, der die ganze Zeit ruhig neben der Tür gestanden hatte. Sie machte wieder diese seltsamen,

vogelähnlichen Bewegungen, und Moth eilte davon. Er kehrte mit zwei schläfrig wirkenden Dienern zurück, die in der Bibliothek aufgeräumt und den Wein gebracht hatten. Irgendwie hatte sich die Neuigkeit von Langtons Tod bereits herumgesprochen, und die Diener krochen vorsichtig wie Mäuse in die Bibliothek. Tripham befragte sie, aber ihre gemurmelten Antworten warfen keinerlei Licht auf die Angelegenheit.

»Master Tripham«, schluchzte einer der beiden, »wir haben nur den Wein eingeschenkt und die Becher auf ein Tablett gestellt.«

Corbett ließ sie gehen. »Hat einer von Euch gesehen, daß sich jemand an den Bechern zu schaffen gemacht oder sie berührt hat?« fragte er die anderen.

»Nein«, antwortete Barnett auch für seine Kollegen. »Ich habe die ganze Zeit neben Langton gestanden.« Er verstummte, als ihm bewußt wurde, was das, was er gerade gesagt hatte, bedeuten konnte. »Ich habe nichts getan!« beteuerte er atemlos. »So etwas würde ich nie tun!«

»Hatte Langton seinen Becher die ganze Zeit in der Hand?« fragte Corbett.

Churchley fuchtelte mit den Händen. »Wie wir anderen«, flüsterte er, »hat er ihn vermutlich ab und zu auf dem Tisch abgestellt.«

»Aber was ich nicht verstehe«, erklärte Barnett, »ist, wie Langton eine Nachricht des Bellman an Euch, Sir Hugh, in der Tasche haben konnte?«

Corbett setzte sich auf einen Hocker. »Master Alfred Tripham, laßt die Diener holen und die Leiche entfernen! Die anderen sollen bleiben!«

Der Konrektor eilte davon. Er kehrte mit vier Dienern zurück, die ein Laken bei sich hatten, auf das sie Langtons Leiche legten. Tripham befahl ihnen, sie in das Leichenhaus auf der anderen Seite des Gartens zu bringen.
Mit gebeugtem Haupt saß Corbett da. Wie hatte das nur passieren können? Er schloß die Augen. Denk nach! Denk nach! Wieso hatte Langton einen an mich adressierten Brief in seinem Beutel? Wenn Langton nicht gestorben wäre, hätte er ihn mir dann ausgehändigt und mir sagen können, wer der Absender ist? Der Bellman mußte ein sehr großes Risiko eingegangen sein. Was wäre geschehen, wenn Langton mir das Schreiben plötzlich während des Mahls oder direkt anschließend überreicht hätte? Und wie hatte der Giftmörder gewußt, welchen Becher er präparieren muß? Er öffnete die Augen. Langtons Leiche war inzwischen entfernt worden. Die anderen sahen ihn seltsam an.
»Sir Hugh«, ließ sich Lady Mathilda vernehmen, »es ist spät, und wir alle sind müde.«
Corbett erhob sich und versuchte seine Verwirrung und seine Angst über die Drohungen des Bellman zu verbergen.
»Jetzt können wir kaum etwas tun«, sagte er. »Und dieser Tag hat ohnehin seine Last gehabt.«
»Ich würde gerne ein paar Worte mit Euch wechseln, ehe Ihr geht«, erklärte Lady Mathilda. »Sir Hugh, ich habe zusammen mit meinem Bruder, Gott segne ihn, dieses College gegründet.« Sie blickte Tripham herausfordernd an.
Der Konrektor sah so aus, als wollte er protestieren,

machte dann aber nur eine wütende Geste und verließ den Raum. Die anderen folgten ihm. Lady Mathilda bat Ranulf und Maltote, mit Master Moth draußen zu warten. Sie verschloß und verriegelte hinter ihnen die Tür der Bibliothek und ging dann zu Corbett zurück. Sie setzte sich an den langen Tisch und gab Corbett ungeduldig ein Zeichen, ihr gegenüber Platz zu nehmen.

»Hier kann man uns nicht hören«, flüsterte sie und beugte sich vor. »Sir Hugh, man wird Euch gesagt haben, daß der König einen Informanten in Sparrow Hall hat?«

Corbett sah sie nur ausdruckslos an.

»Jemanden, der dem König sagt, was hier vorgeht.« Lady Mathilda strich die Ärmel ihres Kleides zurück. »Ich bin dieser Informant, Sir Hugh. Mein Bruder war in Frieden und Krieg ein Mann des Königs. Sparrow Hall, dieses College«, ihre Stimme wurde etwas schrill, und rote Flecken tauchten hoch auf ihren Wangenknochen auf, »dieser Ort wurde für die Gelehrsamkeit gegründet und ist jetzt nur noch ein Hohn!«

»Hat Euch der König gebeten, für ihn zu spionieren?« fragte Corbett.

Lady Mathildas fahles Gesicht entspannte sich etwas, aber ihre Augen funkelten immer noch vor Wut.

»Nein. Ich bot ihm meine Dienste an, Sir Hugh. Kennt Ihr meine Geschichte etwa nicht? Als junges Mädchen spielte ich mit den Getreuen von de Montfort das Fadenspiel.« Ihre Züge entspannten sich noch mehr. »In meiner Jugend, Corbett, war ich sehr schön. Männer bettelten darum, diese knochige, jetzt von blauen Adern durchzogene Hand küssen zu dürfen. Die Ritter des Königs trugen bei ihren

Turnieren auf dem Kampfplatz oft meine Farben.« Sie grinste, und ihr Gesicht bekam einen spitzbübischen Ausdruck. »Selbst Edward Langschenkel versuchte in mein Bett zu kommen. Ich vermute, daß ich dem König in Krieg und Frieden ergeben war«, meinte sie und verzog das Gesicht. Sie faltete ihre Finger, an denen zahlreiche Ringe funkelten. »Das waren bewegte Zeiten, Corbett, die Tage des Kriegs. Die Armeen marschierten, und die Banner flatterten, und Spionage und Verrat waren an der Tagesordnung. Falls de Montfort gesiegt hätte, hätte ein neuer König den Thron von Westminster bestiegen, und Leute wie ich und mein Bruder wären im dunkeln verschwunden. Ihr habt die Geschichte gehört?«

Corbett schüttelte den Kopf. Diese alte, aber ungeheuer lebendige Frau faszinierte ihn.

»In Evesham versuchten auf dem Höhepunkt der Schlacht fünf von de Montforts Rittern zum König durchzubrechen, um ihn zu töten. Sie mähten seine Leibgarde nieder und drangen in die nächste Nähe des Königs vor, aber dort war auch mein Bruder Henry.« Sie hob den Kopf, und in ihren Augen standen Tränen. »Er war wie ein Fels, das sagt jedenfalls der König. Im Boden verwurzelt wie eine Eiche, schwenkte er blitzschnell mit beiden Händen sein Kriegsschwert. Die fünf Ritter drangen nie bis zum König vor. Mein Bruder tötete sie alle. Am selben Abend leistete der König in seinem Zelt einen Schwur.« Sie schloß die Augen, und ihre Stimme war bewegt. »›Ich habe einen Eid geleistet, und zu dem werde ich stehen‹, erklärte der König mit der Hand auf einer Reliquie Edwards des Bekenners. ›Wann immer Henry Braose oder jemand aus seiner Familie meine Hilfe sucht, werde ich sie gewähren.‹« Lady Mathilda öffnete die Augen. »Mein Bruder hat de Montfort nicht getötet, damit seine großartige Stiftung hier von irgendwelchen eingebildeten Gelehrten zugrunde gerichtet wird. Deswegen, Corbett, bot ich dem König meine Dienste an.«

»Und was habt Ihr herausgefunden?«

»Es geht nicht so sehr darum, etwas herauszufinden, Sir Hugh«, antwortete sie. »Ich lebe hier schon seit Jahren und habe Lehrer kommen und gehen sehen ... aber diese!« Sie seufzte. »Der alte Copsale war ein wahrer Gelehrter, doch die anderen! Passerel war fett und lebte nur für seinen Bauch. Langton war wie ein Gespenst, sein Tod wird genausowenig auffallen, wie er zu Lebzeiten aufgefallen ist. Barnett ist ein Trinker mit Sinn für hübsche Huren. Churchley ist so beschränkt, daß er vermutlich nicht einmal weiß, daß die Welt außerhalb von Oxford weitergeht.«

»Und Tripham, der Konrektor?«

»Oh, Master Tripham ist eine Schlange«, antwortete sie. »Eine gemütliche Schlange, die sich um Sparrow Hall gewunden hat und sich das College zu eigen machen möchte. Er will Rektor werden. Er wird über den Tod von Passerel und Langton keine Träne vergießen. Und er wird es schon so einrichten, daß seine Kollegen die frei gewordenen Stellen besetzen. Er ist ein Parvenü!« fauchte sie. »Ein Dieb und Erpresser, der auf dem Gedächtnis meines Bruders herumtrampelt ...«

»Warum ein Dieb?« unterbrach sie Corbett.

»Er ist ebenfalls unser Schatzmeister«, erklärte Lady Mathilda. »Das College verfügt über die unterschiedlichsten Einnahmen, hier ein Acker, dort eine Scheune, Herrenhäuser in Essex, Fischgründe bei Harwich und Walton-on-Naze. Das Geld kommt in kleinen Beträgen. Ich bin mir sicher, daß einiges an Master Triphams Fingern hängenbleibt.«

»Und warum Erpresser?« fragte Corbett.

»Er ist über alle kleinen Sünden seiner Kollegen im Bilde«, antwortete Lady Mathilda. »Barnett ist bei den Huren wohlbekannt. Churley schätzt Knaben, besonders die jungen Männer aus Wales. Dem Großmaul David ap Thomas seid Ihr doch bereits begegnet? Ich habe gesehen, wie ihm Churchley an den Hintern gefaßt hat. So einer also.«

»Und Appleston?«

Lady Mathilda wurde nachsichtiger.

»Leonard Appleston ist ein guter Lehrer, ein ausgezeichneter Gelehrter, eine beachtliche Begabung, was die Logik und das Argumentieren angeht. Seine Vorlesungen sind immer gut besucht.«

»Aber?«

»Es gibt da Geheimnisse aus seiner Vergangenheit. Master Tripham versucht sich bei mir einzuschmeicheln.« Sie verzog die Nase. »Jedenfalls ist Appleston nicht sein wirklicher Name.« Jetzt verzog sie die Mundwinkel. »Er heißt de Montfort. Oh, nein, nein!« Sie machte eine wegwerfende Handbewegung, als sie Corbetts überraschtes Gesicht bemerkte. »Er ist auf der falschen Seite geboren, ein uneheliches Kind.«

»Weiß der König das?«

»Ja.«

»Und?«

Sie zuckte mit den Schultern. »Man kann Appleston nicht einfach festnehmen, bloß weil er einer Affäre eines verräterischen Earl entstammt.«

»Und seine Sympathien?«

»Er ist ein Einzelgänger. Ich habe ihn einmal in der Bibliothek mit den Papieren meines Bruders ertappt. Dort gibt es auch einige der Proklamationen de Montforts. Ich ging an ihm vorbei, ehe er den Band umdrehen konnte, und sah den Titel. Als Appleston aufschaute, hatte er Tränen in den Augen.«

»Er könnte also der Bellman sein?«

»Jeder könnte der Bellman sein«, erwiderte Lady Mathilda. »Außer Master Moth.«

»Und der bewegt sich hier im College wie ein Gespenst.«

Lady Mathilda tippte sich an die Stirn. »Master Moth ist nicht verrückt, Sir Hugh, aber er hat Schwierigkeiten damit, sich zu konzentrieren oder zu erinnern. Denkt daran, er kann weder hören noch sprechen, von lesen und schreiben ganz zu schweigen.« Lady Mathilda erhob sich und legte den Kopf zur Seite, als würde sie auf etwas lauschen. »Ich weiß nicht, wer der Bellman ist, Corbett. Ihr habt doch Bullock, den Sheriff, getroffen?«

Corbett nickte.

»Also«, sagte sie, »da haben wir einen Mann, der uns haßt! Und dann gibt es natürlich noch die Studenten. Ihr braucht nicht zu glauben, daß sie so arm sind, wie sie aussehen. Viele von ihnen stammen aus reichen Familien, besonders die Waliser. Ihre Großväter haben für de Montfort gekämpft, und später haben sich ihre Väter und älteren Brüder dem König in Wales entgegengestellt.« Sie trat an Corbett heran und berührte die ergrauenden Locken auf seinem Kopf. »Wie die liebreizende Maeve, Eure gute Frau!«

»Ja, Gott segne sie!« Corbett erhob sich. »Sie hat sich sicher bereits zu Bett begeben, und das sollte ich auch tun, Lady Mathilda.«

Er nahm ihre kalte, magere Hand und küßte sie.

»Habt Ihr Angst, Corbett?« fragte sie. »Werdet Ihr wegen der Drohungen des Bellman nicht schlafen können?«

»*In media vitae*«, antwortete er, »*sumus in morte*! Mitten im Leben, Lady Mathilda, sind wir dem Tod stets nah.« Er ging zur Tür und drehte sich noch einmal um. »Mich beschäftigt mehr, was die anderen über Euch sagen werden.«

Lady Mathilda lachte, und ihr Alter und ihr Kummer waren einen Augenblick aus ihrem Gesicht verschwunden. Corbett konnte die wunderschöne junge Frau ahnen, die sie einmal gewesen war.

»Sie werden mich eine intrigante und bösartige alte Hexe nennen«, sagte sie. »Wißt Ihr, was ich denke, Corbett?« Sie hielt inne und spielte mit der Kordel, die sie um die Taille trug. »Ich denke, der Bellman wird kommen. Er hat es vielleicht auf Euch abgesehen, Sir Hugh, aber vergeßt nicht, ich bin die Schwester von Henry Braose.« Sie richtete sich hoch auf. »Ich weiß, daß er mich nicht am Leben lassen wird!«

6.

Corbett verließ die Bibliothek. Master Moth drängte sich an ihm vorbei, so eilig hatte er es, wieder zu seiner Herrin zu kommen. Ranulf salutierte.

»Denkt Euch nichts dabei, Herr. Moth ist wie ein Kind. Lady Mathilda ist für ihn wie eine Mutter und Göttin. Er hat an der Tür gekratzt, so groß war seine Sehnsucht.«

»Ich weiß«, erwiderte Corbett. »Sie hat Angst. Sie glaubt, daß der Bellman eine Liste hat und daß ihr Name da drauf steht.«

Ein Diener erwartete sie, um sie nach draußen zu begleiten. Corbett entschuldigte sich und ging durch eine kleine Seitentür in den Garten. Der volle Mond tauchte den Rasen, die Blumen- und die etwas erhöhten Kräuterbeete in ein silbernes Licht. Links und weiter hinten war eine Mauer, rechts standen einige Gebäude. Corbett blickte hinauf zum Fenster der Bibliothek.

»Ja, es ist möglich«, murmelte er. »Schau, Ranulf. Rechts und links sind Stützpfeiler, einmal ganz zu schweigen von der Hecke davor. Hinter dieser konnte sich der Mörder wirklich gut verstecken.« Corbett deutete auf den schmalen Weg, der zwischen der Hecke und dem Gebäude verlief. »Wenn wir einmal davon ausgehen, daß ihn niemand gesehen hat, als er das Gebäude verließ, dann war er anschließend fast unsichtbar.«

Corbett ging vorsichtig den Weg entlang. Die Hecke war

stachlig, die Blätter hatten scharfe Kanten, und die Erde war nach dem nicht lange zurückliegenden Regen naß und glitschig. Er blieb vor dem Fenster der Bibliothek stehen. Es war mit einem Riegel verschlossen. Hinter den Läden war mit Mühe ein schwacher Lichtschein auszumachen. Corbett kehrte zu seinen Gefährten zurück. Maltote lehnte an der Tür und drohte jeden Moment einzuschlafen.

»Der Mörder könnte also von dort aus geschossen haben?« fragte Ranulf. »Dann hat er die Läden zugezogen und das Fenster zugedrückt?«

»Das vermute ich«, antwortete Corbett langsam. »Aber ich bin doch nicht so schlau, wie ich manchmal denke. Wir wissen, daß Fenster und Läden geschlossen waren. Wir wissen auch, daß sich Ascham in der Bibliothek aufhielt, um nach etwas zu suchen, was ihm die Identität des Bellman verraten würde. Oder davon gehen wir zumindest aus. Stell dir einmal vor, er sitzt da an seinem Tisch. Er hört es am Fenster klopfen, begibt sich hin und öffnet die Läden.«

»Und dann das Fenster?« meinte Ranulf.

»Nein«, antwortete Corbett. »Da läßt mich meine schlaue Theorie im Stich. Sag, Ranulf, wenn du eine Idee hättest, wer der Bellman sein könnte, und du hättest dich in der Bibliothek eingeschlossen, um nach den nötigen Beweisen zu suchen, würdest irgendwann ein Klopfen am Fenster hören, die Läden öffnen und durch das Fenster die Person sehen, die du im Verdacht hast – würdest du dann noch das Fenster öffnen? Wenn man dabei nicht vergißt, daß dieser Bellman möglicherweise auch noch den Rektor John Copsale auf dem Gewissen hat?«

»Nein«, antwortete Ranulf, »das würde ich nicht. Aber vielleicht war sich Ascham seiner Sache ja gar nicht so sicher und hatte mehr als nur einen Verdächtigen?«

»Vielleicht ... nun gut.« Corbett schüttelte Maltote am Arm. »Es ist weit nach Mitternacht und Zeit, daß wir ins Bett kommen.«

Sie gingen ins College zurück und traten dann durch das Hauptportal auf die Gasse. Nur der schwache Schein von Kerzen hoch oben aus dem Wohnheim gab etwas Licht. Ein Bettler, dem die Unterschenkel fehlten, kam aus einer Seitengasse. Er stieß sich auf einem kleinen Karren vorwärts und schwenkte seine Bettlerschale.

»Einen Penny!« jammerte er. »Für einen alten Soldaten!«

Corbett kniete sich hin und starrte in das Gesicht des Mannes, das eine einzige Wunde war. Ein Auge war halbgeschlossen, und um den Mund herum fanden sich große vereiterte Stellen. Corbett legte zwei Pennymünzen in seine Steingutschale.

»Was seht Ihr, alter Mann?« fragte er. »Was seht Ihr in der Nacht? Wer verläßt das College oder das Wohnheim?«

Der Bettler öffnete den Mund. In diesem hatte er nur einen einzigen Zahn, spitz und gekrümmt wie ein Haken.

»Niemand kümmert sich um den armen Albric«, entgegnete er. »Und ich habe ebenfalls niemanden gesehen. Aber schließlich ist es auch so, Sirs, daß Rattennester immer mehr als nur einen Ausgang haben.«

»Ihr habt also jemanden nachts heimlich die Gebäude verlassen sehen?«

»Ich sehe nur Schatten«, antwortete Albric. »Vermummte

Schatten huschen an dem armen Albric vorbei, ohne einen Penny zu spenden, ohne einen Penny zu geben.«

»Wohin gehen sie?« fragte Corbett.

»In die Nacht, wie die Fledermäuse.« Der Bettler kam mit seinem Gesicht näher an ihn heran. »Ein Geheimbund.« Albric flatterte mit seinen Händen vor Corbetts Augen. »Albric kann zählen. Ich habe die Kathedralschule besucht, das habe ich tatsächlich, als Kind. Dreizehn huschen an mir vorbei, dreizehn kommen zurück. Ein Geheimbund der Hexenmeister! Sonst weiß ich nichts!«

Corbett legte einen weiteren Penny in die Schale. Dann schaute er über seine Schulter auf Ranulf, der inzwischen Maltote stützen mußte. Sie gingen die Gasse entlang weiter. Nachdem sie eine ganze Weile geklopft hatten, öffnete ihnen der Ostarius, der Schließer. Er schob die Riegel zurück, und die Schlüssel drehten sich kreischend im Schloß. Sie betraten die düstere Diele. Corbett ging auf die Treppe zu, aber Ranulf, der Maltote erst wachrütteln mußte, deutete auf eine Tür, unter der das Licht einer Kerze hervorschimmerte. Corbett hielt inne und hörte eine leise Unterhaltung und Gelächter. Er öffnete die Tür und trat in das Refektorium. David ap Thomas, dessen Haar total zerzaust aussah, hielt, umringt von Studenten, an einem der Tische hof. Corbett lächelte ihm zur Begrüßung zu. Ap Thomas ließ seine Würfel fallen und schaute den Bevollmächtigten finster an. Corbett zuckte mit den Schultern und drehte sich in der Tür um.

»Nein, nein, Herr«, flüsterte Ranulf. »Wenn Ihr Maltote auf unser Zimmer bringt, dann kann ich ein paar Worte mit dem Waliser wechseln.«

»Keinen Streit!« warnte ihn Corbett.

Ranulf lächelte, drängte sich an ihm vorbei und schlenderte ins Refektorium. Er warf seinen Umhang über die Schulter, damit alle seinen langen Dolch, den er in einer Scheide am Gürtel hängen hatte, deutlich sehen konnten. Als er näher kam, begann einer aus der Gruppe zu krächzen wie eine Krähe. Er machte sich über La Corbière, die Krähe, lustig, auf die Corbetts normannischer Name zurückging. Ranulf grinste. Er bahnte sich einen Weg an den Tisch und zog seine eigenen präparierten Würfel hervor. Er hatte die Augen auf ap Thomas gerichtet und warf sie klappernd auf den Tisch.

»Zwei Sechsen!«

Ap Thomas schüttelte seine Würfel, warf aber nur eine Vier und eine Drei. Ranulf, der sich seine Würfel von einem der besten Schwindler in London hatte anfertigen lassen, warf erneut. Ap Thomas hatte keine andere Wahl, als es ihm nachzutun, warf aber jedesmal eine geringere Zahl als Ranulf. Ranulf seufzte, nahm seine Würfel und ließ sie wieder in seinem Beutel verschwinden.

»Du hast verloren, Waliser«, sagte er. »Doch da stellt sich auch die Frage, ob du je hättest gewinnen können?«

Ap Thomas schob seinen Hocker zurück, stand auf und griff nach seinem Messer. Ranulf machte einen Schritt zur Seite, und plötzlich hatte der Waliser einen Dolch an der Kehle.

»Ich bin mir sicher«, erklärte Ranulf, »daß sich keiner deiner Freunde bewegen wird, sonst rutscht mir womöglich die Hand aus. Aber Ihr, Sir, könnt, wenn Ihr wollt, Euren Dolch ziehen.«

»Das war nur ein Spiel«, sagte ap Thomas nervös mit erhobenem Kinn. »Ich dachte, Ihr würdet mogeln.«
»Aber jetzt ist Euch hoffentlich klar, daß ich das nicht getan habe.«
»Natürlich«, entgegnete ap Thomas mit heiserer Stimme.
»Gut!« Ranulf lächelte. »Also, nächstes Mal, wenn du meinen Herrn triffst, dann lächle, wenn er lächelt. Und bitte kein Krächzen. Einverstanden?« Er schaute sich um, und alle hatten es eilig, zustimmend zu murmeln. »Gut!« Ranulf steckte seinen Dolch weg und schlenderte aus dem Refektorium und die Treppe hinauf.
Maltote lag bereits im Bett und schnarchte wie ein Ferkel. Im Nachbarzimmer kniete Corbett auf dem Fußboden und betete mit geschlossenen Augen lautlos den Rosenkranz.
»Gute Nacht, Herr.«
Corbett öffnete die Augen und lächelte. »Gute Nacht, Ranulf. Wir sollten uns hier nicht unterhalten«, meinte er noch. »Gott weiß, daß die Wände Ohren haben. Morgen wieder, vielleicht nach der Messe?«
Ranulf ging in sein eigenes Zimmer zurück. Er versicherte sich, daß Maltote zugedeckt war, trat dann ans Fenster und öffnete die Läden. Durch die schießschartenschmale Fensteröffnung schaute er in den Sternenhimmel. Er war froh, wieder im Auftrag des Königs unterwegs zu sein und Leighton mit seinen einsamen Feldern und Wäldern hinter sich gelassen zu haben. Doch was noch wichtiger war – neue Türen würden sich öffnen, und Ranulfs Ehrgeiz, die steile und stellenweise glatte Karriereleiter weiter zu erklimmen, war ungebrochen. Er war zu stolz, sich Corbett

gegenüber zu beklagen, und zu dankbar, es seinem Herrn und Lady Maeve allein zu überlassen, für sein Wohlergehen zu sorgen. Die Ankunft des Königs in Leighton hatte das alles verändert. Gerade bevor der König wieder aufgebrochen und Corbett anderweitig beschäftigt gewesen war, hatte Edward Ranulf am Ärmel gezogen. Er hatte ihn in eine Ecke geführt und laut erklärt, er wisse da eine Geschichte über einen bestimmten Bischof, mit dem sie beide bekannt seien. Als sie endlich in einem schmalen Gang außer Sicht waren, war die Stimmung des Königs umgeschlagen.

»Sir Hugh geht es doch gut, Ranulf?«

»Ja, Euer Gnaden, er ist Euch so ergeben wie früher, macht sich aber Sorgen um Lady Maeve und verträgt deswegen Blutvergießen und Krieg nicht mehr so gut wie andere Männer.«

Der König hatte Ranulf einen Arm umgelegt, und seine Finger hatten sich in seine Schulter gekrallt.

»Aber du, Ranulf, du bist doch nicht so, mein Beamter des Grünen Siegels?«

»Jeder Mann geht seinen eigenen Weg, Euer Gnaden!«

»Das ist allerdings so, Ranulf, und manchmal geht man allein. Wenn Corbett nicht auf Dauer in meine Dienste zurückkehren will«, hatte der König noch gemeint, »dann mußt zumindest du das tun.« Der König hatte gelächelt. »Ich kann den Ehrgeiz in deinen Augen sehen, Ranulf-atte-Newgate. Er brennt dort wie eine Flamme. Französisch und Latein beherrschst du doch jetzt? Und Briefe aufsetzen und siegeln kannst du auch? Außerdem bist du flink, hast ein scharfes Auge, bist gewitzt und schreckst auch nicht davor zurück, die Feinde des Königs in eine Falle zu locken und umzubringen?«

»Was Euer Gnaden denken, können Euer Gnaden glauben.«

Der Griff des Königs lockerte sich. Er zog Ranulf noch näher an sich heran.

»Corbett ist ein guter Mann«, flüsterte Edward. »Loyal und ehrlich. Er setzt sich leidenschaftlich für das Gesetz ein. Er wird nach Oxford gehen und dort den Bellman stellen. Das weiß ich. Du jedoch, du bekommst eine besondere Aufgabe.«

»Euer Gnaden?«

»Ich will nicht, daß der Bellman nach Süden vor das Höchste Gericht in Westminster gebracht wird. Ich will ihm nicht die Möglichkeit geben, mich und alle Leute über den gesegneten de Montfort zu belehren!« fauchte er. Dann hielt er inne, den Blick immer noch auf Ranulf gerichtet.

»Euer Gnaden?«

»Euer Gnaden!« äffte ihn Edward nach. »Was Euer Gnaden wollen, Ranulf-atte-Newgate, ist, daß du den Bellman tötest, wenn ihn Corbett gestellt hat! Verstehst du das? Du sollst die gesetzliche Hinrichtung im Namen deines Königs ausführen!«

Edward hatte ihn daraufhin freundschaftlich weggestoßen und war zu seinen Gefährten zurückgekehrt. Dieses Gespräch hatte Ranulfs Ehrgeiz nur noch weiter angefacht. Er machte sich jedoch auch Sorgen. Der König hatte ihm etwas verschwiegen. Ranulf trommelte auf den Griff seines Dolches. Der Bellman hatte es darauf abgesehen, sowohl die Krone als auch Sparrow Hall in Verruf zu bringen. Und was war dazu besser geeignet, als den höchsten Beamten des Königs zu ermorden? Ranulf schloß die Fensterläden. Er zog seine Stiefel aus und warf sich aufs Bett. Er lag eine Weile da und dachte nach und löschte dann erst die Kerze. Ihm kamen ap Thomas und die Studenten im Refektorium in den Sinn. Irgendwann ziemlich bald mußte er herausfinden, warum ap Thomas und seine Freunde nasses Gras an ihren Stiefeln und Gamaschen gehabt hatten. Das Wohnheim hatte keinen Garten, und die Straßen von Oxford waren unbefestigt und voller Schmutz. War ap Thomas etwa draußen auf dem Land gewesen? Dort, wo die schrecklich verstümmelten Leichen gefunden worden waren? Und was hatten die Amulette zu bedeuten, die die Studenten um den Hals trugen?

Corbett kniete in einer Seitenkapelle der St. Michael's Church, die den Schutzengeln geweiht war. Am Hochaltar feierte der Priester seine einsame Frühmesse. Corbett schaute über die Schulter und grinste. Maltote lehnte mit geschlossenen Augen und offenem Mund gegen einen Pfeiler. Er hatte sich immer noch nicht vom Gelage des Vorabends erholt. Ranulf saß in der Hocke und hielt die Augen ebenfalls geschlossen. Corbett fragte sich, zu welchem Gott sein Diener wohl betete. Ranulf äußerte sich nie über die Religion, nahm aber pflichtschuldig an der Messe und am Sakrament teil, ohne beides weiter zu kommentieren. Corbett betrachtete die Wände der Kapelle. Die Wandgemälde, auf denen Jagdszenen dargestellt waren, interessierten ihn. Links jagten Teufel mit riesigen

Netzen Seelen in einem mythologischen Wald. Über ihnen schwebten Engel, die mit gezogenen Schwertern die Gerechten aus ihren Schlingen zu befreien suchten. Auf die andere Wand hatte der Künstler in grellen Farben und mit energischen Pinselstrichen eine Welt gemalt, in der alles auf den Kopf gestellt war. Hier war der Hase der Jäger und der Mensch die Beute. Besonders der Hase mit seinem rotbraunen Fell und seinem weißen Bauch, der auf den Hinterbeinen ging und ein Netz mit den Seelen der Verdammten über der Schulter trug, hatte es Corbett angetan.
Nach dem Ende der Messe befragte Corbett Pater Vincent.
»Unsere Wandgemälde gefallen Euch also?« Der Priester lächelte und zog seine Kasel aus. Er faltete sie ordentlich zusammen, ehe er sie auf die Stufen des Altars legte.
»Ja, sie sind sehr speziell«, antwortete Corbett.
»Ich habe sie alle selbst gemalt«, erwiderte Pater Vincent stolz. »Ich fürchte, daß ich kein sonderlich guter Maler bin, aber in meiner Jugend war ich Jäger, ich stand in Woodstock als Forstmeister in den Diensten des Königs.«
Jetzt hatte der Priester sämtliche Meßgewänder abgelegt und löschte die Kerzen auf dem Seitenaltar. »Ihr seid also der Bevollmächtigte des Königs?« fragte er. »In letzter Zeit habe ich so viele Besucher. Aber Ihr seid sicher nicht gekommen, um meine Gemälde zu bewundern, sondern um mich nach dem armen Passerel zu fragen, oder?«
Der Priester führte sie die Stufen hinunter und deutete auf den Durchgang durch den Lettner.
»Hier ist der Arme zu Boden gegangen. Da war er schon mausetot! Sein Gesicht war geschwollen, und sein Körper zuckte ein letztes Mal.« Er tippte Corbett auf die Schulter

und zeigte auf Maltote. »Er kann auf einem der Hocker sitzen, wenn er das will. Er sieht aus, als wäre er noch nicht ganz wach.«

Maltote gehorchte freudig, und Pater Vincent ging mit Ranulf und Corbett aus dem Raum vor dem Hochaltar und trat dahinter.

»Hier ließ ich Passerel zurück. Ich gab ihm einen Krug mit Wein und einen Teller mit Essen, nachdem er bei mir um Schutz nachgesucht hatte. Er sagte nicht viel, also ließ ich ihn allein. Den Studenten, die ihn hierher verfolgt hatten, drohte ich, sie zu exkommunizieren, wenn sie den Gottesacker nicht sofort räumen würden. Ich ließ die Seitentür offenstehen und ging zu Bett.«

»Bleibt wach!« rief eine Stimme. »Bleibt wach, und seid bereit! Der Satan ist ein brüllender Löwe, der jemanden sucht, den er verschlingen kann!«

Ranulf warf sich mit der Hand auf dem Dolch herum, als er die Stimme hörte, die wie eine große Glocke in der Kirche widerhallte.

»Das ist Magdalena, unsere Anachoretin«, entschuldigte sich Pater Vincent.

Corbett starrte auf den seltsamen Verschlag über dem Hauptportal. Er erinnerte ihn an das Vogelhaus, das Maeve im Winter immer in einen Baum hängte, damit die Vögel irgendwo etwas zu fressen finden würden.

»Ihr wißt nichts über den Mord an Passerel?« fragte er.

»Nein, überhaupt nichts.«

»Hätte Euch Magdalena nicht Bescheid sagen müssen?«

»Oh, die ist halb verrückt«, flüsterte Pater Vincent. »Wie schon erwähnt, ich habe Passerel etwas zu essen gegeben und mich dann für die Nacht zurückgezogen. Die Seitentür blieb offen, damit er nach draußen konnte, um sich zu erleichtern, falls er das wollte.«

»Und er hat nichts zu Euch gesagt«, beharrte Corbett, »nichts, was seine plötzliche Flucht aus Sparrow Hall erklären könnte?«

»Nein, er war ein verängstigter kleiner Mann«, antwortete Pater Vincent, »der mit schwacher Stimme seine Unschuld beteuerte.«

Corbett schaute über die Schulter. Ranulf war gerade dabei, Maltote wachzurütteln.

»Maltote!« befahl er. »Geh nach Sparrow Hall zurück und warte dort auf uns!«

Maltote mußte sich das nicht zweimal sagen lassen. Er trottete durch die Kirche und verließ sie durch das Hauptportal.

»Ich würde diese Anachoretin gerne kennenlernen«, sagte Corbett. »Wenn ich das richtig verstanden habe, hat sie nicht nur Passerels Mörder gesehen, sondern auch vor vielen Jahren den Gründer von Sparrow Hall, Sir Henry Braose, verflucht?«

»Ah, Ihr habt diese Geschichten also schon gehört?« Pater Vincent führte sie durch die Kirche und blieb vor dem Verschlag der Anachoretin stehen.

»Magdalena!« rief der Priester nach oben. »Magdalena, wir haben Abgesandte des Königs zu Besuch! Sie wollen mit dir sprechen.«

»Ich bin hier«, erwiderte die Stimme, »im Dienste des Königs aller Könige!«

»Magdalena!« rief Corbett. »Ich bin Sir Hugh Corbett, der

Bevollmächtigte des Königs. Ich will Euch nichts Böses. Ich muß Euch ein paar Fragen stellen, aber ich möchte Euch nicht in Eurer Zelle stören. Bevor ich gehe, möchte ich eine Stiftung machen, damit Ihr Kerzen entzünden und für meine Seele beten könnt.«

Corbett bemerkte, wie der lederne Vorhang des kleinen Fensters ein wenig beiseite gezogen wurde. Dann sah er eine grauhaarige, in Lumpen gehüllte Gestalt einen schmalen Balkon entlanggehen und hörte schließlich Sandalen auf Steinstufen. Magdalena kam langsam auf sie zu. Sie ging stark vornübergebeugt, und ihr schmutzigweißes Haar reichte ihr fast bis zur Taille. Ihre Augen glänzten, aber noch auffälliger war, wie sie sich das Gesicht bemalt hatte: Die rechte Wange war schwarz, die linke weiß. In der Hand hielt sie einen zersprungenen Taschenspiegel. Schlurfend ging sie auf einen Pfeiler zu und setzte sich auf seinen Sockel. Sie starrte in den Spiegel und faßte gleichzeitig mit ihren knochigen Fingern nach einem primitiven Rosenkranz, den sie um das rechte Handgelenk geschlungen hatte. Ihre Lippen bewegten sich lautlos im Gebet. Sie schaute auf und ließ ihre hellen, durchdringenden Augen auf Corbett ruhen.

»Nun, Bevollmächtigter mit dem dunklen Gesicht? Was wollt Ihr von der armen Magdalena?« Ihr Blick wanderte zu Ranulf. »Ihr und Euer Kämpfer. Warum stört Ihr meine Stille?«

»Weil Ihr Dinge seht.« Corbett kniete sich neben sie und zog eine Silbermünze aus seinem Beutel.

»Magdalena sieht viel im Dunkel der Nacht«, sagte sie. »Ich habe Dämonen gesehen, die die Hölle ausgespuckt hatte, und der Ruhm Gottes hat das Allerheiligste erleuchtet. Vor den Augen Gottes bin ich nur eine arme Sünderin.« Sie schlug sich mit dem Spiegel gegen ihr Gesicht. »Früher war ich schön. Jetzt bemale ich mein Gesicht schwarz und weiß und habe immer den Spiegel zur Hand. Schwarz ist die Farbe des Todes. Weiß ist die Farbe meines Leichentuchs.«

»Und was seht Ihr sonst noch?« fragte sie Corbett. Er deutete auf ihre Zelle. »Ihr kniet oberhalb des Hauptportals. Habt Ihr den Bellman gesehen?«

»Ich habe ihn gehört«, antwortete sie. »In der Nacht, in der er seine Proklamation an die Tür geheftet hat. Sein Atem ging schwer, und er schnappte nach Luft. Das, sagte ich mir, ist ein Mann, der von seinen Dämonen verfolgt wird! Aber das ist recht so«, fuhr sie in einem Singsang fort. »Sparrow Hall ist verflucht. Auf Sand gebaut.« Ihre Stimme wurde schrill. »Die Regen werden fallen, und die Winde werden wehen! Das Haus wird untergehen, und sein Fall wird tief sein!«

»Was für ein Fluch?« fragte Corbett.

»Vor Jahren, Mann mit dem dunklen Gesicht.« Sie berührte Corbett an der Seite des Mundes. »Eure Augen sind verschleiert und sanft. Ihr solltet nicht bei mir sein, sondern bei Eurer Frau und Eurem Kind.« Sie bemerkte die Überraschung in Corbetts Augen. »Ich kann sehen, daß Ihr ein Herzensbrecher seid«, fuhr sie fort. »Mein Mann sah so aus wie Ihr. Ein prächtiger Mann. Er hat für den großen de Montfort gekämpft und kam nie wieder. Sein Leichnam wurde in Stücke gehackt wie die Fleischbrocken in der Auslage eines Metzgers. Ich und mein

Junge blieben zurück. Wir lebten im Keller und in den Gängen, im Dunkeln, aber in Sicherheit.« Sie spuckte leicht beim Sprechen, und ihr Rosenkranz schlug gegen ihren Spiegel. »Aber dann kam dieser Braose. Er war arrogant und hielt seinen Kopf, als wäre der etwas Heiliges. Er und diese wunderschöne Schlampe, seine Schwester! Sie warfen mich auf die Straße! Mein Kind starb, und ich verfluchte sie!« Magdalena klapperte mit den Perlen ihres Rosenkranzes. »Jetzt kommt der Bellman und kündet von Tod und Zerstörung.«

»Aber Ihr wißt nicht, wer der Bellman ist?« fragte Corbett.

»Ein Dämon aus der Hölle! Ein Kobold, der noch nicht alles ausgerichtet hat!«

»Und Ihr habt gesehen, wie der arme Passerel gestorben ist?«

Magdalena hob den Kopf, und ihr Blick bekam etwas Verschlagenes.

»Er kniete vor meinem Fenster«, antwortete sie. »Er hatte die Augen auf das heilige Licht Gottes gerichtet.« Sie deutete zum Allerheiligsten. »Ich höre, wie sich die Tür öffnet und sich eine dunkle Gestalt wie ein Dieb in der Nacht in die Kirche schleicht. Ja, so ist das gewesen. Wie eine Falle! Passerel, dieser Dummkopf, trinkt den Wein und stirbt in Sünde vor dem Allmächtigen. Oh!« Sie schloß die Augen. »Wie schrecklich es ist, wenn eine sündige Seele in die Hände des lebendigen Gottes fällt!«

»Wie sah die Gestalt aus?« fragte Corbett.

Jetzt betrachtete Magdalena die Silbermünze, die Corbett in der Hand hielt.

»Das kann ich nicht sagen«, antwortete sie müde. »Mit

einer Kapuze und maskiert war sie kaum mehr als ein Schatten.« Sie erhob sich mühsam. »Ich habe jetzt genug gesprochen.«

Corbett reichte ihr die Silbermünze, und die Anachoretin hastete die Treppe hinauf. Pater Vincent führte sie aus der Kirche.

»Was ist mit dem Krug und dem Becher passiert?« wollte Corbett wissen.

»Ich habe sie weggeworfen«, antwortete der Priester. »Sie waren beide nichts Besonderes. So wie man sie in jeder Schenke findet.«

Corbett dankte ihm. Sie gingen über den Friedhof und durch das Friedhofstor.

»Sollten wir nicht was essen?« fragte Ranulf hoffnungsvoll.

Corbett schüttelte den Kopf. »Nein. Laß uns erst das St. Osyth's Hospital aufsuchen.«

»Hier haben wir nichts Neues erfahren«, sagte Ranulf.

»Oh, vielleicht doch.« Corbett lächelte ihn an.

Sie ließen sich von einem Straßenhändler den Weg erklären, gingen eine Seitengasse entlang und kamen von dort auf die Broad Street. Es wurde ein schöner Tag. Die Ausfallstraßen waren verstopft, Bauernkarren, Fässer und Tonnen blockierten alles, und die Luft war von einem schrillen Lärm erfüllt, als in Werkstätten und an Verkaufsständen mit dem Geschäft des Tages begonnen wurde. Hammerschläge erschollen aus einer Richtung, in einer anderen wurden Kübel und Bottiche mit Reifen beschlagen, und aus den Küchen war das Klappern von Töpfen und Tellern zu hören. Männer, Frauen und Kinder gingen

in Gruppen und sich anrempelnd die Straße entlang. Die Häuser zu beiden Seiten standen etwas vor, und die absackenden Mauern wurden von Balken abgestützt, die das Fortkommen ebenfalls erschwerten. Fuhrleute und Jungen mit Schubkarren behinderten und beschimpften sich gegenseitig. Unter ihrer Last schweißgebadete Träger versuchten sich einen Weg zu bahnen, indem sie mit einer Silberweidenrute um sich schlugen. Beleibte Kaufleute mit schweren Geldbeuteln in den Händen gingen aus den Häusern zu den Ständen. Händler mit Bauchläden versuchten alle, einschließlich Corbett und Ranulf, dazu zu verleiten, ihren Plunder zu kaufen. Einmal mußte Corbett sogar stehenbleiben und Ranulf in einen Ladeneingang ziehen. Einer der Gesellen war jedoch der Meinung, daß sie etwas kaufen wollten, und zerrte so lange an ihren Ärmeln, bis sie gezwungen waren, weiterzugehen.
»Ist das hier immer so?« flüsterte Ranulf.
Corbetts Antwort wurde von den schrillen Rufen, die durch die Luft hallten, erstickt.
»Heiße Erbsen! Kleine Kohlen! Neue Besen! Grüne Besen! Brot und Fleisch um der Barmherzigkeit Gottes willen für die armen Gefangenen im Bocardo!«
Die Bettler mit ihren flachen Schalen waren wie die Flöhe. Obsthändler verkauften glänzende Äpfel aus den Obstgärten der Stadt, und am Marktkreuz stritten sich Sänger erbittert darüber, wer singen oder die neuesten Nachrichten vortragen durfte. Selbst die Huren und ihre Zuhälter und Beschützer schauten sich nach Kundschaft um. Überall sah man Studenten in Gruppen, einige in golddurchwirkten Seidenstoffen, andere in Lumpen, die sehr wach-

sam waren und eine Hand immer in der Nähe ihres Dolches hatten.
Corbett blieb vor der Schenke, die Merry Maidens hieß, stehen und befahl Ranulf, hineinzugehen und ein Zimmer zu mieten, das sie später benutzen könnten. Nachdem das erledigt war, durchquerten sie den Stadtteil Carfax und gingen zum Schluß eine enge, schmutzige Gasse entlang, die zum St. Osyth's Hospital führte, einem heruntergekommenen dreistöckigen Wohnhaus, das von einer Mauer umgeben war. Das Tor wurde von Bettlern belagert. In dem gepflasterten Hof gab ein müde aussehender Laienbruder in einer braunen Kutte, die von einer schmutzigen Kordel zusammengehalten wurde, Bettlern hartes Roggenbrot. Sie hatten sich vor einem Tisch in einer Reihe aufgestellt, an dem zwei weitere Brüder einen dampfenden Eintopf aus Gemüse und Fleisch austeilten. Corbett und Ranulf bahnten sich einen Weg.
»So etwas habe ich noch nie gesehen«, flüsterte Ranulf. »Nicht einmal in London.«
Corbett konnte ihm da nur zustimmen. Hier standen mindestens hundert Bettler, einige noch jung und lebhaft, die meisten jedoch alt und gebeugt und in Lumpen gehüllt. Bei den meisten handelte es sich um ehemalige Soldaten, die immer noch an schrecklichen Kriegswunden litten. Ein Gesicht war mit kochendem Öl verbrüht worden, irgendwo fehlte ein Auge, und die Augenhöhle war vernarbt, Beine waren verkrümmt oder gar nicht mehr vorhanden. Die meisten hatten irgendwelche behelfsmäßigen Krücken. Corbett fiel etwas auf, was er schon in anderen Hospitälern bemerkt hatte. Trotz ihres Alters,

ihrer Verwundungen und ihrer Armut waren diese Männer fest entschlossen, weiterzuleben und an dem, was ihnen vom Leben geblieben war, festzuhalten. In gewisser Weise war der Mord an solchen Männern noch viel grausamer als die Taten des Meuchelmörders in Sparrow Hall, kam es ihm in den Sinn, denn diese Bettler waren unschuldig. Es waren Männer, die weiterkämpften, obwohl sie alles gegen sich hatten.

»Kann ich Euch helfen?«

Corbett drehte sich um. Die Stimme war leise und sanft, aber der Mann, dem sie gehörte, groß und stämmig. Er trug die braune Kutte der Franziskaner, hatte eine ordentliche Tonsur und das Gesicht einer freundlichen Kröte. Er lächelte und blinzelte fortwährend.

»Tut mir leid, daß ich so häßlich bin«, erklärte der Franziskaner. Er klopfte Corbett mit einer Hand, die einer Bärenpranke ähnelte, auf die Schulter. »Ich kann die Gedanken in Eurem Blick lesen, Sir. In den Augen der Menschen bin ich häßlich, aber vielleicht sieht Gott das anders.«

»Ich suche nach dem Pater Curator«, entgegnete Corbett. »Und kein Mensch, der sein Leben den Armen weiht, kann häßlich sein.«

Der Bruder nahm Corbetts Hand und schüttelte sie energisch.

»Ihr hättet auch so ein verdammter Franziskaner werden sollen«, brummte er. »Wer zum Teufel seid Ihr überhaupt?«

Corbett sagte es ihm.

»Ich bin Bruder Angelo«, erwiderte er, »und ich bin auch

der Pater Kurator. Das ist mein Herrenhaus, mein Palast.« Er schaute auf und kniff wegen der Sonne die Augen zusammen. »Wir speisen zweihundert Bettler am Tag«, fuhr er fort. »Aber Ihr seid bestimmt nicht hier, um uns zu helfen, oder, Corbett? Und Ihr habt uns auch sicher kein Gold vom König mitgebracht, oder?«

Er gab Corbett ein Zeichen, ihm die Treppe hinauf ins Hospital zu folgen. Dort führte er ihn in sein Zimmer, eine enge weißgekalkte Zelle. Corbett und Ranulf nahmen auf dem Bett Platz, und Pater Angelo setzte sich auf einen Hocker neben ihnen.

»Ihr seid wegen des Bellman hier, oder? Wir haben alle von diesem verrückten Hundesohn und von den Morden in Sparrow Hall gehört.«

»Der König ist ebenfalls über die Todesfälle hier im St. Osyth's Hospital unterrichtet worden oder, um genauer zu sein«, beeilte Corbett sich hinzuzufügen, als das Lächeln vom Gesicht des Franziskaners verschwand, »über die Leichen, die in den Wäldern vor der Stadt gefunden worden sind.«

»Darüber wissen wir nur wenig«, gestand Pater Angelo. »Schaut Euch um, Bevollmächtigter. Das hier sind arme Leute, gebrechliche alte Bettler. Wer auf Gottes Erde ist nur so grausam zu ihnen? Das ergibt alles keinen Sinn. Ich kann Euch nicht helfen.«

»Ihr habt keinerlei Gerüchte gehört?«

Bruder Angelo schüttelte den Kopf. »Nichts außer Godrics wilden Fieberphantasien«, murmelte er. »Ihr müßt verstehen, Corbett, daß die Männer hier kommen und gehen, wie es ihnen gefällt. Sie betteln auf den Straßen der Stadt.

Sie sind wehrlos und Bösartigkeit und Haß hilflos ausgeliefert.«
»Erinnert Ihr Euch an Brakespeare«, fragte Corbett, »an einen Soldaten und ehemaligen Offizier in der Armee des Königs?«
»Davon gibt es so viele«, entschuldigte sich Bruder Angelo und schüttelte den Kopf. Er schaute auf Ranulf. »Ihr seht aus wie ein Kämpfer«, sagte er auf sein Schwert, seinen Dolch und seine Lederstiefel deutend. »Ihr stolziert selbstbewußt herum.« Er beugte sich vor und kniff Ranulf in den Unterarm. »Geht nach draußen, junger Mann, und werft einen Blick auf Eure Zukunft. Die da draußen sind auch einmal so herumstolziert. Aber kommt. Ich werde den alten Godric für Euch suchen.«
Er führte sie einen weißgekalkten Gang entlang und eine Treppe hinauf in einen langen Schlafsaal. Der Raum war kahl, aber Wände und Fußboden waren frisch geschrubbt und dufteten nach Seife und süßlichen Kräutern. Auf beiden Seiten standen eine Reihe Betten, zu denen jeweils ein Hocker und ein kleiner Tisch gehörten. Die meisten der Kranken schliefen unruhig oder dösten. Laienbrüder gingen von Bett zu Bett, um den Patienten vor dem Frühstück Gesicht und Hände zu waschen.
Ranulf blieb zurück. »Ein Bettler werde ich nicht, Herr«, flüsterte er. »Entweder werde ich hängen, oder ich werde reich.«
»Paß bloß auf«, spottete Corbett, »daß du nicht reich und gehängt wirst!«
»Kommt!« Bruder Angelo winkte sie zu einem Bett, in dem ein Mann gegen Kissen gelehnt saß. Er wurde bereits

kahl und hatte ein zerfurchtes graues Gesicht, aber seine Augen waren lebhaft.

»Das ist Godric«, erklärte Bruder Angelo, »ein langjähriges Mitglied meiner Gemeinde, ein Mann, der in London, Canterbury, Dover und sogar in Berwick während der Kampagne in Schottland gebettelt hat. Nun, Godric«, Bruder Angelo tätschelte ihm seinen fast kahlen Kopf, »erzähl unseren Besuchern, was du gesehen hast.«

Godric wendete sich ihnen zu. »Ich war draußen in den Wäldern«, flüsterte er.

»In welchen Wäldern?« fragte Corbett.

»Oh, denen im Norden, im Süden und im Osten der Stadt«, antwortete Godric.

»Und was habt Ihr dort gesehen, alter Mann?«

»Gott sei mein Zeuge«, antwortete der Bettler. »Aber ich habe das Höllenfeuer und den Teufel und alle seine Verdammten gesehen. Sie haben im Mondschein getanzt. Hört, was ich sage«, er ergriff Corbetts Hand. »Der Herrscher der Unterwelt ist nach Oxford gekommen!«

7.

Corbett legte seine Hand auf die des Bettlers. »Was für Teufel?« fragte er.

»Draußen in den Wäldern«, antwortete Godric. »Sie tanzten um die Feuer Beltanes! Sie trugen Ziegenfelle, ja, das taten sie!«

»Und habt Ihr irgendwelches Blut gesehen?« wollte Corbett wissen.

»Ja, auf ihren Händen und ihren Gesichtern. Ihr müßt wissen, Sir, daß ich gewildert habe, als ich noch jünger war. Ich erwische immer noch ohne Mühe einen Hasen oder einen Fasan, so die ganz fetten. Seit dem Frühjahr habe ich wieder mein Glück versucht, und zweimal habe ich die Teufel tanzen sehen.«

»Wie viele Teufel?« fragte Corbett.

»Mindestens dreizehn. Die Zahl des Fluches«, erwiderte Godric trotzig.

»Habt Ihr davon sonst noch jemandem erzählt?« fragte Corbett.

»Ich habe es Bruder Angelo berichtet, aber der hat nur gelacht.« Godric legte seinen Kopf zurück in die Kissen. »Das ist alles, was ich weiß, und jetzt muß der alte Godric wieder schlafen.« Der Bettler wendete sein Gesicht ab.

Corbett und Ranulf verließen die Krankenstube. Sie gingen hinter Bruder Angelo die Treppe hinunter und auf den immer noch belebten Hof.

»Habt Ihr solche Geschichten schon früher gehört?« fragte Corbett.
»Nein, nur das Geplapper von Godric«, antwortete der Klosterbruder. »Aber, Sir Hugh«, Bruder Angelos tieftrauriges Gesicht wurde mit einem Mal feierlich, »Gott mag wissen, ob er nicht im Fieberwahn spricht.« Er hob eine seiner Pranken zum Segen. »Ich wünsche Euch Lebewohl!«
Corbett und Ranulf gingen aus dem Hospital auf die Broad Street. Die Menge hatte sich etwas verlaufen, weil die Schulen jetzt geöffnet waren und die Studenten dorthin geströmt waren, um die frühen Vorlesungen zu besuchen. Corbett führte Ranulf über die Straße und balancierte vorsichtig über ein Brett, das über der breiten, stinkenden Kloake in der Mitte lag.
Vor der Schenke Merry Maidens hatte ein Metzger neben einem Barbier und Bader seinen Stand aufgebaut und war gerade dabei, Eingeweide und Gedärme auf die Straße zu schmeißen. Vor seinen Stand hatte sich ein Rattenfänger mit Kapuze und einem gefährlich wirkenden Hund gestellt und pries seine Dienste an.
»Ratten oder Mäuse!« übertönte er den allgemeinen Lärm.
»Habt Ihr Ratten, Mäuse, Hermeline oder Wiesel? Oder hat eine Eurer alten Säue die Masern? Ich töte alles und töte auch Maulwürfe! Ich töte alles Ungeziefer, das sich in irgendwelchen Löchern verkrochen hat!«
Der Mann räusperte sich und spuckte aus. Er wollte gerade wieder mit seiner Litanei ansetzen, trat aber beiseite, als Corbett und Ranulf sich einen Weg durch den Unrat bahnten.
»Habt Ihr irgendwelche Ratten, Sir?« fragte der Mann.

»Ja, allerdings«, antwortete Ranulf. »Aber wir wissen nicht, wo sie sind, und sie sind zweibeinig!«
Ehe der entsetzte Mann noch etwas erwidern konnte, war Ranulf schon mit Corbett in der Schenke verschwunden. Der Wirt in seiner schmutzigen Schürze, der sich gar nicht oft genug verbeugen konnte, führte sie in die Dachkammer, die Ranulf gemietet hatte. Der muffige Raum war mit einem Bett mit einer Matratze aus Stroh, einem Tisch, einer Bank und zwei Hockern eingerichtet. Ranulf streckte sich auf dem Bett aus, nur um sofort wieder aufzuspringen und über die Flöhe zu fluchen, die bereits auf seinen Gamaschen herumkrabbelten. Er setzte sich auf einen Hocker in das offene Fenster und sah Corbett dabei zu, wie dieser seine Kanzleitasche öffnete und seine Schreibgeräte aufbaute – Feder, Bimsstein und Tintenhorn.
»Was sollen wir jetzt tun, Herr?« fragte Ranulf heftig.
Corbett grinste. »Wir sind in Oxford, Master Ranulf, und so wollen wir der Methode des Sokrates folgen. Wir stellen eine Hypothese auf und untersuchen diese dann gründlich.«
Er hielt inne, da es an der Tür klopfte und eine Magd fragte, ob sie etwas zu essen oder trinken wünschten. Corbett lehnte dankend ab.
»Also«, begann er, »der Bellman. Er ist ein Verräter, der Proklamationen verfaßt, in denen für die Sache des lang verstorbenen de Montfort Partei ergriffen wird. Er heftet sie an den Portalen von Kirchen oder Colleges überall in der Stadt an. Das passiert offenbar immer nachts. Der Bellman behauptet, daß er in Sparrow Hall lebt. Welche Fragen stellen wir also jetzt?«

»Ich kann nicht verstehen«, meinte Ranulf, »warum wir der Identität des Bellman nicht über seine Handschrift und seinen Schreibstil auf die Spur kommen?«

Corbett tauchte seine Feder in das offene Tintenfaß und fing vorsichtig an, auf das Pergament zu schreiben. Dann reichte er das Blatt Ranulf, der das Gesicht verzog und es zurückgab.

»Der Bellman«, erklärte er. »Das sind dieselben Buchstaben. Man denkt, es sei dieselbe Handschrift.«

»Genau«, entgegnete Corbett. »Die Kanzleischrift, Ranulf, ist, wie du weißt, unpersönlich. Alle Schreiber der Kanzlei und des Schatzamtes lernen, welche Federn und welche Tinte sie benutzen müssen und wie man die Buchstaben formt. Dahinter versteckt sich der Bellman. Selbst wenn wir den Schreiber finden, heißt das noch lange nicht, daß er auch der Bellman ist.«

»Aber warum legt er soviel Wert darauf, daß er in Sparrow Hall lebt?« fragte Ranulf.

»Ja, das verwirrt mich auch. Warum Sparrow Hall überhaupt erwähnen? Warum nicht die St. Michael's Church oder die St. Mary's Church oder sogar das Gefängnis von Bocardo?«

»Da ist doch dieser Fluch?« gab Ranulf zu bedenken. »Vielleicht weiß der Bellman davon? Er will nicht nur den König verhöhnen, sondern auch das Andenken von Sir Henry Braose, dem Gründer von Sparrow Hall.«

»Das würde mir einleuchten«, erwiderte Corbett. »Diese Proklamationen haben etwas Übermütiges und einen gewissen Witz. Der Bellman kommt vielleicht in Wahrheit von ganz woanders, aber er hofft, daß der König über

Sparrow Hall in Wut gerät und das College bestraft. Und doch«, er kratzte sich am Kopf, »glauben wir, daß sich der Bellman in Sparrow Hall aufhält, und zwar aufgrund der Tatsache, daß Copsale unter geheimnisvollen Umständen in seinem Bett gestorben ist und Ascham in seiner Bibliothek, daß Passerel in der St. Michael's Church vergiftet wurde und daß Langton gestern abend vor unseren Augen starb.«

»Ja«, meinte Ranulf. »Der Mord an Langton scheint zu beweisen, daß der Meuchelmörder in Sparrow Hall lauert.«

»Laß uns weitermachen«, sagte Corbett. »Der Bellman hängt also seine Proklamationen auf. Er tut das mitten in der Nacht. Wer kann wie eine Fledermaus durch die Straßen streifen?«

»Von denen in Sparrow Hall?« entgegnete Ranulf. »Alle Lehrer, einschließlich Norreys, sind kräftige Männer. Lady Mathilda jedoch hat keinen Grund, das College zu hassen, das ihr Bruder gegründet hat. Ich sehe sie nicht vor mir, wie sie nachts mit dem Arm voll Proklamationen durch die Straßen von Oxford humpelt.«

»Da ist dann noch Master Moth!« meinte Corbett.

»Der ist doch beschränkt, ein Taubstummer, der weder lesen noch schreiben kann. Mir ist das gestern abend in der Bibliothek aufgefallen. Er nahm ein Buch und hielt es verkehrt herum.« Ranulf grinste. »Könnt Ihr ihn Euch vorstellen, Herr, wie er im Stockdunkeln durch die Straßen von Oxford geht und die Proklamationen des Bellman verkehrt herum aufhängt?«

»Natürlich«, fuhr Corbett fort, »sind da auch noch unsere

Studenten, die von dem schrecklichen David ap Thomas angeführt werden. Hast du ihn gestern abend eigentlich herausgefordert?«

»Nein, Herr. Ich habe ihn nur etwas eingeschüchtert. Aber mir ist etwas aufgefallen. Ap Thomas trug genau wie seine Gefährten Stiefel, und alle hatten nasses Gras an ihrem Schuhwerk und an ihren Kleidern kleben. Außerdem hatten ap Thomas und seine Gefährten ein Amulett um den Hals, ein Rund aus Metall mit einem Kreuz in der Mitte, darauf ein billiges Stück Glas in der Form eines Auges.«

»Ein Radkreuz oder Sonnenrad«, sagte Corbett. »Ich habe sie in Wales gesehen. Sie werden von denen getragen, die noch an die alte Religion glauben, welche bis auf die Tage der Druiden zurückreicht.«

»Wer?« fragte Ranulf.

»Heidnische Priester«, erklärte Corbett. »Der römische Historiker Tacitus erwähnt sie, als er über Anglesey schreibt: Sie verehrten Götter, die in Eichen lebten, indem sie Menschenopfer in die Äste hängten.«

»Wie die Köpfe unserer Bettler?«

»Möglich«, antwortete Corbett. »Wir haben Godrics Fieberphantasien über Feuer und bunt gekleidete Leute, die in den Wäldern seltsame Riten praktizieren. Aber ist das unser Bellman?« Corbett zuckte mit den Schultern. »Wir wollen an unserer Hypothese festhalten. Wer ist der Bellman, und wie verhält er sich?« Er holte tief Luft. »Wir wissen, daß Ascham der Wahrheit sehr nahe war. Er suchte nach etwas in der Bibliothek, aber er verriet sich dem Bellman gegenüber. Ergo ...« Corbett schlug mit der Feder gegen seine Wange. »Ascham war ein alter und verehrungswürdiger Mann. Er suchte die anderen Colleges nicht auf und bewegte sich nicht auf den Straßen von Oxford. Er muß also seinen Verdacht jemandem in Sparrow Hall mitgeteilt haben.« Er stand auf, ging zum Fenster und schaute hinaus. »Ich denke, wir können uns sicher sein«, erklärte er, »daß der Bellman in Sparrow Hall oder im Wohnheim auf der anderen Seite der Gasse wohnt.«

»Aber wonach hat Ascham gesucht?« fragte Ranulf.

»Das beweist ebenfalls den Schluß, zu dem wir gekommen sind«, antwortete Corbett. »Offensichtlich hatte Ascham ein Buch auf dem Tisch liegen, aber das wurde später ins Regal zurückgestellt. Für jemanden im College kein Problem. Laß uns jedoch weitermachen. Ascham wurde mit einem Armbrustbolzen erschossen, der von einem Meuchelmörder auf ihn abgefeuert wurde. Dieser hatte ihn dazu überredet, das Fenster der Bibliothek zu öffnen. Der Bellman warf anschließend seine höhnische Nachricht in den Raum. Ascham, der wußte, daß er sterben würde, nimmt das Pergament und fängt an, mit seinem eigenen Blut offenbar Passerels Namen zu schreiben. Warum sollte er das tun?«

»Herr«, Ranulf sprang auf und schlug aufgeregt seine Faust in die Hand, »wie wollen wir eigentlich wissen, daß Ascham diese Buchstaben geschrieben hat? Wie wollen wir wissen, daß der Meuchelmörder nicht durch das Fenster geklettert ist und nicht Aschams Finger genommen hat, um ihn in sein Blut zu tauchen und diese Buchstaben zu schreiben, die Passerel die Schuld geben?«

Corbett setzte sich wieder an den Tisch. Er verscheuchte die Fliegen, die über den Flecken auf dem Holz schwebten.

»Daran hatte ich noch gar nicht gedacht, Ranulf«, erklärte Corbett. »Das ist möglich. Aber laß uns weitermachen. Passerel wird als Aschams Mörder hingestellt, flieht seinerseits aus dem College und wird später in der St. Michael's Church ermordet. Doch warum wurde Passerel ermordet?« fragte er. »Warum ließ man ihn nicht am Leben, damit er weiter die Rolle des möglichen Mörders spielen konnte? Vorausgesetzt natürlich«, schloß Corbett, »er würde nicht anfangen, darüber nachzudenken, was sein guter Freund Ascham ihm erzählt hatte.« Er hielt inne und schaute auf. »Weißt du was, Ranulf? Wenn wir nach Sparrow Hall zurückkommen, muß ich zwei Dinge tun. Als erstes muß ich mir Passerels und Aschams Habseligkeiten anschauen, besonders ihre Papiere.« Corbett fing an zu schreiben.

»Und zweitens?« fragte Ranulf hoffnungsvoll.

»Ich will unseren guten Arzt, Master Aylric Churchley, fragen, ob er Gift hat. Copsale wurde wahrscheinlich vergiftet, und bei Passerel und Langton war das ganz sicher der Fall. Solche Substanzen sind sehr teuer. Außerdem würde sich jeder Apotheker oder Quacksalber an jeden erinnern, der so etwas kaufen will ...«

»Aber ob Churchley so etwas hat?« fragte Ranulf.

»Ja, und ich habe den Verdacht, daß das benutzte Gift aus seinen Vorräten stammt. Außerdem, um abzuschließen«, Corbett seufzte, »wir wissen, daß der Bellman in Sparrow Hall oder im Wohnheim wohnt. Wir sind uns nicht sicher, was seine Motive angeht, außer daß er den König und das College über alles haßt. Wir wissen, daß es sich bei dem Bellman um einen versierten Schreiber handelt, der sich in Oxford auch mitten in der Nacht zurechtfindet. Ein kaltblütiger Mörder, der bereits vier Männer auf dem Gewissen hat, nur um seine Identität geheimzuhalten ...«

»Herr?«

Corbett schaute Ranulf an.

»Wenn es wirklich so ist, wie Ihr sagt, und der Bellman den König und Sparrow Hall haßt, dann bringt das mich und ganz sicher auch Euch in große Gefahr. Könnt Ihr Euch vorstellen, was geschehen würde, wenn Sir Hugh Corbett, der höchste Beamte des Königs und außerdem sein Freund und Weggefährte, vergiftet oder mit durchgeschnittener Kehle und mit einer Proklamation des Bellman auf seiner Leiche in irgendeiner Seitengasse in Oxford gefunden würde?«

Corbett verzog keine Miene, aber Ranulf sah, daß er blaß wurde.

»Es tut mir leid, Herr, aber wenn wir schon Hypothesen aufstellen, dann werde ich meine hier sehr genau prüfen. Wenn Sir Hugh Corbett verletzt oder getötet wird, dann kennt der Zorn des Königs keine Grenzen. Dieses verdammte Schwein im Castle würde nur allzubald feststellen, daß ihn der König am Kragen packt, und die Richter des Königs würden pfeilschnell in Sparrow Hall einfallen, alle vertreiben, die Gebäude versiegeln und sämtlichen Besitz beschlagnahmen.«

Corbett lächelte schwach. »Du setzt den Preis für meinen Kopf sehr hoch an, Ranulf.«

»Nein, Herr. Ich bin ein Schurke und Straßenkämpfer, und der Bellman, wer immer er ist, ist das auch. Er wird zu demselben Schluß kommen wie ich, wenn er das nicht bereits getan hat.«

»Dann sollten wir vorsichtig sein.«

»Ja, Herr, das sollten wir. Wir sollten nichts mehr in Sparrow Hall essen oder trinken und uns auch nicht mehr nachts auf den Straßen von Oxford herumtreiben.«

»Das wird uns nicht leichtfallen!«

Corbett wandte sich wieder seinem Pergament zu und schrieb hastig die Schlußfolgerungen auf, zu denen er gekommen war. Seine Feder flog über das glatte Papier, das er aus seiner Kanzleitasche genommen hatte. Er legte die Feder hin.

»Und jetzt zu unserem letzten Problem«, sagte er. »Immer wieder wird in der Umgebung von Oxford die Leiche eines Bettlers ohne Kopf gefunden. Der Kopf ist an den eigenen Haaren festgebunden in den Ästen eines Baums ganz in der Nähe. Wir wissen, daß die Bettler zu Opfern werden, weil sie einsam und verwundbar sind. In gewissem Sinne fehlen sie niemandem. Und doch«, Corbett zählte die einzelnen Punkte an den Fingern ab, »erstens, warum werden die Leichen nicht innerhalb der Stadtmauer gefunden? Zweitens gibt es laut Bullock dort, wo die verstümmelten Leichen gefunden wurden, kaum Spuren von Gewalt. Drittens, warum werden sie immer in der Nähe von einem Weg gefunden? Und viertens, wieso werden sie nicht immer bei derselben Landstraße gefunden, sondern an den unterschiedlichsten Plätzen in der Umgebung der Stadt?« Corbett ließ die Hand fallen. »Das bedeutet, mein lieber Ranulf, daß sie in Oxford ermordet worden sind und dann später auf verschiedenen Wegen aus der Stadt geschafft und beseitigt wurden. Wenn die Morde jedoch in der Stadt verübt wurden, dann mußte das doch ganz sicher irgend jemand bemerkt haben? Die einzige Schlußfolgerung, die wir daraus ziehen können, ist die, daß sie vielleicht alle an demselben Ort außerhalb der Stadt ermordet worden sind, ihre Leichen dann aber absichtlich woanders plaziert wurden. Was noch?«

»Ich denke gerade an Maltote. Wir sollten ihn nicht zu lange allein lassen.«

Corbett schüttelte den Kopf. »Nein, wenn du recht hast, dann hat es der Bellman auf die Krähe und den Bluthund des Königs abgesehen. Maltote ist sicher, außer vielleicht vor dem Spott von ap Thomas und den anderen.« Er nahm erneut seine Feder zur Hand. »Wir wollen uns auf das Problem konzentrieren. Welche anderen Fragen können wir über die Morde an diesen armen Bettlern stellen?«

»Warum?« sagte Ranulf. »Warum wurden sie auf so eine barbarische Art und Weise ums Leben gebracht?«

Corbett starrte auf einen Weinfleck auf der Wand. »Godric hat möglicherweise wirklich etwas in den Wäldern bei Oxford gesehen, die Aktivitäten eines Geheimbunds oder einer Gruppe von Hexenmeistern. Diese Gruppe muß hier in Oxford zu Hause sein. Wir wissen wegen des Knopfes, den wir bei der letzten Leiche gefunden haben, daß sie irgendeine Verbindung zu Sparrow Hall hat. Ich kann mir allerdings die Lehrer nicht bei irgendwelchen okkulten Riten vorstellen. Aber vielleicht sind unsere Studenten, David ap Thomas und seine Freunde, in der Lage, uns ein paar Fragen zu beantworten.«

»Glaubt Ihr, daß ap Thomas der Bellman sein könnte?« wollte Ranulf wissen. »Schließlich können sich die Studenten auch nachts auf den Straßen von Oxford bewegen. David ap Thomas ist von Natur aus ein Rebell. Es müßte ihm Spaß bereiten, den König zu reizen.« Er machte eine Pause. »Habt Ihr Alice-atte-Bowe und ihren Geheimbund bereits vergessen?«

Corbett schloß die Augen. Das ist jetzt schon so viele Jahre her, dachte er. Das war die erste Aufgabe gewesen, die ihm der Kanzler Burnell übertragen hatte. Er hatte eine Bande von Hexen und Verrätern bei der Kirche von St. Mary Le Bow in London ausheben sollen. Corbett erinnerte sich an Alices dunkles und wunderschönes Gesicht. Er öffnete wieder die Augen.

»Das werde ich nie vergessen«, antwortete er. »Ich denke, jetzt bist du darüber hinweg, und dann genügt ein Geräusch oder ein Geruch, und alle Erinnerungen kommen sofort zurück.« Er packte seine Schreibutensilien weg. »Und da ist auch noch die Bibliothek«, meinte er. »Wir müssen immer noch herausfinden, was Ascham gelesen hat, obwohl sich dies als unmöglich herausstellen könnte. In der Bibliothek gibt es so viele Bücher und Manuskripte. Wir wissen nicht einmal, ob das Buch noch dort ist. Wir könnten Tage und Wochen darauf verschwenden, Blindekuh zu spielen!« Corbett erhob sich. »Es ist Zeit, daß wir nach Sparrow Hall aufbrechen.«

Sie verließen die Dachkammer und gingen nach unten. Der Wirt wartete auf sie. Er hielt einen schadhaften Lederbeutel in den Händen.

»Sir Hugh Corbett?« fragte er.

»Ja.«

Der Wirt überreichte Corbett den kleinen Beutel.

»Ein Bettlerkind kam damit.« Er deutete auf die Tür. »Hinter ihm stand ein Mann, der sich seine Kapuze ins Gesicht gezogen hatte. Das Kind hat mir das hier für Euch gegeben.«

Corbett verzog bei dem widrigen Geruch die Nase und bei dem Anblick eines schmutzigen Pergamentfetzens, der an dem Beutel mit einer Schnur festgebunden war und auf den jemand seinen Namen gekritzelt hatte. Er trat auf die Straße, stellte sich etwas abseits in die Mündung einer Gasse und löste die Verschnürung. Dann kniete er sich hin und kippte den Inhalt des Beutels vorsichtig auf die schmutzige Straße. Bei dem Anblick einer halbverwesten Krähe, die von oben bis unten aufgeschlitzt war und deren Eingeweide hervorquollen, drehte sich ihm der Magen um, und er mußte würgen. Corbett fluchte, trat den toten Vogel beiseite und ging zurück auf die Straße.

Ranulf blieb noch, untersuchte erst sorgfältig den Vogel und dann den zerrissenen Lederbeutel.

»Laß das liegen, Ranulf!« rief Corbett.

»Eine Warnung, Herr?«

»Ja«, sagte Corbett leise. »Eine Warnung.«

Er schaute die Broad Street entlang. Die Menge hatte sich verflüchtigt. Mittag war lange vorbei, die Angelusglocke hatte geläutet, und die Garküchen und Schenken waren voll. Die Händler hatten bei aller Hektik des Tages eine leichte Flaute zu verzeichnen. Corbett und Ranulf gingen nach Sparrow Hall zurück. Ab und zu drehte sich Ranulf um und schaute in eine enge Gasse oder zu den Fenstern

zu beiden Seiten der Straße hoch. Er bemerkte jedoch keine Anzeichen dafür, daß sie verfolgt würden. Sie betraten ihre Gasse. Das Portal von Sparrow Hall war geschlossen, also gingen sie auf die andere Seite und zum Hof des Wohnheims. Norreys rollte, unterstützt von ein paar Fuhrleuten, große Fässer von einem Karren, die dann durch eine offene Falltür in einen Keller gehoben wurden.
»Vorräte«, rief ihnen Norreys zu, als sie an ihm vorbeikamen. »Kauf nie etwas in Oxford auf dem Markt. Alles vom Land ist frischer und billiger.«
»Seid Ihr gerade erst zurückgekehrt?« fragte Corbett.
»Ja, ich bin schon vor Morgengrauen aufgebrochen«, antwortete Norreys. Sein Gesicht war gerötet und schweißbedeckt. »Ich habe ordentlich dabei verdient.«
Corbett wollte schon weiterfragen, als eine Gruppe Studenten, angeführt von David ap Thomas, in den Hof stürmte. Der Waliser hatte einen nackten Oberkörper, ließ seine Muskeln spielen und schwang einen langen Knüppel in beiden Händen. Er wurde von seinen Anhängern dabei bewundert. Ap Thomas machte eine gute Figur, seine Brust und seine Arme waren sehr muskulös. Er spielte mit dem Knüppel wie ein Kind mit einem Stock und ließ ihn mühelos und geübt durch die Luft sausen.
»Ein begabter Krawallmacher«, murmelte Corbett.
»Ich würde sie ignorieren und ins Haus gehen«, sagte Norreys warnend.
Corbett schüttelte jedoch nur den Kopf. Der Waliser schaute sie jetzt direkt an. Corbett bemerkte das Amulett, das er um den Hals trug.
»Ich denke, das ist zu unserem Zeitvertreib und unserer

Unterhaltung«, murmelte Ranulf, »und vielleicht auch zur Warnung.«

Plötzlich flog die Tür auf, und eine auffallend gekleidete Gestalt sprang ins Freie – einer der Anhänger von ap Thomas. Er war in schwarze, zerrissene Lumpen gehüllt, hatte einen gelben Schnabel vor das Gesicht gebunden und trug Stiefel in derselben Farbe an seinen nackten Beinen. Er hatte ebenfalls einen langen Knüppel in der Hand und sprang eine Weile herum und schlug mit den Armen. Wiederum äffte er die Krähe mit großer Meisterschaft nach.

»Ich werde diesen Schweinen die Kehle durchschneiden!« sagte Ranulf heiser.

»Nein, nein«, warnte ihn Corbett. »Laß sie ihren Spaß haben.«

Die »Krähe« beendete ihre Possen und baute sich vor ap Thomas auf. Die Studenten begannen jetzt mit ihren langen Holzstäben zu kämpfen. Corbett beschloß, diese Beleidigung nicht weiter zu beachten und einfach nur das Können der beiden Männer und besonders das von ap Thomas zu bewundern. Die Knüppel waren aus Eschenholz und wurden mit großer Kraft geschwungen. Ein Treffer auf den Kopf würde genügen, um einen Mann bewußtlos zu schlagen. Sowohl ap Thomas als auch sein Gegner waren jedoch überaus geschickt. Die Stäbe wirbelten nur so durch die Luft, und beide sprangen abwechselnd hoch und duckten sich. Ab und zu donnerten die Stäbe aufeinander, als ein Treffer in den Bauch oder auf den Kopf geschickt abgewehrt wurde. Gelegentlich hatte es einer der beiden auch auf die Beine des anderen abgesehen, um diesen mit einem tückischen Schlag gegen das Schienbein zu Fall zu bringen. Ap Thomas kämpfte schweigend. Er stieß nur ab und zu ein Ächzen aus, wenn er schwer atmend und schweißbedeckt einen Schritt zurücktrat, um den nächsten Ausfall seines Gegners abzuwarten.

Der Kampf dauerte mindestens zehn Minuten. Schließlich nahm ap Thomas seinen Stab von einer Hand in die andere, wich etwas zurück und sandte seinen Widersacher mit einem kräftigen Schlag auf die Schulter krachend zu Boden.

Corbett und Ranulf gingen über den Hof und kümmerten sich nicht weiter um das heisere Krächzen. Ranulf wollte schon zurückgehen, aber Corbett hielt ihn am Ärmel fest.

»Wie das gute Buch sagt, Ranulf, ›ein jegliches hat seine Zeit, und alles Vorhaben unter dem Himmel hat seine Stunde: Pflanzen hat seine Zeit, Ausreißen, was gepflanzt ist, hat seine Zeit, Streit hat seine Zeit, und Friede hat seine Zeit.‹ Jetzt ist es an der Zeit, Maltote zu wecken. Er hat lange genug geschlafen!«

Ranulf zuckte mit den Schultern und ging hinter Corbett her. Ihm kam ein anderer Satz aus dem Alten Testament in den Sinn: »Auge um Auge, Zahn um Zahn, Leben um Leben.« Aber er entschied, das für sich zu behalten.

Maltote war gerade aufgewacht. Er saß da und kratzte sein blondes, zerzaustes Haar. Dann blinzelte er sie wie eine Eule an und zuckte zusammen, als er sein Bein ausstreckte.

»Wie ich hierher zurückkam, war ich schon halb eingeschlafen«, erklärte er, »und stolperte über einen Eimer, den Norreys vergessen hatte, nachdem er im Keller saubergemacht hatte.« Maltote humpelte durchs Zimmer. »Ich habe von unten Lärm gehört. Was geht da vor?«

»Das sind nur ein paar dumme Jungen, die spielen«, antwortete Corbett. »Sie wurden dumm geboren, und sie werden dumm sterben!«

»Gehen wir jetzt etwas essen?« fragte Maltote.

»Ja, aber nicht hier«, sagte Corbett. »Ranulf, erzähl Maltote, was vorgefallen ist und wie vorsichtig er sein muß. Geht in die Turl Lane. Dort gibt es eine Schenke, die Grey Goose. Ich komme vielleicht auch dorthin, wenn ich im College gewesen bin.«

Sie gingen nach unten und auf die Gasse. Eine Hure, deren Gesicht so weiß bemalt war, daß die Schminke bereits Sprünge bekam, stürzte an ihnen vorbei und schüttelte ihre schmutzigen zerrissenen Röcke in ihre Richtung. In einer Hand hielt sie eine rote Perücke, in der anderen ein zahmes Wiesel, das mit einer Schnur an ihrem Handgelenk festgebunden war. Sie grinste sie an und zeigte dabei ihre gelben, schadhaften Zähne, wandte sich dann aber ab und fluchte fürchterlich, da ein Hund aus einer Gasse kam und ihr Haustier anknurrte. Ranulf und Maltote halfen dabei, den Hund zu verscheuchen, und Corbett ging quer über die Gasse und klopfte an das Portal von Sparrow Hall. Ein Diener ließ ihn ein. Corbett brachte sein Anliegen vor, und der Mann führte ihn die Treppe hinauf zu Churchleys Zimmer. Master Aylric saß unter einem offenen Fenster an seinem Schreibtisch und schaute in die flackernde Flamme einer Kerze. Er erhob sich, als Corbett eintrat, und verbarg seine Verärgerung unter einem falschen Lächeln.

»Wie brennt Feuer?« fragte er Corbett und schüttelte ihm die Hand. »Warum verbrennt Wachs schneller? Warum unterwirft es sich dem Feuer schneller als Holz oder Eisen?«

»Das beruht auf den natürlichen Eigenschaften der Elemente«, antwortete Corbett und zitierte dabei Aristoteles.

»Ja, aber warum?« wollte Churchley wissen und bot Corbett einen Hocker an.

»Mein Besuch hat ebenfalls mit natürlichen Eigenschaften zu tun.« Corbett änderte unvermittelt den Kurs der Unterhaltung. »Master Aylric, Ihr seid doch Arzt?«

»Ja, aber eigentlich widme ich mich mehr den Naturwissenschaften«, antwortete Churchley und schaute mit einem Mal etwas mißtrauisch drein.

»Aber Ihr gebt doch Medikamente aus?«

»O ja.«

»Und Ihr habt auch eine Apotheke? Einen Vorrat an Kräutern und Pulvern?«

»Natürlich«, lautete die vorsichtige Antwort. »Etwas weiter den Gang entlang, aber immer hinter Schloß und Riegel.«

»Um nicht lange herumzureden«, sagte Corbett, »wenn Ihr jemanden vergiften wolltet, Master Aylric – das hier ist eine Frage, keine Anklage –, dann würdet Ihr das Gift doch nicht bei einem Apotheker in der Stadt kaufen, oder?«

Churchley schüttelte den Kopf. »Dem wäre leicht auf die Spur zu kommen«, antwortete er. »Der Apotheker würde sich erinnern. Ich kaufe in einer Apotheke in der Hog Lane ein, und über alle meine Einkäufe wird genau Buch geführt.«

»Ihr sammelt Eure Kräuter nicht selbst?«

»In Oxford?« fragte Churchley spöttisch. »Ihr würdet vielleicht etwas Kamille in den Wiesen von Christchurch finden, aber ich, Sir Hugh, bin vielbeschäftigt. Ich bin nicht irgendein altes Weiblein, das seine Tage damit verbringen kann, im Wald zu grasen wie eine Kuh.«

»Genau«, erwiderte Corbett. »Und das gilt auch für den Mörder von Passerel und Langton.«

Churchley lehnte sich zurück. »Ich sehe, worauf Ihr hinauswollt, Sir Hugh. Ihr glaubt, daß das Gift aus unserem Medikamentenvorrat stammt. Das wäre jedoch aufgefallen. Gift wird grundsätzlich in Meßbechern aufbewahrt, und es wird sorgfältig darüber Buch geführt. Das liegt nicht daran, daß wir alle damit rechnen, in unseren Betten vergiftet zu werden«, fuhr er fort, »aber Substanzen wie weißes Arsen sind kostbar. Kommt, ich zeige es Euch.«

Er nahm einen Schlüsselbund von einem Haken an der Wand und führte Corbett zu einer Tür auf demselben Gang. Dann schloß er auf, und sie traten ein. In dem Raum war es dunkel. Churchley machte Feuer und entzündete einen sechsarmigen Leuchter auf einem kleinen Tisch. Verschiedene Gerüche hingen in der Luft, teils angenehm, teils stechend. An drei Wänden der Kammer waren Regale. Auf sämtlichen Brettern standen die unterschiedlichsten Gefäße, die alle sorgfältig beschriftet waren. Zur Linken standen die Kräuter, Thymian, Wasserkresse, sogar etwas Basilikum und Wohlriechendes Veilchen, andere, zur Rechten, identifizierte Corbett als tödlich, wie Bilsenkraut und Tollkirsche. Churchley nahm eines der Gefäße herunter, einen Tontopf mit Deckel. Das Etikett, das an seiner Seite festgeklebt war, wies den Inhalt als weißes Arsen aus. Churchley zog ein paar weiche Handschuhe aus Ziegenleder an, die auf dem Tisch lagen. Dann öffnete er den Verschluß und hielt das Gefäß hoch zur Kerze. Corbett bemerkte, das sich innen auf der Seite eine Einteilung in halben Unzen befand.

»Seht Ihr«, erklärte Churchley, »hier sind achteinhalb Unzen.« Er öffnete einen in Kalbsleder gebundenen Folianten, der auf dem Tisch lag. »Manchmal wird es in sehr schwacher Dosierung bei Magenbeschwerden verschrieben«, fuhr er fort. »Ich habe es auch schon gelegentlich Norreys gegeben, da es ein sehr wirkungsvolles Reinigungsmittel ist. Aber wie Ihr seht, gibt es hier immer noch achteinhalb Unzen.«

Corbett nahm das Gefäß und roch daran.

»Gebt acht«, warnte ihn Churchley. »Wer sich mit Heilkräutern auskennt, weiß, daß man damit vorsichtig umgehen soll.«

Corbett untersuchte den Inhalt. Er bemerkte, daß das Pulver oben feiner zu sein schien als unten. Churchley reichte ihm einen Hornlöffel, und Corbett schüttete etwas von der feinen, kreideähnlichen Substanz darauf. Churchley war verstummt und sah ihm mit einem besorgten Gesichtsausdruck schweigend zu.

»Ihr habt denselben Verdacht wie ich«, murmelte Corbett. Er betrachtete nachdenklich das Pulver auf dem Löffel. »Master Churchley, ich versichere Euch, daß ich mich mit Heilmitteln nicht auskenne.« Corbett hob das Pulver an seine Nase. »Trotzdem bin ich mir sicher, daß das hier feingemahlene Kreide oder Mehl ist und keinesfalls tödlich.«

Churchley riß ihm beinahe den Löffel aus der Hand, nahm seinen Mut zusammen und probierte etwas von dem Pulver mit einem angefeuchteten Finger. Dann wischte er sich mit einem Tuch den Mund ab.

»Das ist sehr feines Mehl!« rief er.

»Wer hat die Schlüssel?« fragte Corbett.

»Ich natürlich«, antwortete Churchley erregt. »Aber, Sir Hugh, Ihr verdächtigt doch nicht etwa mich?« Er trat aus dem Licht, so als wollte er sich im Schatten verstecken. »Es könnte auch andere Schlüssel geben«, erklärte er. »Und hier in Sparrow Hall verriegeln und verschließen wir nicht alle unsere Kammern. Ascham war da eine Ausnahme. Jeder konnte in mein Zimmer gehen und einfach die Schlüssel nehmen. Im College ist oft keine Menschenseele.« Seine Worte überschlugen sich förmlich.

»Jemand ist also hierhergekommen«, sagte Corbett und legte den Löffel wieder auf den Tisch, »und hat genug weißes Arsen genommen, um den armen Langton zu vergiften. Jemand, der mit Eurem System vertraut war, Master Churchley.«

»Das kennen doch alle«, sagte der Mann gequält.

»Und derjenige hat das Gefäß mit Mehl aufgefüllt«, fuhr Corbett fort.

»Aber wer?«

Corbett wischte sich die Finger an seinem Umhang ab. »Ich kann es nicht sagen, Master Churchley.« Er machte eine ausladende Handbewegung. »Wer weiß, was noch alles fehlt.« Als er auf Churchley zutrat, bemerkte er die Angst in dessen Augen. »Ich frage mich wirklich, Master Aylric, was sonst noch alles fehlt.« Corbett drehte sich um und ging zur Tür. »Wenn ich einer der Master von Sparrow Hall wäre«, rief er über seine Schulter zurück, »dann wäre ich sehr vorsichtig mit dem, was ich esse oder trinke.«

. 8 .

Besorgt verschloß Churchley die Tür seines Vorratsraums und ging mit Corbett den Gang entlang. »Sir Hugh«, jammerte er, »wollt Ihr etwa sagen, daß wir alle in Gefahr sind?«

»Ja. Ich möchte Euch den dringenden Rat geben, sorgfältig zu kontrollieren, ob nicht noch andere Pulver fehlen.«

Corbett blieb oben an der Treppe stehen. »Wer ist hier nach Passerels Tod der Schatzmeister?«

»Das bin ich.«

»Ist es möglich, einen Blick auf Aschams und Passerels Habseligkeiten zu werfen?«

Churchley verzog das Gesicht.

»Das muß ich«, beharrte Corbett. »Gott weiß, guter Mann, daß wir alle in Todesgefahr schweben. Vielleicht finde ich dort etwas.«

Churchley führte Corbett halblaut murmelnd und begierig, wieder zu seinen Kräutern zurückzukehren, nach unten. Sie kamen an dem Eßzimmer vorbei, das hinten im Gebäude lag. Churchley schloß eine Tür auf und ging mit Corbett in einen gewölbten Lagerraum, der mit Körben mit Pergamentbündeln, Tinte und Velinpapier angefüllt war, die ordentlich in Regalen verwahrt wurden. Weiter hinten standen Eimer mit Kohle und Fässer mit Malvasier, Wein und Ale.

Churchley führte Corbett in eine der beiden hinteren Ecken. Er öffnete zwei große Truhen.

»Hier sind die Habseligkeiten von Passerel und Ascham«, erklärte er. »Sie hatten beide keine Verwandten, jedenfalls keine, die zu berücksichtigen wären. Ich vermute, daß das alles dem College zufallen wird, wenn ihre Testamente erst einmal von der Kanzlei gebilligt worden sind.«

Corbett nickte und kniete sich neben die Truhen. Er mußte lächeln, als er sich daran erinnerte, wie er als Schreiber der königlichen Kanzlei zu irgendwelchen Herrenhäusern oder Klöstern gereist war, um ein Testament zu genehmigen oder die Herausgabe von Geld oder Besitz zu fordern. Er begann die Sachen durchzusehen. Churchley murmelte etwas über andere Pflichten und überließ Corbett sich selbst. Als Churchleys Schritte verhallt waren, fiel Corbett auf, wie still es im College geworden war. Er unterdrückte ein Zittern und ging zur Tür, um diese zu verriegeln und zu verschließen, ehe er sich seiner Aufgabe zuwandte. Dann durchsuchte er beide Truhen, wühlte in Kleidern, Gürteln, Wehrgehenken, blätterte in einem in Kalbsleder gebundenen Stundenbuch, betrachtete Becher, große silberbeschlagene Trinkgefäße aus Maserholz, Zinnteller und Kelche mit Goldrand, was eben beide Männer über die Jahre so zusammengetragen hatten. Corbett war klar, daß alles, was in den Testamenten nicht ausdrücklich genannt war, bereits entfernt sein mußte. Er war ebenfalls überzeugt davon, daß der Bellman die Habseligkeiten der beiden toten Männer gleichermaßen untersucht hatte, um sicherzugehen, daß sich dort nichts finden würde, was einen Verdacht auf ihn werfen könnte. Aschams Besitztümer waren nicht weiter ergiebig, und Corbett wollte bei denen von Passerel bereits aufgeben, da fand er einen kleinen Beutel mit Schreibutensilien. Er öffnete ihn und leerte den Inhalt, einige Pergamentfetzen, einfach auf den Fußboden. Etliche waren unbeschrieben, andere mit Listen bedeckt, die Vorräte und Dinge, die zu erledigen waren, verzeichneten. Es gab eine Aufstellung über die Ausgaben auf einer Reise nach Dover, auf einer anderen fanden sich die Löhne der Diener sowohl der im College als auch der im Wohnheim. Einige Zettel waren einfach nur vollgekritzelt. Auf einem blieb Corbetts Blick hängen. Passerel hatte hier etliche Male hintereinander das Wort »Passer« geschrieben.

»Was ist das?« murmelte Corbett und erinnerte sich an die Botschaft des sterbenden Ascham. War das etwa ein Wortspiel mit Passerels eigenem Namen? Bedeutete »Passera« etwas? Corbett legte die Pergamentfetzen und alles andere zurück in die beiden Truhen und schloß sie wieder. Er verließ den Lagerraum und ging den Korridor entlang zur Bibliothek. Die Tür stand halb offen. Corbett öffnete sie ganz und trat leise ein. Der Mann mit dem Rücken zu ihm am Tisch war so in seine Lektüre vertieft, daß Corbett bereits neben ihm war, als er sich umdrehte. Seine Kapuze fiel zurück, und er versuchte eilig, das Buch zu bedecken, das er gerade las.

»Aber, aber, Master Appleston«, Corbett lächelte entschuldigend, »ich wollte Euch nicht erschrecken.«

Appleston schloß hastig sein Buch und drehte sich auf seinem Hocker zu Corbett, um ihn anschauen zu können.

»Sir Hugh, ich war … nun … erinnert Ihr Euch daran, was Abelard sagt?«

»Nein, ich fürchte nicht.«

»Er sagt, es gibt keinen besseren Ort, seine Seele zu verlieren, als in einem Buch.«

Corbett hob die Hand. »Darf ich in diesem Fall, Master Appleston, das anschauen, in das Ihr gerade so vertieft seid?«

Appleston seufzte und reichte ihm den Band. Corbett öffnete ihn, und die Seiten aus Pergament knisterten beim Umblättern.

»Es ist nicht nötig, daß Ihr hier die Inquisition spielt«, erklärte Appleston.

Corbett blätterte weiter.

»Ich habe mich immer für die Theorien von de Montfort interessiert. ›*Quod omnes tangit ab omnibus approbetur.*‹«

»Was alle berührt, sollte von allen gebilligt werden«, übersetzte Corbett. »Und wieso dieses Interesse?«

»Oh, ich könnte jetzt einfach lügen«, antwortete Appleston, »und sagen, daß ich mich für politische Theorie interessiere, aber ich bin mir sicher, daß Euch die Spione des Königs und der Tratsch der Stadt bereits die Wahrheit verraten haben.« Er erhob sich und richtete sich hoch auf. »Ich heiße Appleston. Das ist der Name meiner Mutter. Sie war die Tochter eines Amtmanns bei einem der Herrenhäuser de Montforts. Der große Earl, das hat sie mir jedenfalls erzählt, hatte sich in sie verliebt. Ich bin ihr Kind.«

»Und Ihr seid stolz darauf?« Corbett betrachtete das eckige, sonnengebräunte Gesicht mit den Lachfältchen um die Augen und fragte sich, ob dieser Mann möglicherweise ein Abbild seines Vaters war. »Ich habe Euch eine Frage gestellt?«

»Natürlich bin ich stolz darauf«, erwiderte Appleston und berührte die wunde Stelle am Mundwinkel. »Es vergeht kein Tag, an dem ich nicht für den Seelenfrieden meines Vaters bete.«

»*Concedo*«, meinte Corbett. »Er war ein großer Mann, aber er hat den König auch verraten.«

»*Voluntas principis habet vigorem legis*«, spottete Appleston.

»Nein, das glaube ich nicht«, entgegnete Corbett. »Bloß weil der König etwas will, heißt das noch lange nicht, daß er auch das Gesetz ist. Ich bin kein Theoretiker, Master Appleston, aber ich kenne meine Bibel. Ein Mann kann nicht zwei Herren dienen – und ein Reich kann keine zwei Könige haben.«

»Und wenn de Montfort gesiegt hätte?« fragte Appleston.

»Wenn de Montfort gesiegt hätte«, antwortete Corbett, »und das Parlament zusammen mit den geistlichen und den weltlichen Herren ihm die Krone angeboten hätte, dann hätte ich zusammen mit Tausenden von anderen vor ihm den Kniefall gemacht. Was mich interessiert, Master Appleston, ist nicht de Montfort, sondern der Bellman.«

»Ich bin kein Verräter«, erklärte Appleston, »obwohl ich die Schriften meines Vaters studiert habe, seit ich ein Junge war.«

»Wie kann es sein«, fragte Corbett, »daß ein de Montfort hier in Sparrow Hall Aufnahme findet, in einem College, das von de Montforts Feind gegründet wurde?«

»Weil wir uns alle schuldig fühlen«, antwortete Alfred Tripham, der gerade mit einem kleinen Buch unter dem Arm die Bibliothek betreten hatte. »Ich komme eben von den Vorlesungen. Master Churchley meinte, ich könnte Euch hier finden.«

Corbett verbeugte sich. »Ihr bewegt Euch so leise wie eine Katze, Master Alfred.«

Tripham zuckte mit den Schultern. »Die Neugier, Sir Hugh, bewegt sich immer auf leisen Sohlen.«

»Ihr habt von Schuld gesprochen?« fragte Corbett.

»Ah, richtig.« Tripham legte sein Buch auf den Tisch. »Diese Gewissensbisse, nicht wahr, Sir Hugh?« Er schaute sich in der Bibliothek um. »Irgendwo hier bei diesen Papieren gibt es ein Exemplar des Testaments von Sir Henry Braose, aber ich bin zu beschäftigt, um danach zu suchen.« Tripham setzte sich gegenüber von Appleston auf einen Hocker. »In seinen letzten Jahren wurde Braose sehr melancholisch. Er träumte oft von dem letzten furchtbaren Kampf in Evesham und davon, wie die Männer des Königs die Leiche de Montforts entweiht hatten. Braose war davon überzeugt, daß er das wiedergutmachen mußte. Er ließ Hunderte von Messen für die Seele des toten Earl lesen. Und als Leonard sich hier um eine Stelle bewarb ...«

»Er wußte es sofort«, mischte sich Appleston ein. »Er schaute mich nur einmal an, dann wurde er bleich und setzte sich. Er behauptete, ein Gespenst gesehen zu haben. Ich sagte ihm die Wahrheit«, fuhr Appleston fort. »Was hätte es auch für einen Sinn gehabt zu leugnen? Wenn ich es ihm nicht gesagt hätte, dann hätte es ihm jemand anders gesteckt.«

»Und man bot Euch die Stelle an?« fragte Corbett.

»Ja, ja, aber nur unter einer Bedingung – ich mußte den Namen meiner Mutter behalten.«

»Wir haben alle Geheimnisse.« Tripham verschränkte seine Finger. »Ich habe gehört, daß Ihr Euch Aschams Habseligkeiten angesehen habt, Sir Hugh.« Er lächelte schwach. »Ihr seid kein Dummkopf, Corbett. Ich bin mir sicher, daß Ihr Euch klar darüber seid, daß sie nicht mehr vollständig sind?«
Corbett schaute ihn nur an.
»Ihr habt Euch vielleicht gefragt«, fuhr Tripham fort, »warum Ascham bei Studenten wie ap Thomas und seinen Getreuen so beliebt war. Was kann ein alter Mann, ein Archivar und Bibliothekar, mit einer Gruppe rebellierender Hitzköpfe nur gemein haben?«
»Nichts ist, wie es scheint«, entgegnete Corbett.
»Und das gilt auch für Ascham!« fauchte ihn Tripham an. »Oh, er war ein verehrungswürdiger und amüsanter Gelehrter, aber hatte – wie viele von uns –«, er schaute weg, »auch eine Schwäche für gutaussehende junge Männer, für eine schmale Taille und feste Schenkel und nicht für die Augen und den üppigen Busen einer Dame.«
»Das ist nicht ungewöhnlich«, erklärte Corbett.
»In Oxford sicherlich nicht.« Tripham rieb sich die Wange. »Ascham stammte ebenfalls aus den Niederungen von Wales oder, um ganz genau zu sein, aus Oswestry in Shropshire. Er kannte die heidnischen Bräuche und die Traditionen der Waliser. Diese Kenntnisse benutzte er dazu, mit vielen unserer jungen Studenten enge Freundschaften aufzubauen.«
»Im Wohnheim waren also etliche über seinen Mord alles andere als begeistert?«
»Deswegen richtete sich ihre Wut auch gegen den armen Passerel«, meinte Tripham. »Er war ihr Sündenbock.«

»Sündenbock?«
Tripham steckte seine Hände in die Ärmel und lehnte sich gegen den Tisch.
»Wir wissen, daß Passerel unschuldig war«, antwortete er. »Ascham muß ermordet worden sein, als Passerel viele Meilen von Sparrow Hall entfernt war. Nun gut!« Tripham machte einen Schritt nach vorne. »Und was den armen Appleston angeht, so ist es doch sicher noch kein Hochverrat, die Theorien de Montforts zu studieren? Schließlich«, er lächelte schwach, »hat sich sogar der König diese zu eigen gemacht.« Er nahm Appleston beim Arm. »Kommt, laßt uns zu Abend essen. Ich bin mir sicher, daß Sir Hugh noch mehr zu tun hat.«
»Noch etwas, Master Tripham.«
»Ja, Sir Hugh?«
»Ihr habt von Geheimnissen gesprochen. Was habt Ihr für eines?«
»Oh, das ist einfach, Bevollmächtigter. Ich habe Sir Henry Braose nicht gemocht, weder seine Arroganz noch seine ausgedehnten Selbstzweifel vor seinem Tod. Und seine giftige Schwester mag ich auch nicht. Man hätte ihr nie erlauben sollen, im College zu wohnen.«
»Und Barnett?« wollte Corbett wissen.
»Fragt ihn doch selber!« fuhr ihn Tripham an. »Barnett hat seine eigenen Dämonen.«
Tripham öffnete die Tür, zog Appleston mit sich und knallte sie hinter sich zu.
Corbett seufzte und schaute sich in der Bibliothek um. Er erinnerte sich daran, warum er eigentlich gekommen war, und suchte in den Regalen nach einem lateinischen Wör-

terbuch. Schließlich entdeckte er eines ganz in der Nähe des Tisches des Bibliothekars. Er nahm es aus seinem Fach, setzte sich, fand den richtigen Eintrag und stöhnte enttäuscht. »Passer« war eines der lateinischen Wörter für Spatz. Hatte Ascham das etwa schreiben wollen? Hatte sein Tod möglicherweise mit Sparrow Hall zu tun? Oder vielleicht hatte der tote Schatzmeister auch nur immer wieder einen Teil seines eigenen Namens aufgeschrieben. Corbett stützte sein Kinn in die Hände. Sein Blick fiel auf die kleine Schachtel mit Utensilien, die der Bibliothekar benutzt haben mußte. Er zog sie an sich heran und betrachtete ihren dürftigen Inhalt – ein Stück weicher golddurchwirkter Seidenstoff, das vermutlich als Staubtuch gedient hatte, Federn, ein Tintenfaß, ein Bimsstein und kleine Fingerhüte aus Seide, die Ascham wahrscheinlich zum Umblättern der Seiten verwendet hatte. Auf einem Steinbord hinter dem Tisch sah Corbett ein großes in Leder gebundenes Buch. Er nahm es herunter und öffnete es. Es war ein Verzeichnis darüber, welche Bücher aus den Regalen entliehen worden waren. Corbett suchte nach Aschams Namen, konnte ihn aber nicht finden. Der tote Archivar hatte es vermutlich nicht nötig, Bücher aus einem Raum zu entleihen, in dem er ohnehin ständig arbeitete.

Corbett schloß das Buch, stellte das Wörterbuch weg und verließ das College.

In der Gasse war es voll von Studenten und Lehrern, die auf dem Weg zu den letzten Vorlesungen des Tages waren. Corbett schaute sich um und entdeckte Barnett. Der eingebildete Lehrer stand am Ende der Seitengasse und unterhielt sich angeregt mit dem Bettler, den Corbett ebenfalls getroffen hatte. Der Bevollmächtigte trat in den Eingang zurück und beobachtete Barnett dabei, wie dieser dem Bettler eine Münze gab, der sich darüber ungemein freute. Barnett beugte sich vor und flüsterte ihm etwas ins Ohr. Der Mann nickte und machte sich auf seinem Karren davon. Corbett wartete, bis Barnett zu ihm herübergekommen war, und verstellte ihm dann den Weg. Barnett versuchte ihn nicht weiter zu beachten, aber Corbett ließ ihn nicht vorbei.

»Alles in Ordnung, Master?«

»Ja, Bevollmächtigter.«

»Ihr scheint aufgebracht zu sein?«

»Es gefällt mir nicht, wenn man hinter mir herschnüffelt.«

»Master Barnett«, Corbett breitete die Hände aus, »ich sehe Euch immer nur bei Euren guten Taten, Ihr helft den Lahmen, speist die Hungrigen ...«

»Geht mir aus dem Weg!« fuhr ihn Barnett an, drängte sich an ihm vorbei und öffnete das Portal von Sparrow Hall.

Corbett ließ ihn gehen und kehrte auf sein eigenes Zimmer im Wohnheim zurück. Als er die Tür öffnete, war er sich sicher, daß jemand darin gewesen war, aber als er nachschaute, fehlte nichts. Corbett setzte sich an den Tisch. Er war hungrig, beschloß aber, mit dem Essen bis zum Abend zu warten. Er wußte, daß Ranulf und Maltote bald zurückkommen würden, und so nahm er seine Feder und sein Tintenfaß hervor und schrieb einen kurzen Brief an Maeve. Er berichtete ihr von seiner Ankunft in Oxford. Es sei schön, an den Ort zurückzukehren, an dem er als

junger Mann studiert habe. Stadt und Universität seien jedoch verändert. Die Feder flog über das Blatt, und er erzählte ihr die Lügen, die er ihr immer erzählte, wenn er sich in Gefahr befand. Am Ende schrieb er mit großen, runden Buchstaben eine Botschaft an Eleanor. Schließlich legte er die Feder hin und schloß die Augen. In Leighton war Maeve vermutlich gerade damit beschäftigt, die Mädchen bei der Zubereitung des Abendessens zu überwachen. Vielleicht saß sie auch gerade in der Schreibstube über den Abrechnungen oder sprach mit den Amtmännern. Und Eleanor? Sie hatte wahrscheinlich gerade ihren Mittagsschlaf beendet. Corbett hörte ein Geräusch auf dem Gang. Er öffnete die Augen, faltete den Brief eilig zusammen und versiegelte ihn. Es klopfte, und Ranulf und Maltote traten ein.
»Ich dachte, Ihr würdet Euch uns anschließen?« meinte Maltote und setzte sich aufs Bett.
»Das habe ich vielleicht gesagt. Ich bin noch nicht hungrig.«
»Wir sollten etwas essen, ehe wir aufbrechen.«
»Aufbrechen?« fragte Corbett.
»Heute abend«, erklärte Ranulf. »Maltote und ich glauben, daß unser guter Freund David ap Thomas und seine Getreuen nach Einbruch der Dunkelheit die Stadt verlassen.«
»Wie wollt ihr das wissen?«
Ranulf grinste. »Dieses Wohnheim ist wie ein Rattennest. Man kann sich irgendwo in einem dunklen Winkel verstecken, und es ist kaum zu glauben, was man dann alles zu hören bekommt.«

»Seid ihr euch sicher?«

»So sicher wie ich weiß, daß Maltote auf einem Pferd reiten kann.«

Corbett reichte Maltote den Brief. »Bring ihn zum Sheriff im Castle und bitte ihn, ihn an Lady Maeve in Leighton zu schicken. Sag ihm, daß ich seine Hilfe in einer dringenden Angelegenheit benötige.«

Maltote zog seine Stiefel an, griff nach seinem Umhang und humpelte langsam davon. Dann erzählte Corbett Ranulf, was er bei seinem Besuch in der Sparrow Hall entdeckt hatte.

»Glaubt Ihr, daß Barnett mit dem Tod der Bettler etwas zu tun hat?« fragte Ranulf. »Ich meine, er ist immerhin auch einer von den reichen und schlaffen Lehrern des College. Diese Männer sind normalerweise nicht bekannt dafür, daß sie Almosen geben, oder?«

»Vielleicht. Aber was ist dann mit Appleston und unserem Konrektor? Beide könnten sie der Bellman sein. Und das könnte auch für unseren guten Freund David ap Thomas gelten.«

»Was mich beschäftigt, Herr«, sagte Ranulf, »ist eine Frage, auf die es keine Antwort zu geben scheint. Oxford ist voll von Kanzleischreibern«, er grinste, »wie wir welche sind, und von Gelehrten und Studenten. Einige kommen aus dem Ausland und haben Herren und Herrscher, die Feinde unseres Königs sind. Andere kommen aus dem schottischen Tiefland oder aus Wales und lieben unseren Monarchen auch nicht besonders. Vielen würde es gefallen, der Bellman zu sein.«

»Und?«

»Warum behauptet dann der Bellman von sich, daß er in Sparrow Hall lebt?«
Corbett schüttelte den Kopf. »Ich habe darauf keine richtige Antwort, außer daß der Bellman das College hassen muß.«
»Eine andere Frage ist«, fuhr Ranulf fort, »einmal abgesehen davon, daß der König außer sich vor Wut ist, wer sich eigentlich wirklich für die Proklamationen des Bellman interessiert.« Ranulf breitete die Hände aus. »Ich meine schon auch, daß es Leute in Oxford, in Cambridge oder in Shrewsbury geben muß, die jedem verrückten Rebellen folgen würden, aber was will der Bellman heute, vierzig Jahre nach de Montforts Tod, eigentlich erreichen?«
»Willst du damit zum Ausdruck bringen, daß der König die Sache auf sich beruhen lassen sollte?«
»In gewisser Weise ja«, antwortete Ranulf.
Corbett kaute auf seiner Unterlippe.
»Ich höre, was du da sagst, Ranulf. Vielleicht hat der König anfänglich die Information erhalten, daß die Possen des Bellman nur der Streich eines Studenten seien, und vielleicht haben deswegen dann die Morde stattgefunden. Es gibt für sie sonst keinen richtigen Grund. Wie wollen wir wissen, daß Ascham oder Passerel einen Verdacht hatten, was die Identität des Bellman angeht? Möglicherweise hat er sie einfach ermordet, um wie beim Hasard den Einsatz zu erhöhen und damit der König ihn endlich gezwungenermaßen zur Kenntnis nimmt? Aber dann bleibt immer noch die Frage, warum?«
Ranulf erhob sich. »Ich gehe rüber ins College«, erklärte

er. »Maltote wird einige Zeit brauchen, um zum Castle und zurück zu humpeln. Und was das Hasardspiel betrifft, wette ich, daß er bei den Ställen des Sheriffs anhält, um sich die Pferde anzusehen.«

»Was willst du im College?« fragte Corbett.

»Ein Buch holen«, antwortete Ranulf knapp und ausweichend.

»Welches Buch, Ranulf?«

»Die ...«, stotterte Ranulf.

»Komm schon!« rief Corbett.

»Die *Bekenntnisse* des heiligen Augustinus«, entgegnete Ranulf, wobei sich seine Worte fast überschlugen.

»Augustinus aus Hippo? Wieso interessierst du dich für ihn?«

Ranulf seufzte verlegen und lehnte sich gegen die Tür. »Als ich noch in Leighton war, Herr, habe ich mich oft mit Pater Lukas unterhalten. Er hat mir die Beichte abgenommen und mir vom heiligen Augustinus erzählt.« Ranulf schloß die Augen. »Pater Lukas hatte ein Zitat aus den *Bekenntnissen*: ›Spät habe ich Dich lieben gelernt, Herr.‹ Und weiter: ›Unsere Herzen haben keinen Frieden, wenn sie keine Ruhe bei Dir gefunden haben.‹ Das sind die schönsten Worte, die ich je gehört habe.« Ranulf öffnete die Augen.

Corbett saß mit offenem Mund da und starrte vor sich hin.

»Ich vermute, Ihr denkt, das soll lustig sein?« wollte Ranulf wissen.

Corbett schüttelte nur den Kopf. »Darf ich dich fragen, warum?«

»Als junger Mann«, antwortete Ranulf, »war Augustinus

ein Taugenichts, ein Schurke, der sich mit Huren und Kurtisanen herumtrieb. Pater Lukas hat mir erzählt, daß er sogar einen unehelichen Sohn hatte. Aber dann wurde er bekehrt und Priester und später sogar Bischof.«

Corbett nickte fasziniert. »Und du glaubst, daß dir das auch gelingen wird?«

»Lacht mich nicht aus, Herr.«

»Ranulf, ich habe dich verflucht, ich habe mich über dich beklagt, und ich habe für dich gebetet. Ich hatte sogar gelegentlich das Verlangen, dich ordentlich durchzuschütteln«, erwiderte Corbett, »aber ich habe dich noch nie ausgelacht, und das werde ich auch niemals tun.«

Sein Diener ließ die Hände fallen.

»Während unseres langen Aufenthalts in Leighton«, sagte er langsam und schaute Corbett nicht in die Augen, »habe ich angefangen, mir Gedanken über meine Zukunft zu machen.«

»Und du willst Priester werden?« fragte Corbett.

Ranulf nickte. »Wenn es das bedeutet ...«

»Was bedeutet?«

»Ich bin mir nicht ganz sicher, Herr.«

»Aber du bist doch Ranulf-atte-Newgate!« rief Corbett. »Der Schrecken aller jungen Frauen von Dover bis Berwick. Ein Straßenkämpfer! Mein Leibwächter!«

»Das war der heilige Augustinus auch«, erwiderte Ranulf hitzig. »Das war Thomas Becket ebenfalls. Und Pater Lukas sagt, daß selbst unter den Jüngern Jesu einer war, der sein Messer locker sitzen hatte.«

Corbett hob die Hand. »Ranulf, Gott verzeih mir, ich

bezweifle nicht, was du da sagst, aber du mußt zugeben, daß das eine ziemliche Überraschung ist.«
»Gut!« Ranulf schob den Riegel zurück. »Pater Lukas sagt, daß auch alle überrascht waren, als Augustinus bekehrt wurde.« Er öffnete die Tür ganz und ging.
Corbett saß da wie vom Schlag gerührt. »Ranulf-atte-Newgate!« flüsterte er. »Der öfter unter Röcken war, als ich warm gegessen habe.«
Corbett schloß die Augen und versuchte sich Ranulf als Priester vorzustellen. Anfänglich fand er es noch amüsant, aber je mehr er darüber nachdachte, desto weniger überraschte es ihn. Corbett legte sich aufs Bett, starrte an die Decke und dachte an die Unberechenbarkeit der menschlichen Natur. Ranulf war kein Anfänger mehr. Er hatte seine eigenen Vorstellungen und war fest entschlossen, das, was er wollte, durchzusetzen. Er widmete sich eisern seinen Studien, und seine letzten Fragen über die Vorgänge in Sparrow Hall bewiesen Scharfsinn und Aufgewecktheit. Irgendwie, ging es Corbett durch den Sinn, kam Ranulf mit seinen Fragen der Lösung des Rätsels schon sehr nahe. Warum verübte der Bellman diese Taten? Und warum hatte er sich als Lehrer oder Studenten von Sparrow Hall bezeichnet?
Er döste eine Weile. Als Ranulf zurückkehrte, rief er nur durch die offene Tür: »Der Konrektor hat mir ein Exemplar gegeben.«
»Gut«, murmelte Corbett.
Etwas später kam Maltote angehumpelt.
»Der Sheriff erwartet Euch«, berichtete er und faßte sich gleichzeitig an sein schmerzendes Schienbein. »Und üb-

rigens, Herr, in den Ställen des Castles haben sie ein paar wirklich schöne Pferde.«

»Ja, ja, da bin ich mir sicher.« Corbett setzte sich auf, legte seinen Schwertgürtel um und befahl seinen Gefährten, das ebenfalls zu tun.

Sie nahmen ihre Umhänge und gingen hinaus auf die Gasse. Dann überquerten sie die Broad Street und schlugen den Weg zum Castle ein. An der Ecke New Hall Street und Bocardo Lane mußten sie stehenbleiben. Der Markt auf der Straße und die Läden schlossen gerade. Bauern schoben Schubkarren und Wagen vor sich her. Die reicheren hatten Wägen, die von Ochsen gezogen wurden. Alle waren sie zu den Stadttoren unterwegs und hatten vor dem Galgen innegehalten, ein scheußliches Blutgerüst für drei, an dem Leitern lehnten. Amtmänner zogen die Schlingen, die um die Hälse der Schwerverbrecher lagen, enger, während der Ausrufer die schrecklichen Morde, Überfälle und Vergewaltigungen, deren die Männer für schuldig befunden worden waren, verlas. Er beendete sein Gebrüll und klatschte dreimal in die Hände. Die Scharfrichter in ihren roten Masken kletterten geschickt wie die Affen die Leitern hinunter. Diese wurden weggezogen, und die drei Verbrecher zappelten und tanzten in der Luft. Die Menge stieß einen Seufzer aus, und ein Amtmann rief, daß nun die Gerechtigkeit des Königs geübt worden sei. Corbett schaute weg. Die Menge zerstreute sich, und sie bahnten sich einen Weg zu einer Gasse, die an der alten Stadtmauer entlang zum Castle führte. Der Innenhof war ausgestorben. Ein Pferdeknecht sagte ihnen, daß sich die Garnison gerade zum Abendessen begeben habe. Nur ein kleiner

Junge lief mit einem Huhn unter dem Arm herum. Das Tier krächzte heiser. In den Ställen und Nebengebäuden war es ruhig, und der Pferdeknecht führte sie eine Außentreppe hinauf in den Söller. Es war das Zimmer eines Soldaten. Die Wände waren weißgekalkt, und die Decke war von zahlreichen Feuern geschwärzt. Ein paar Schilder und rostige Schwerter waren zu beiden Seiten eines ramponierten Kruzifixes plaziert, das etwas schief hing. Die Binsen auf dem Fußboden waren zwar trocken und frisch, rochen aber muffig.

Bullock saß mit einem wunderschönen Wanderfalken auf dem Handgelenk am Fenster. Die Fesseln des Tiers klangen wie Glöckchen. Der Sheriff verfütterte gerade liebevoll saftige Fleischbrocken an ihn, murmelte dabei halblaut und strich ihm über die Federn auf der Brust.

»Ein wunderschöner Falke, Sheriff!«

»Ich liebe Falken«, erwiderte Bullock. »Wenn ich diesen Wanderfalken fliegen sehe, Corbett, dann glaube ich wahrhaftig an Gott und seine Schöpfung. Ja, ja, Raptor.« Er sprach leise mit dem Vogel. »Morgen, vielleicht, auf dem Moor.«

Bullock seufzte, stand auf und setzte den Falken wieder auf seine Stange. Dann führte er Corbett und seine Gefährten in ein kleines Nebenzimmer, bot ihnen Hocker an, lehnte sich selbst gegen den Tisch und schaute auf sie herab.

»Euer Bote sagte, daß Ihr meine Hilfe braucht?«

Corbett teilte ihm mit, was Ranulf ihm erzählt hatte. Bullock strich sich über das Kinn.

»Was wollt Ihr, daß ich tue?«

»Am liebsten würde ich Sparrow Hall und das Wohnheim von der Außenwelt abriegeln lassen, Sir Walter. Aber bei näherem Nachdenken …« Corbett hielt inne. »Vielleicht doch nur das College. Zumindest hätten wir dann den Bellman unter sorgfältiger Überwachung.«

»Und das Wohnheim?«

»Wie gesagt, ap Thomas ist der Anführer eines Geheimbunds. Er hat vielleicht mit den Morden an den Bettlern zu tun, vielleicht auch nicht. Wenn er Oxford heute nacht verläßt, werden wir versuchen, ihm zu folgen, und er wird uns wie ein Irrlicht zu einem Ringelreihen führen.«

Sir Walter seufzte und löste den Gürtel um seine Wampe. »Der König ist in Woodstock eingetroffen«, erklärte er. »Die Hälfte meiner Garnison ist bereits dorthin unterwegs. Die wenigen Reiter, die ich habe, müssen die Straßen patrouillieren. Ich kann Euch mit Sparrow Hall nicht helfen. Dort gibt es einen Garten, Fenster sowie Garten- und Hintertüren. Ich würde eine halbe Armee benötigen, um jedes Schlupfloch bewachen zu lassen.« Er bemerkte Corbetts Ärger. »Was jedoch David ap Thomas angeht«, beeilte er sich zu sagen, »haben wir ein paar Wildhüter, die zur Garnison des Castles gehören, kräftige Kerle, denen nichts lieber ist als eine Schlägerei. Ihr Anführer ist genau der Mann, um Euch zu helfen.«

Und Bullock ging, ohne ein weiteres Wort zu sagen. Er war einige Zeit verschwunden und kam mit einem kleinen, sonnengebräunten Mann zurück, der in schäbiges Lincolngrün gehüllt war. Dieser betrat den Raum auf so leisen Sohlen, daß ihn Corbett beinahe nicht bemerkt hätte.

»Darf ich Euch Boletus vorstellen«, sagte Sir Walter. »Man nennt ihn so, weil das das lateinische Wort für Pilz ist.«
Boletus schaute Corbett ohne zu blinzeln an, und dieser bemerkte, daß der Wildhüter keine Wimpern hatte.

»Boletus überwacht die königlichen Jagdreviere zwischen Oxford und Woodstock. Er bewegt sich zwischen den Baumstämmen so still und schnell wie ein Sonnenstrahl. Oder etwa nicht, Boletus?«

»Ich bin im Wald zur Welt gekommen«, erwiderte der Wildhüter, seine Stimme kaum mehr als ein Flüstern. »Die Bäume sind meine Freunde. Allemal lieber eine Waldlichtung als die schmutzigen Straßen in der Stadt, oder?«

»Boletus«, erklärte Bullock, »wird das Wohnheim von Sparrow Hall bewachen wie ein Habicht. Wenn David ap Thomas und seine Getreuen das Gebäude verlassen, und ich vermute, daß sie das nach Einbruch der Dunkelheit tun werden, wird sie Boletus wie der Engel des Todes verfolgen und dann zu uns zurückkommen, um uns zu informieren. In der Zwischenzeit«, der Sheriff schmatzte, »gedenke ich mich etwas zu stärken. Sir Hugh, Ihr seid mein willkommener Gast.«

Corbett entschuldigte sich, aber Ranulf und Maltote folgten dem Sheriff und seinem finsteren Gefährten aus dem Zimmer. Corbett wartete, bis er allein war. Er hätte gerne geschlafen, da die Nacht lang werden würde, aber ihm ging dauernd das Zusammentreffen von Barnett mit dem Bettler durch den Kopf. Er verließ das Castle und begab sich auf Straßen und Gassen, auf denen es langsam stiller wurde, zum St. Osyth's Hospital. Die Sonne ging unter, die Geschäfte schlossen, und Lampen wurden entzündet und an Haken vor die Haustüren gehängt. Die Männer, die den Unrat einsammelten, waren mit ihren stinkenden Karren unterwegs und führten ihren ungleichen Kampf gegen die Abflußrinnen. Sie kehrten das Aas und die Berge von Abfällen auf, die die Händler zurückgelassen hatten. Die Schenken füllten sich, und da es ein warmer Abend war, standen überall die Fenster und Türen offen. Ein junger Mann sang das »Flete Viri«, das Corbett als eine Klage auf den Tod von William dem Eroberer erkannte. Etwas weiter stand auf der Treppe einer Kirche ein Chor und sang Vagentenlieder. Corbett vernahm sein Lieblingslied, »Iam Dulcis Amica« und blieb stehen, um es anzuhören. Erst dann ging er weiter.

An einer Straßenecke gegenüber des Hospitals tanzten vier Studenten ausgelassen zu den Klängen eines Rebec, einer dreisaitigen Geige, und eines Dudelsacks. Corbett warf eine Münze in ihre Mütze, überquerte die Straße und betrat das St. Osyth's Hospital durch das Hauptportal. Der Hof war voll von Bettlern, die auf das Abendessen warteten, das aus Suppe, Roggenbrot und einem Becher verdünntem Wein bestand. Bruder Angelo befand sich mitten unter ihnen und versuchte für Ordnung zu sorgen. Viele der Bettler begrüßte er mit Namen. Er bemerkte Corbett, und sein Lächeln verschwand.

»Es tut mir leid, Bruder«, entschuldigte sich Corbett. »Ich sehe, daß Ihr beschäftigt seid. Ich will es also kurz machen. Kennt Ihr Master Barnett von Sparrow Hall?«

»Ja, warum?« Angelo drehte sich um und brüllte einen Bettler an, der zwei Stücke Brot genommen hatte. »Leg das zurück, Lumpensammler! Du kannst wohl nie genug kriegen!«

Der Lumpensammler zuckte zusammen, ließ das strittige Stück Brot fallen und eilte davon.

»Wollt Ihr etwas zu essen, Corbett? Ihr seht bleich aus?«

»Nein, Informationen über Barnett.«

»Er ist etwas seltsam«, sagte Bruder Angelo. »Er mag Wein und Weiber, unser Master Barnett, aber er kommt auch hierher und stiftet Geld für das Hospital. Manchmal hilft er dabei, das Essen zu verteilen. Einige der Bettler sind sehr angetan von ihm und bezeichnen ihn als herzensgut.«

»Findet Ihr das nicht seltsam?« fragte Corbett.

»Ja, bei näherem Nachdenken ist es das wohl«, antwortete Bruder Angelo. »Aber er richtet damit auch keinen Schaden an. Und sollte ich seine Hilfe ablehnen? Sonst weiß ich nichts.«

Corbett wollte bereits gehen.

»Bevollmächtigter!«

Corbett kam zurück. Bruder Angelo sah etwas beunruhigt aus.

»Sir Hugh, Ihr denkt vielleicht, daß ich nur ein mißtrauischer Franziskaner bin. Ich habe jedoch vielen Menschen die Beichte abgenommen, und gelegentlich, wenn ich das tue, bekommt die Atmosphäre etwas Bedrohliches, einen Geruch von Gefahr. Nach Eurem letzten Besuch war das so.« Er faßte Corbett an der Schulter. »Seid vorsichtig. Behaltet Euren Glauben, und seht zu, daß Ihr immer eine Mauer im Rücken habt!«

9.

Corbett, dem die eindringliche Warnung des Klosterbruders noch in den Ohren hallte, kehrte zum Castle zurück. Ranulf und Maltote spielten gelangweilt Würfel, und Ranulf erklärte Maltote gerade die Geheimnisse des Falschspiels. Corbett saß am Fenster. Er hing einem Tagtraum über Leighton nach und betete bei sich, daß es Maeve gutgehen möge. Er war unruhig und begab sich deswegen in die Kapelle des Castles, einen schlichten schmalen Raum, mit einem Holzaltar an einem Ende. In einer Nische zur Linken stand eine Statue der Jungfrau mit dem Jesuskind. Die lächelnde Maria präsentierte ihren Säugling einer uninteressierten Welt. Corbett nahm einen Span und entzündete eine der Kerzen. Dann kniete er nieder und betete das Vaterunser, das Ave Maria und das Gloria. Da hörte er, wie Ranulf seinen Namen rief und eilte nach unten. Bullock und Boletus, der wie ein Frosch herumhüpfte, warteten auf ihn. Der Sheriff gab Corbett ein Zeichen, ihm in den Söller zu folgen.

»Halt schon den Mund!« brüllte Sir Walter den Wildhüter an. »Halt den Mund, und hör auf, so herumzuzappeln!«

Ranulf und Maltote kamen näher.

»Eure Information war korrekt, Sir Hugh.« Bullocks Gesicht verzog sich zu einem Lächeln. »Diese Geschichte fängt an, mir Spaß zu machen. David ap Thomas und seine

Getreuen haben die Stadt heimlich verlassen. Sie haben gegen die Ausgangssperre verstoßen, sind über die Stadtmauer geklettert und haben sich in den Wald begeben, der im Südwesten der Stadt liegt.«

»Erzählt ihnen das andere auch! Erzählt ihnen das andere auch!« rief Boletus.

»Sie haben Gesellschaft«, fuhr der Sheriff fort und schaute auf seinen Wildhüter. »Sie werden von einem Luden, einem Zuhälter namens Vardel, begleitet und von einem halben Dutzend Huren aus einem Bordell in der Stadt.«

»Und ich weiß, wo sie sind!« rief Boletus triumphierend.

»Holt Eure Mäntel!« befahl Bullock. »Boletus, ich brauche vier von Euren Gefährten, sechs bewaffnete Soldaten und ungefähr zehn Bogenschützen. Wir gehen zu Fuß.«

Wenig später verließen sie alle das Castle, und Boletus rannte wie ein Jagdhund vorweg. Sie eilten durch die engen Straßen, und die Bettler und Gauner, die die Kettenhemden funkeln sahen und die Schwerter klirren hörten, verschwanden eilig in den Seitengassen. Die Türen der Schenken wurden hastig geschlossen. Huren, deren orangefarbene Perücken in der Dunkelheit leuchteten, sahen sie kommen und flohen in Windeseile. Ab und zu öffnete sich ein Fensterladen, und lautes Schimpfen war zu hören. Bullock, der ganz in seinem Element war, schimpfte zurück.

Sie verließen die Stadt durch eine Pforte und folgten einem staubigen Weg, der an ein paar Hütten und Gemüsegärten vorbeiführte. Die Dunkelheit nahm zu. Bald hatten sie den Lärm und die Geschäftigkeit der Stadt hinter sich gelassen. Der Abend war kühl, der Himmel klar, und außer dem Klirren der Waffen und irgendeinem kleinen Tier, das in einer Hecke oder in einem Graben verschwand, war nichts zu hören. Einige der Soldaten begannen sich zu beklagen, aber als sich Bullock mit erhobener Faust zu ihnen umdrehte, verstummten sie. Schließlich bogen sie auf einen Pfad ein, der in den Wald führte. Die Bäume kamen immer näher, und die Geräusche des Waldes wurden stärker – der Schrei der Schleiereule und der des Ziegenmelkers und heftiges Rascheln im Unterholz. Corbett und Ranulf versuchten mit Bullocks schnellem Gang Schritt zu halten, und Maltote humpelte hinter ihnen her. Der Wald wurde dichter, und Äste schienen in dem gespenstischen Mondlicht nach ihnen zu greifen. Boletus kam auf federnden Sohlen und vollkommen lautlos wieder zu ihnen. Er hob die Hand und flüsterte Bullock etwas zu, und dieser befahl seinen Soldaten, auszuschwärmen. Die Linie der Männer rückte langsam vor. Corbett hielt die Nase in die Luft – ein Feuer und ein eher unangenehmer Bratengeruch. Zwischen den Baumstämmen sah er jetzt auch die Glut des Feuers. In der Nachtluft war schwach das Geräusch einer Trommel zu vernehmen. Als sie näher kamen, wurde der Abstand zwischen den Bäumen größer, und schon bald blickten sie auf eine an einem Abhang gelegene Lichtung. Corbett schaute fasziniert zu. Bullock ermahnte seine Männer, die anfingen zu lachen und obszöne Bemerkungen zu machen. Vier Feuer brannten, und um diese herum tanzten nackte Männer und Frauen. Die Musiker waren nicht zu sehen. Corbett bemerkte jedoch eine weitere Gruppe, die dabei war, über einem Feuer am anderen Ende der Lichtung einen Braten zuzubereiten.

»Wie ein Mummenschanz«, flüsterte Ranulf.

»O mein Gott, was ist das?«

Eine maskierte Gestalt trat in einem langen Gewand, auf das ein menschliches Auge gemalt war, vor.

»Herr«, Ranulf mühte sich, sein Lachen zu unterdrücken, »ich denke nicht, daß wir mit so etwas gerechnet haben.«

Bullock erhob sich neben Corbett und zog sein Schwert. »Das ist mir egal!« sagte er. »Ich habe Hunger. Da drüben gibt es Wein, und einige von den Ladies sind sehr einnehmend.«

Bullock rannte vor, und seine Männer folgten ihm. Sie standen auf der Lichtung, noch ehe die Tänzer innehalten konnten.

Corbett hatte Ranulf und Maltote ein Zeichen gegeben, zurückzubleiben. Jetzt erkannte er, daß Bullock seine Widersacher unterschätzt hatte. Die Tänzer waren möglicherweise betrunken und außerdem überrascht, aber sie waren ebenfalls schwer bewaffnet. Schwerter und Dolche wurden gezogen und Knüppel geschwungen, und die Lichtung verwandelte sich in ein Schlachtfeld. Selbst die Frauen beteiligten sich. Corbett sah eine kräftige Lady zwei von Bullocks Männern mit einem Knüppel niederschlagen.

»Ich denke, wir sollten ihnen helfen«, flüsterte Ranulf.

Corbett stimmte zögernd zu. Als sie jedoch die Lichtung erreichten, lag die maskierte Gestalt bereits am Boden, und man hatte ihr die primitive Satyr-Maske vom Gesicht genommen. David ap Thomas schaute zu Corbett auf.

»Eine verdammte herumschnüffelnde Krähe, das seid Ihr!«
Er versuchte vergeblich, die beiden Bogenschützen zu treten, die ihm seine Hände auf dem Rücken fesselten.
Der Kampfeslärm um sie herum verstummte allmählich. Vierzehn Studenten und zwei Huren zählten sie, die anderen, einschließlich des Zuhälters Vardel, hatten wohl entschieden, daß Diskretion klüger war als Tapferkeit, und waren tief in den Wald geflohen. Einige von Bullocks Leuten klagten über Verletzungen und Prellungen. Trotzdem fielen sie über den Braten und über den Wein her. Damit fertig, führten sie ihre Gefangenen in einer Reihe den Pfad durch den Wald entlang ab.
Bullock war ein grausamer Wächter. Die meisten der Gefangenen hatten irgendwelche Kleider anziehen dürfen, aber Stiefel und Schuhe waren einfach in einen Sack geworfen worden, und die Flüche und das obszöne Geschimpfe der Ladies aus der Stadt hallten in der Nacht wider. Die Soldaten schubsten und verhöhnten sie außerdem. Ap Thomas protestierte lautstark.
»Dagegen gibt es kein Gesetz!« rief er.
»Was habt Ihr da eigentlich genau gemacht?« fragte Corbett.
»Oh, leckt mich doch!« fauchte ihn ap Thomas an.
Sie betraten Oxford wieder durch das Seitentor und machten sich auf den Weg hinauf zum Castle. Bullock kam sich sehr wichtig vor. Er war begierig darauf, dem Senat der Universität von seinem Fund zu berichten, und erklärte, sie seien alle seine Gefangenen und müßten einige Zeit in den Verliesen des Castles verbringen. Die Studenten, an-

geführt von ap Thomas, protestierten lautstark. Die Huren waren pragmatischer und begannen ihren Wächtern zuzulächeln und zuzublinzeln. Bullock führte den Trupp Gefangene weg. Corbett und seine Gefährten sahen sie gehen und lauschten ihren schwächer werdenden Rufen in der Nacht, ehe sie sich zurück zur Sparrow Hall begaben.

Der Pförtner ließ sie ins Wohnheim und beschwerte sich über die späte Stunde. Corbett beachtete ihn nicht weiter. Er vermutete, daß der Mann von ap Thomas dafür bestochen worden war, aufzubleiben, damit die Studenten wieder reinkamen, und ließ ihn deshalb im unklaren darüber, was vorgefallen war.

Zurück in Corbetts Zimmer, wusch und verband Ranulf seine Wunde an der rechten Hand. Maltote saß auf dem Fußboden und massierte sein Schienbein. Er murrte, daß der Nachtmarsch sein Leiden nur verschlimmert habe.

»Das war Zeitverschwendung«, erklärte Corbett und legte seinen Umhang und seinen Schwertgürtel ab. »Unserem guten Freund ap Thomas ist vermutlich nichts Schlimmeres vorzuwerfen als irgendwelche lächerlichen heidnischen Riten, die, denke ich, eine ebenso legitime Entschuldigung für Ausschweifungen sind wie alles andere.«

»Auf der Lichtung war nichts Besonderes«, bemerkte Ranulf. »Brot, Wein, etwas Braten und ein vergilbter Schädel von jemandem, der wahrscheinlich schon lange im Grab gelegen hatte, als mein Großvater geboren wurde.« Er schüttelte den Kopf. »Und ich hatte schon gedacht, daß sich ap Thomas richtiger Verbrechen schuldig gemacht hätte.«

»Ich frage mich aber doch«, Corbett setzte sich auf sein Bett, »ob der Bellman weiß, was heute nacht vorgefallen ist. Wenn ja, dann wird er vermutlich zuschlagen. Er kann sich ausrechnen, daß wir nach unserem sinnlosen nächtlichen Ausflug müde sind. Unser guter Sheriff hingegen wird die Nacht genüßlich damit verbringen, ap Thomas und die anderen Studenten zu verhören, die ihn verabscheuen.«

»Sollten wir Sparrow Hall nicht bewachen?« fragte Ranulf. »Oder zumindest die Gasse hinter dem Gebäude? Schauen, wer kommt und geht? Wir könnten losen«, schlug er vor.

»Ich gehe.« Maltote stand mit schmerzverzerrtem Gesicht auf.

»Aber dein Knöchel?« meinte Corbett.

»Ich habe heute morgen ausgeschlafen«, antwortete Maltote. »Und ich denke, mit diesen Schmerzen werde ich ohnehin nicht schlafen können. Wie spät wird es jetzt wohl sein?«

»Vielleicht Mitternacht, vielleicht etwas früher.«

»Ich übernehme die erste Wache.«

Maltote humpelte, den Schwertgürtel über der Schulter, aus dem Zimmer.

»Sollte ihn nicht einer von uns begleiten?« fragte Ranulf.

»Es wird ihm schon nichts passieren«, entgegnete Corbett. »Geh hinter ihm her, Ranulf. Sag ihm, er soll sich im Schatten verstecken und zurückkommen, wenn er müde wird. Unser Pförtner wird denken, er sei einer von ap Thomas' Gefährten.«

Ranulf ging, und Corbett legte sich aufs Bett. Er wollte

wach bleiben, aber seine Lider wurden schwer, und er fiel in einen traumlosen Schlaf.
Ranulf kehrte zurück und zog seinem Herrn die Stiefel aus. Er deckte ihn mit seinem Mantel zu, blies die Kerze aus und ging in sein eigenes Zimmer. Hier entzündete er die Öllampe und öffnete die *Bekenntnisse* des heiligen Augustinus.
»Du hast uns gemacht, o Herr, für Dich, und unsere Herzen haben keinen Frieden, wenn sie keine Ruhe bei Dir gefunden haben.«
Ranulf schloß die Augen. Daran würde er sich erinnern. Er würde es zitieren, wenn Meister Langschädel das nächste Mal irgendeinen eingebildeten Prälaten oder gebildeten Priester bewirtete. O ja, alle würden sie still verwundert ihre Köpfe schütteln, welche Verwandlung Ranulf-atte-Newgate durchgemacht hatte.

In der Gasse hinter Sparrow Hall hockte Maltote und fragte sich, wie lange Sir Hugh sie noch in Oxford festhalten würde. Im Unterschied zu Ranulf hätte Maltote in Leighton leben und sterben können. Er stand freudig mit dem Morgengrauen auf und war dann in den Ställen, bis es finster wurde und er vor Erschöpfung umfiel. Er schaute auf das dunkle Gebäude von Sparrow Hall und sah in einigen Fenstern schwachen Kerzenschein. Die Mauer, die den Garten umgab, war hoch, und Maltote hielt die Augen auf die Gartenpforte gerichtet. Wenn jemand das College verließ, da war er sich sicher, mußte er diesen Weg nehmen. Eine jagende Katze huschte an ihm vorbei. Maltote sah, wie sie auf den Komposthaufen an der Mauer

kletterte. Etwas Pelziges schoß hervor und verschwand mit der Katze in der Dunkelheit.
Maltote schaute in die Sterne und grinste. Er hatte den nächtlichen Ausflug in den Wald genossen. Einige von diesen Ladies hatten wirklich ganz unglaublich ausgesehen. Maltote leckte sich die Lippen. Er hatte nicht einmal Ranulf erzählt, daß er immer noch Jungfrau war. Er hatte sich einmal in ein Mädchen verliebt, in die Tochter eines Müllers, die in der Nähe von Leighton Manor wohnte. Eines Tages hatte er ihr ein paar Blumen gebracht, aber sie hatte ihn nur ausgelacht, als er einen roten Kopf bekommen und nichts zu sagen gewußt hatte. Vielleicht würde er sie ja nach seiner Rückkehr wieder besuchen? Maltote hörte ein Geräusch. Die Gartenpforte war fest geschlossen. Er stand auf und kniff die Augen zusammen. Eine dunkle Gestalt schlurfte auf ihn zu. Er griff nach seinem Dolch.
»Wer da? Wer bist du?« rief Maltote.
Eine Bettlerschale klapperte, und Maltote entspannte sich. Der Bettler kam mit ausgestreckter Schale auf ihn zu. Maltote suchte in seinem Beutel. Irgendwo mußte er eine Münze haben. Vielleicht konnte ihm der Mann ja in diesen Nachtstunden Gesellschaft leisten? Er schaute auf, und die Schale erwischte ihn direkt im Gesicht. Maltote schwankte zurück und knallte mit dem Kopf gegen die Mauer. Dann sprang er vor, aber sein Angreifer war zu schnell. Der Dolch kam scharf und grausam von unten und traf Maltote im Bauch. Dieser schrie vor Schmerz auf und faßte mit einer Hand nach unten. Mit der anderen fuchtelte er in der Luft. Er fiel und schlug mit dem Kopf

auf das Pflaster, und der Bettler verschwand schlurfend in der Dunkelheit.

Am nächsten Morgen erwachte Corbett von einem Klopfen an der Tür. Er öffnete, und Norreys stand vor ihm. Ranulf trat ebenfalls aus seinem Zimmer und zog sich dabei die Stiefel an.

»Sir Hugh!« Norreys schluckte. »Ihr müßt zum College kommen. Es ist Maltote!«

Corbett fluchte.

»Er ist nicht zurückgekommen«, stöhnte Ranulf. »Ich hätte ihn ablösen sollen.«

»Er stirbt«, erklärte Norreys. »Sir Hugh, Euer Diener stirbt. Master Churchley hat ihn hierher auf die Krankenstube gebracht, aber wir können gar nichts mehr für ihn tun.«

Corbett schaute ihn nur an und verschränkte die Arme, da ihm auf einmal eiskalt war. Ranulf hatte sich jedoch schon an ihnen vorbeigedrängt und lief die Treppe hinunter. Corbett zog die Stiefel an, griff nach seinem Mantel und ging mit Norreys über die Gasse und in die Sparrow Hall.

Churchley wartete auf sie im Aufenthaltsraum. Die anderen Lehrer standen um ihn herum. Er öffnete den Mund, um etwas zu sagen, aber dann gab er ihnen nur ein Zeichen, ihm zu folgen, und führte sie die Treppe hinauf in eine weißgekalkte Kammer. Maltote lag direkt hinter der Tür in einem Bett. Sein Gesicht war so weiß wie das Laken, das bis an sein Kinn reichte. Seine Augen waren halb geschlossen, und etwas Blut floß aus seinem Mundwinkel. Ranulf schlug die Decken zurück und stöhnte bei dem Anblick der durchweichten Bandagen, mit denen Churchley Maltotes Bauch verbunden hatte.

»Ich habe mein Bestes getan«, meinte der Arzt.

Maltote wandte den Kopf und öffnete langsam ein wenig die Augen. Seine Worte überschlugen sich. Corbett beugte sich vor, um die gehauchten Worte überhaupt verstehen zu können.

»Ich habe Durst, Herr, der Schmerz ...«

»Wer hat das getan?« fragte Corbett.

»Der Bettler. Kein Gesicht. Leise wie ein Schatten.«

Corbett mußte Tränen der Wut niederkämpfen.

»Ich muß sterben, oder?«

Corbett nahm Maltotes eiskalte Hand.

»Lügt mich nicht an«, flüsterte Maltote. »Ich habe keine Angst, zumindest jetzt noch nicht.« Er verzog das Gesicht, als die Schmerzen stärker wurden.

»Ich habe ihm ein Schlafmittel gegeben«, erklärte Churchley. Er zog Corbett etwas vom Bett weg. »Sir Hugh, Ihr müßt solche Bauchwunden auf dem Schlachtfeld gesehen haben. Das Schlafmittel verliert bald seine Wirkung, und dann werden die Schmerzen fürchterlich sein, und er wird einen rasenden Durst bekommen.«

»Könnt Ihr irgend etwas tun?«

Churchley schüttelte den Kopf. »Sir Hugh, ich bin Arzt, kein Wunderheiler. Er wird verbluten, und das unter großen Qualen.«

Corbett schloß die Augen und atmete tief durch. Er ging zu Maltote zurück.

»Brauchst du einen Priester?« fragte er.

Maltote mühte sich zu antworten. »Pater Lukas hat mir

die Beichte abgenommen, ehe ich Leighton verlassen habe, doch die letzte Ölung?«

Tripham kam ins Zimmer. »Sir Hugh, ich entschuldige mich, daß ich Euch störe, aber im Wohnheim wartet ein Bote des Königs aus Woodstock. Ich habe bereits nach Pater Vincent schicken lassen«, fügte er noch hinzu. »Er ist schon auf dem Weg.«

Corbett ging zum Bett zurück. Er drückte Maltote die Hand und küßte ihn vorsichtig auf die Stirn. Dann wischte er sich die Tränen aus den Augen und verließ eilig das Zimmer. Im Vorbeigehen flüsterte er Ranulf zu, er solle bei Maltote bleiben.

Wenig später kam Pater Vincent. Ein kleiner Junge ging vor ihm her und trug eine brennende Kerze und eine Glocke. Über die Schultern des Priesters hing ein silberner Chormantel mit goldenen Fransen mit dem Agnus Dei in der Mitte. Churchley verließ das Zimmer, aber Ranulf blieb. Es ging alles ziemlich schnell. Pater Vincent erteilte Maltote die Absolution und legte ihm aus einer silbernen Pyxis die heilige Hostie auf die Zunge. Dann zog er ein goldenes Fläschchen aus der Tasche und salbte Maltotes Augen, seinen Mund, seine Hände, seine Brust und seine Füße. Der kleine Junge stand wie ein Wachsbild daneben. Der Priester schaute Ranulf kein einziges Mal an, so sehr war er mit der Erteilung des Sakraments beschäftigt. Anschließend kniete er neben dem Bett nieder und rezitierte das De profundis: »Aus der Tiefe rufe ich, Herr, zu Dir.« Ranulf wiederholte seine Worte. Erst als das beendet war, wandte sich der Priester auch an ihn.

»Es tut mir leid.« Er nahm Ranulfs Hand und schaute auf

das Bett, in dem sich Maltote inzwischen, weil die Betäubung nachließ, vor Schmerz hin und her warf. »Gibt es noch etwas, was ich tun kann?«

Ranulf vermochte nur mit Mühe seine Tränen zurückzuhalten. Er zog einen Stiefel aus und nahm eine Goldmünze aus einem Seitenfach. »Lest Messen für ihn«, flüsterte er. »Bis zum Michaelitag.«

Der Priester wollte die Münze nicht annehmen, doch Ranulf bestand darauf.

Pater Vincent ging zusammen mit dem kleinen Jungen, der die Glocke läutete, hinaus auf den Gang und verließ das College. Andere klopften – Appleston und Lady Mathilda –, aber Ranulf schickte sie weg und verriegelte die Tür. Er kniete sich neben das Bett und nahm Maltotes Hand. Dieser wandte ihm sein Gesicht zu. Ranulf schnürte es das Herz ab, als er die Qualen in den kornblumenblauen Augen sah.

»Gibt es im Himmel Pferde?« fragte Maltote.

»Sei nicht dumm!« antwortete Ranulf heiser. »Natürlich gibt es da Pferde!«

Maltote öffnete den Mund, um zu lachen, aber der Schmerz war zu groß, und sein Körper krümmte sich.

»Ich habe Angst, Ranulf. In Schottland ... erinnerst du dich?« sagte er mit schwacher Stimme. »Der Bogenschütze, der einen Speer im Bauch hatte? Er starb erst nach Tagen!«

»Ich bin bei dir«, erwiderte Ranulf.

Er zog die Decke zurück. Maltotes Unterleib war inzwischen eine riesige Blutlache, und das Blut sickerte in die Laken und in die Matratze darunter. Ranulf schloß die

Augen. Er erinnerte sich an eine der Maximen des heiligen Augustinus. Hier zitierte der Philosoph das Neue Testament: »Beurteile und behandle alle anderen, so wie du von ihnen beurteilt und behandelt werden möchtest.« Ranulf stand auf, ging zur Tür und bat Churchley herein.

»Ihr seid Arzt, Master Aylric«, flüsterte Ranulf. »Ich will deutlich sein. Ich habe von Apothekern gehört, die ein Pulver herstellen können, das den ewigen Schlaf gibt.«

Churchley schaute auf Maltote, der sich leise stöhnend im Bett hin und her warf.

»Das kann ich nicht tun!« erklärte er.

»Ich aber«, erwiderte Ranulf. »Es ist nichts Würdevolles dabei zu verbluten.« Ranulf griff an seinen Dolch.

»Droht mir nicht!« fuhr ihn Churchley an.

»Ich drohe nie, ich mache nur Versprechungen!« gab Ranulf zurück. Er zog seinen Stiefel aus, holte eine weitere Goldmünze hervor und drückte diese Churchley in die Hand. »Ich will, daß Ihr es sofort bringt!« befahl er. »Ein kleiner Becher Wein und das Pulver, das ich brauche. Ich weiß, daß Ihr es habt.«

Churchley wollte sich schon weigern, eilte dann jedoch davon. Ranulf ging zurück und kniete sich neben das Bett. Er hielt Maltote die Hand und machte beruhigende Geräusche wie bei einem kleinen Kind. Churchley kam zurück, in der einen Hand einen Zinnbecher, in der anderen einen kleinen Beutel.

»Nicht mehr als eine Prise«, flüsterte Churchley. Er drückte Ranulf beides in die Hand und verließ das Zimmer.

Ranulf verriegelte die Tür. Er öffnete den Beutel, leerte

den halben Inhalt in den Wein und schwenkte ihn etwas. Dann ging er zurück zum Bett und zog Maltote an den Schultern hoch.
»Sag nichts«, murmelte Ranulf, »trink einfach.«
Er hielt Maltote den Becher an die Lippen. Maltote nippte, hustete und würgte. Ranulf hielt ihm den Becher wieder hin, und diesmal trank er mit großen Schlucken. Ranulf legte ihn auf das Bett zurück. Maltote lächelte schwach.
»Ich weiß nicht, was du getan hast«, flüsterte er. »Ich hätte dasselbe getan. Ranulf?« Er hielt inne und preßte die Lippen zusammen. »Ranulf, gestern, als ich zum Castle gegangen bin ...« Er schnappte nach Luft. »Ich kam an einer Gruppe Studenten vorbei ... Sie stritten ... einer von ihnen fragte, ob es wirklich ein göttliches Wesen geben kann.«
»Leute, die nichts wissen, fragen das immer«, erwiderte Ranulf.
Er beugte sich vor und strich Maltote über die Wange. Die Augen des jungen Mannes hatten bereits etwas Glasiges. Maltote nahm Ranulfs Hand und hielt sie fest. Dann zitterte er einmal, schloß die Augen, wandte den Kopf zur Seite, und sein Unterkiefer fiel herab. Ranulf fühlte nach dem Puls in der Halsschlagader, aber der war nicht mehr zu spüren. Er nahm Maltotes Kopf zwischen beide Hände, küßte ihn auf die Stirn und zog dann die Decke über ihn.
»Gott segne dich, Ralph Maltote«, betete er. »Mögen die Engel dich im Paradies willkommen heißen. Ich hoffe, daß es ein göttliches Wesen gibt«, meinte er noch bitter, »weil das hier unten alles doch nichts wert ist!«
Eine Weile kniete er noch neben dem Bett und versuchte

zu beten. Es gelang ihm jedoch nicht, sich zu konzentrieren. Er erinnerte sich daran, wie Maltote die Pferde gestriegelt hatte, und daran, daß er keine Waffe in die Hand nehmen konnte, ohne sich selbst zu verletzen. Er weinte und bemerkte dann, daß es das erstemal war, seit städtische Arbeiter die Leiche seiner Mutter in ein Massengrab in der Nähe von Charterhouse geworfen hatten. Ranulf trocknete seine Augen. Er leerte den Rest des Weins auf den Fußboden, legte den kleinen Beutel mit dem Pulver in seine Brieftasche und verließ das Zimmer.

Ranulf drückte Churchley den Becher in die Hand.

»Er ist tot. Und nun hört!« Er schnalzte mit den Fingern in Richtung Tripham. »Ich spreche für Sir Hugh Corbett und den König. Ich möchte nicht, daß Maltote hier beerdigt wird, nicht in dieser verdammten Jauchegrube! Ich möchte, daß die Leiche einbalsamiert, in einen richtigen Sarg gelegt und nach Leighton Manor geschickt wird. Dort wird sich Lady Maeve um sie kümmern.«

»Das wird Geld kosten«, meckerte Tripham.

»Das ist mir vollkommen egal!« erwiderte Ranulf. »Schickt mir die Rechnung. Ich zahle, was Ihr verlangt. Laßt den Toten noch eine Weile liegen. Sir Hugh wird ihm noch die letzte Ehre erweisen wollen.«

Ranulf verließ das College und ging über die Gasse. Corbett stand im Hof und sprach mit einem Reiter in der königlichen Livree. Der Mann war von Kopf bis Fuß mit dem Staub und Dreck der Landstraße bedeckt. Corbett warf nur einen Blick auf Ranulfs Gesicht und schickte den Kurier dann weg. Er sagte ihm, daß Norreys sich um Verpflegung und um sein Pferd kümmern würde.

»Maltote ist tot?«

Ranulf nickte. Corbett fuhr sich über die Augen.

»Gott gebe ihm seinen Frieden.« Er drückte Ranulf die Briefe, die er erhalten hatte, in die Hand. »Ich erwarte dich später oben.«

Corbett ging in Richtung College. Er hatte einen Verdacht, was Ranulf getan hatte, und war insgeheim einverstanden. Einige Minuten lang kniete er neben der Leiche und sagte sein eigenes Requiem. Tripham und Churchley standen hinter ihm bei der Tür. Corbett bekreuzigte sich und erhob sich. Er legte eine Hand auf das Kruzifix über dem Bett und die andere auf Maltotes Stirn.

»Ich schwöre beim lebendigen Gott«, erklärte er, »hier in Gegenwart Christi und des Ermordeten, daß der, der das getan hat, büßen und die volle Strenge des Gesetzes zu spüren bekommen wird!«

»Euer Diener hat uns bereits Anweisungen gegeben, was mit der Leiche geschehen soll«, beeilte sich Tripham, dem das bleiche, unerbittliche Gesicht dieses mächtigen königlichen Beamten angst machte.

»Tut, was er gesagt hat!« fuhr ihn Corbett an.

Er drängte sich an ihnen vorbei und ging in seine Kammer im Wohnheim und zu Ranulf zurück. Keiner der beiden sprach über das, was vorgefallen war. Statt dessen öffnete Corbett die Briefe, die er vom König und von Maeve erhalten hatte.

»Und da ist noch einer von Simon an dich.«

Er reichte Ranulf ein großes quadratisches Pergament, das in der Mitte mit rotem Wachs versiegelt war.

Corbett öffnete seine Briefe. Der des Königs enthielt die

Nachricht, daß er mit seinem Gefolge in Woodstock eingetroffen sei und dort warte, bis sein »guter« Bevollmächtigter die Angelegenheit zu seiner Zufriedenheit gelöst habe. Der zweite Brief war von Maeve. Corbett setzte sich an den Tisch und las ihn andächtig. Das meiste war Tratsch über Leighton Manor, Aussichten auf eine gute Ernte und die Untaten bestimmter Wilderer, die über den Fischteich hergefallen waren. Dann fuhr Maeve fort, wie sehr sie und Eleanor ihn vermissen würden und daß Uncle Morgan immer noch dauernd von dem Besuch des Königs spreche.

»Ich wünschte, er würde Eleanor nicht immer mit diesen Geschichten über die Waliser aufziehen«, schrieb sie, »wie sie ihre Feinde damit erschreckt hätten, daß sie die Köpfe der in der Schlacht gefallenen Gegner mit ihren eigenen Haaren an Ästen aufgehängt hätten. Ich glaube, sie fordert ihn manchmal regelrecht dazu heraus.«

Corbett las weiter und schaute dann zu Ranulf.

»Lady Maeve läßt Euch grüßen. Was habt Ihr Neues?«

»Oh, nur Klatsch aus der Kanzlei.« Ranulf wich seinem Blick aus und steckte den Brief in seine Brieftasche.

Corbett kehrte zum letzten Absatz von Maeves Brief zurück.

»Du fehlst mir sehr«, schrieb sie, »und jeden Tag gehe ich in die Kapelle und zünde eine Kerze dafür an, daß du schnell zurückkehrst. Dir sende ich meine Liebe und Ranulf und Maltote meine guten Wünsche! Deine Dich liebende Frau Maeve.«

Corbett nahm ein Stück Pergament und begann mit der Antwort. Er beschrieb den Tod von Maltote und hielt

inne, als er sich daran erinnerte, wie Maltote Eleanor auf ihrem Pony hatte reiten lassen. Eleanor hatte geschrien und gelacht. Maltote hatte ihr alles über Pferde erzählt, und das meiste hatte Eleanor nicht verstanden, aber sie saß trotzdem in ihrem Kindersattel und nickte feierlich. Corbett blinzelte wegen der Tränen und sprach in knappen Sätzen von seinem Verlust. Dann unterbrach er sich.
»Ranulf«, fragte er, »Maltotes Leiche soll doch nach Leighton zurückgebracht werden, oder?«
»Natürlich. Ich habe Tripham gesagt, daß ich für alle Unkosten aufkommen werde.«
»Das mache ich schon«, meinte Corbett.
»Nein, Herr. Laßt mich. Ich hatte zwei Freunde, und jetzt habe ich nur noch einen.«
Corbett schaute Ranulf direkt an.
»Bin ich schuldig?« fragte er. »Habe ich Maltotes Tod verursacht?«
Ranulf schüttelte den Kopf. »Der Tanz, auf den wir uns eingelassen haben, ist tödlich. Jedem von uns kann das jederzeit passieren. Wir sind Jäger«, meinte er. »Wir jagen in der Dunkelheit, und man vergißt leicht, daß die, die wir jagen, auch uns jagen – ein Messer im Rücken, ein Becher vergifteter Wein, ein unglücklicher Unfall.«
»Und wer, glaubst du, war verantwortlich?«
»Nun, David ap Thomas kann es nicht gewesen sein. Er und seine Anhänger waren im Castle eingesperrt. Es muß der Bellman gewesen sein.«
»Und das heißt«, entgegnete Corbett, »daß Maltote entweder ermordet wurde, weil der Bellman uns warnen wollte, oder weil ihm Maltote bei irgend etwas im Wege

war. Er fiel dem ältesten Trick überhaupt zum Opfer, einem Bettler, der um ein Almosen bittet.« Corbett erhob sich. »Ich werde ihm eine Falle stellen, Ranulf, ich werde Maltotes Mörder finden, und, Gott vergebe mir, ich werde ihn hängen sehen!«

Ranulf blickte ihn herausfordernd an.

»Und das meine ich auch«, beharrte Corbett. »Er wird gefangen werden, und dann wird ihm der Prozeß gemacht werden, und er wird auf dem Schafott sterben!«

Ranulf stand auf. Sein Gesicht war nur wenige Zentimeter von dem von Corbett entfernt.

»Sehr gut, aber laßt mich Euch etwas über das Gesetz des Ranulf-atte-Newgate erzählen: Bei mir gibt es kein Entkommen, von wegen Gefängnis oder Galgen. Hier gilt: Auge um Auge, Zahn um Zahn, Leben um Leben.«

10

Corbett wollte schon antworten, als es an der Tür klopfte. Es war Lady Mathilda, Master Moth wie einen Schatten hinter sich. Die alte Dame atmete, auf einen Stock gestützt, schwer.

»Ich komme, Euch mein Beileid auszusprechen.«

Sie hielt Corbett ihre Hand hin, und dieser küßte ihr die Finger. Sofort zog sie sie wieder weg. Corbett schaute sie überrascht an.

»Es tut mir leid«, entschuldigte sie sich. »Aber alle diese Dinge ...«

»Corbett!«

Er drehte sich um. Unter großem Lärm und mit hochrotem Kopf kam Bullock die Treppe herauf.

»Der Herr stehe uns bei!« flüsterte Lady Mathilda. »Nicht der schon wieder.« Sie drehte sich um und rümpfte angewidert die Nase. »Dieser Mann ist doch einfach abstoßend.«

Sie hielt Moth einen Arm hin. Dieser hatte die ganze Zeit kein Auge von ihr gelassen. Sie gingen nebeneinander den Gang entlang und zwangen Bullock so dazu, sich gegen die Wand zu pressen. Der Sheriff schaute ihnen mit zusammengekniffenen Augen nach. Sein rotes Gesicht glänzte von Schweiß.

»Ich bin so schnell ich konnte gekommen!« rief er. Er machte eine Kopfbewegung in Richtung von Lady Mathilda, die jetzt die Treppe hinabging. »Was wollte die alte Schlampe?«

»Sie kam, um mir ihr Beileid auszusprechen«, sagte Corbett ungeduldig. »Mein Freund Maltote wurde gestern nacht erstochen. Er ist tot.«

Bullock stöhnte. Er schlug die ledernen Satteltaschen, die er trug, gegen sein Bein. »Gott sei ihm gnädig! Christus und die Gottesmutter mögen ihm die ewige Ruhe gewähren!« Er ging mit in Corbetts Zimmer. »Und wer ist der Täter?«

»Das wissen wir nicht. Angeblich ein Bettler, aber wahrscheinlich der Bellman.«

Bullock nickte Ranulf zu, der aufstand, um ihn zu begrüßen.

»Das hier ist ebenfalls vom Bellman.«

Der Sheriff öffnete die Satteltaschen und warf den schon ziemlich mitgenommenen Kadaver einer Krähe auf den Fußboden, die eine Schlinge um den Hals hatte. Ranulf hob sie auf und schleuderte sie, ehe jemand protestieren konnte, aus dem Fenster.

»Was hat das Schwein noch getan?« fragte er.

Bullock reichte Corbett eine Pergamentrolle.

»Zwei davon wurden gestern nacht angeschlagen«, antwortete er. »Eine am Portal von Oxford Hall, die andere an der Vine. Ich ließ zwei Amtmänner vor Sonnenaufgang in der Stadt Streife gehen. Sie fanden diese beiden Proklamationen und die tote Krähe.«

Corbett öffnete das Pergament und las die Worte. Sie schienen ihm förmlich entgegenzuspringen.

»Die Krähe des Königs ist nach Oxford gekommen.
Krächz! Krächz! Krächz!
Die Krähe des Königs, La Corbière, steckt ihren gelben Schnabel in den Müllhaufen der Stadt. Krächz! Krächz! Krächz!
Der Bellman sagt folgendes: Verflucht sei Corbett, wenn er schläft.
Verflucht sei Corbett, wenn er geht.
Verflucht sei Corbett, wenn er ißt.
Verflucht sei Corbett, wenn er sitzt.
Verflucht sei Corbett, wenn er scheißt.
Verflucht sei Corbett, wenn er pißt.
Verflucht sei Corbett nackt.
Verflucht sei Corbett angezogen.
Verflucht sei Corbett zu Hause.
Verflucht sei Corbett unterwegs.«

»Ich habe den Eindruck, er mag Euch nicht«, bemerkte Ranulf, der über Corbetts Schulter mitgelesen hatte. Er deutete auf die letzten Zeilen.

»Wenn die Krähe kommt«, hieß es da provokativ, »wird sie mit Steinen vertrieben. Die Krähe sei hiermit gewarnt! Niedergeschrieben in Sparrow Hall: The Bellman of Oxford.«

Corbett betrachtete das Velinpapier. Tinte und Handschrift waren wie vorher mit einer angedeuteten Glocke oben auf der Seite, durch die der Nagel geschlagen worden war, um die Proklamation an einer Tür zu befestigen.

»Der Bellman war wohl gestern abend unterwegs?« meinte Corbett und warf die Pergamentrolle auf sein Bett. »Deswegen mußte Maltote auch sterben. Sir Walter, ab heute will ich, daß Eure besten Bogenschützen sämtliche

Türen von Sparrow Hall bewachen. Ich befehle Euch das im Namen des Königs.«
Bullock nickte zustimmend.
»Habt Ihr sonst etwas zu berichten?« fragte Corbett.
»Unsere Gefangenen im Castle sind nicht mehr so kühn und tapfer wie noch gestern abend«, erwiderte der Sheriff, strich sich über die Wangen und ließ sich auf einen Hocker fallen. »Ich denke, Ihr solltet sie verhören.«
»Habt Ihr jemanden in Sparrow Hall von ap Thomas erzählt?« fragte Corbett.
»Ja, auf meinem Weg hierher. Tripham wurde aschfahl.« Bullock klopfte sich auf die Schenkel. »Das Ganze gefällt mir. Ich werde Euch zum Castle mitnehmen, Sir Hugh. Wenn wir dort fertig sind, werde ich unverzüglich eine Beschwerde beim Senat der Universität einreichen und mich dann wieder zur Sparrow Hall begeben. Ich werde schon dafür sorgen, daß sie hier in ihrem sogenannten College nicht mehr mit so hochmütigen Gesichtern herumlaufen.« Bullock zählte die einzelnen Punkte an den Fingern ab: »Erst einmal gewähren sie einem Verräter Unterschlupf, der außerdem noch ein Mörder ist. Zweitens hat einer von ihnen einen Beamten des Königs ermordet. Drittens hat sich eine Gruppe ihrer sogenannten Studenten einer Orgie und weiß Gott was schuldig gemacht. Schließlich hat irgend jemand an diesem verfluchten Ort mit den Morden an den Bettlern auf den Straßen bei Oxford zu tun.«
»Sagt ihnen nichts über den Knopf«, warnte ihn Corbett. »Obwohl ich an den Umhängen und Kleidern der Lehrer und Studenten so viele Knöpfe gesehen habe, daß wir

seinen Eigentümer wahrscheinlich nicht ermitteln könnten«, meinte er noch bekümmert.

»Was wird mit ap Thomas und den anderen geschehen?« fragte Ranulf.

»Oh, die werden den Richtern vorgeführt«, antwortete Bullock. »Sie werden eine Geldstrafe erhalten, und vielleicht wird man sie auch eine Weile in Eisen legen, und dann wird ihnen die Universität wahrscheinlich sagen, sie sollen sich ein Jahr lang verpissen, was ihre Familien in Wales nicht gerade erfreuen dürfte.«

»Seid Ihr Euch sicher, daß sie mit den Taten des Bellman und mit den Morden an den Bettlern nichts zu tun haben?« fragte Corbett.

»Ganz sicher«, antwortete Bullock. »Aber wie schon gesagt, ist ap Thomas mittlerweile recht zugänglich. Er wird sicher noch weitere Fragen beantworten.« Der Sheriff erhob sich mühsam und klopfte Corbett auf die Schulter. »Sir Hugh, Ihr seid der Bevollmächtigte des Königs. Wenn ich meine Wachen aufgestellt habe, dann kann keine Maus mehr in Sparrow Hall ohne meine Erlaubnis furzen.« Er deutete auf die Pergamentrolle auf dem Bett. »Der Bellman ist wirklich ein hinterhältiges Schwein. Ich würde seine Warnung beherzigen. Wollt Ihr mich jetzt zum Castle begleiten?«

Corbett stimmte zu. Bullock hatte schon seine Hand auf der Türklinke, da drehte er sich noch einmal um.

»Das mit Eurem Burschen tut mir leid«, sagte er leise. »Es tut mir leid, daß er sterben mußte. Wißt Ihr, was ich tun würde?« Der Sheriff steckte seine Daumen in den Schwertgürtel und drückte seine Brust heraus. »Wenn ich

Ihr wäre, Sir Hugh, dann würde ich mein Pferd nehmen und zum König in Woodstock reiten. Ich würde dieses verdammte College schließen und die Lehrer zum Verhör in den Tower bringen lassen.«

»Ihr mögt Sparrow Hall wohl nicht sonderlich?« fragte Corbett.

»Nein, allerdings nicht, Sir Hugh. Ich habe auch Braose nie gemocht. Mir gefällt es nicht, wenn jemand von den Schmerzen und Demütigungen anderer profitiert. Ich mag auch seine verdammte Schwester nicht. Sie liegt mir ständig damit in den Ohren, daß ich den König bitten soll, dafür zu sorgen, daß zum Gedächtnis ihres Bruders noch mehr getan wird. Braose war kein Heiliger, sondern ein verdammter Kriegstreiber, der sich erst am Lebensende der Religion und den Wissenschaften zugewandt hatte.«

Corbett betrachtete fasziniert, wie dieser kleine, fette Mann endlich seinem Ärger Luft machte.

»Ich mag die Lehrer auch nicht!« fauchte er. »Weder hier noch an den anderen Colleges. Und ich verabscheue ebenfalls ihre sogenannten Studenten, die überall herumstolzieren und mehr auf dem Kerbholz haben als jede Räuberbande.«

»Ich war auch einmal Student.«

»Ich bin einfach in Rage, Sir Hugh. Viele Lehrer und ihre Studenten sind gute Leute, die ihr Leben dem Gebet und dem Studium widmen.« Bullock hob den Kopf. Jetzt standen ihm Tränen in den Augen. »Als ich jung war«, fuhr er fort, »noch ein Kind, ein Grünschnabel, war ich der Knappe meines Vaters in der Armee von de Montfort. Habt Ihr den großen Earl je kennengelernt?«

Corbett schüttelte den Kopf.

»Er hat sich einmal mit mir unterhalten. Er stieg von seinem Pferd und klopfte mir auf die Schulter. Er gab einem das Gefühl, wichtig zu sein. Das Zeremoniell bedeutete ihm nie viel, und wenn er sprach, hatte man das Empfinden, man würde einer Musik lauschen, das Herz setzte einen Schlag aus, und das Blut begann in den Adern zu pochen.«

»Und jetzt seid Ihr ein treuer Diener des Königs?« fragte Corbett.

»Etwas von dem Traum starb«, antwortete Bullock. »Ein Teil der Vision ging verloren, aber das Wohl des gemeinen Volkes im Reich im Auge zu behalten, ist immer noch eine lohnende Idee. Natürlich ist da noch Edward, unser König, und das ist die eigentliche Tragödie, oder?« fuhr Bullock fort. »In seiner Jugend war der König wie de Montfort. Aber kommt, ich klatsche wie ein altes Weib, wir sollten gehen.«

Corbett und Ranulf verließen zusammen mit Bullock das Wohnheim. Auf den Straßen und Gassen drängten sich viele Menschen, aber Bullock marschierte sehr zielstrebig. Die Leute stoben vor ihm auseinander wie vor dem Bug eines großen Schiffes. Der Sheriff schaute weder nach rechts noch nach links. Corbett amüsierte es, daß Studenten, Bettler, ja selbst mächtige Kaufleute dem kleinen Sheriff eiligst auszuweichen suchten. An der Ekke der Bocardo Lane blieben sie stehen. Hier waren die Amtmänner gerade damit beschäftigt, Straßenmädchen an den Pranger zu stellen. Corbett hielt Ranulf am Ärmel fest.

»Maltote? Er starb doch friedlich?«
»Ich tat, was nötig war, Herr.« Ranulf schaute Corbett von der Seite an. »Und wenn ich in dieselbe Lage komme, dann erwarte ich das auch von Euch.«
Sie setzten ihren Weg fort. Zusammen mit Bullock verließen sie die Stadt und gingen über die Zugbrücke ins Castle. Sir Walter führte sie in einen Saal und bat sie, an einem Tisch auf einem Podium Platz zu nehmen. Er selbst watschelte ans andere Ende und füllte drei Becher mit Weißwein.
»Das Durcheinander hier tut mir leid«, entschuldigte er sich, stellte die Becher auf den Tisch und schob Hühnerknochen und Brotstücke auf eine Seite. »Bring die Gefangenen hoch!« brüllte er einen Soldaten an, der neben der Tür Wache stand. »Und sag ihnen, daß ich keine Unverschämtheiten dulde!« Bullock nahm zwischen Corbett und Ranulf Platz. Mit einer Serviette wischte er sich die Finger ab. Als er bemerkte, daß ihm Corbett dabei zusah, deutete er auf das Durcheinander auf dem Tisch und meinte: »Das ganze Fett.«
Corbett schüttelte den Kopf. »Es ist nichts, Sir Walter, nur etwas, was ich gesehen habe.«
Er blickte auf, als die Türen aufgerissen wurden und Bullocks Soldaten die Studenten in den Saal zerrten. Sie schauten wirklich betrüblich aus.
»Ich habe die Huren gehen lassen«, flüsterte Bullock. »Ich habe ihnen eins auf den Hintern versetzt und sie weggeschickt. Es kam ihretwegen zum Streit unter meinen Männern.«
Die Studenten wurden in einer Reihe aufgestellt. Ihre

Gesichter waren schmutzig, und einige hatten üble rote Schwellungen auf den Wangen und um den Mund.

»Jetzt seid ihr vermutlich nüchtern? David ap Thomas, tritt vor!«

Der Waliser, der immer noch seinen schäbigen grauen Umhang trug und dem man sorgfältig die Hände gefesselt hatte, schlurfte einen Schritt nach vorn. Seine Arroganz war ihm abhanden gekommen, und an der Seite des Mundes hatte er eine Verletzung. Sein linkes Auge war durch eine Schwellung fast ganz geschlossen. Trotzdem begann er mit einem Protest.

»Ich bin Student der Sparrow Hall«, erklärte er. »Außerdem bin ich Schreiber. Ich kann die Psalmen aufsagen und für mich die Vorrechte der Geistlichen in Anspruch nehmen. Ihr habt kein Recht, mir vor einem weltlichen Gericht den Prozeß zu machen.«

»Halt den Mund!« knurrte ihn Bullock an. »Dir wird hier nicht der Prozeß gemacht.« Er richtete seinen Zeigefinger auf ihn. »Wenn ich hier mit dir fertig bin, dann übergebe ich dich dem Gericht des Universitätssenats. Für dich heißt das zurück nach Wales, mein Junge!«

Ap Thomas' Auflehnung fiel in sich zusammen. Corbett schnalzte mit den Fingern und bedeutete ihm damit, noch weiter vorzutreten.

»Master ap Thomas«, begann er mit leiser Stimme, »gestern abend wurde einer meiner Männer vom Bellman ermordet. Das ist Hochverrat, und ich brauche Euch nicht zu sagen, wie die Strafe für einen Verräter aussieht?«

Ap Thomas fuhr sich mit der Zungenspitze über die

Lippen. »Ich weiß nichts über den Bellman«, murmelte er. »Das würde ich auch beschwören.«

»Und ich weiß nach dem, was ich gestern abend gesehen habe, daß das nichts zu bedeuten hätte!« fauchte Bullock.

»Vereidigt mich«, wiederholte ap Thomas. »Ich weiß nichts.«

»Aber du hast den armen Passerel in den Tod getrieben?«

»Das war nur, weil wir dachten, daß er Ascham ermordet hat.«

»Und warum, o warum«, spottete Ranulf, »lag ein alter Bibliothekar David ap Thomas nur so am Herzen?«

»Ascham hatte eine Vorliebe für uns«, antwortete ap Thomas.

»Ja, ja«, unterbrach Corbett. »Er erzählte Euch doch von den alten Bräuchen?«

»Er gab uns auch Geld«, meinte ap Thomas. »Er gab uns Silber für unsere Festlichkeiten.«

»Warum hat er das getan?« fragte Corbett. »Ascham war kein reicher Mann.«

Ap Thomas zuckte mit den Schultern. »Es war nicht viel. Kurz nach seinem Tod erhielt ich einen Beutel mit Silber zusammen mit einem Zettel, auf dem stand, daß Ascham wollte, daß die Münzen mir zufallen.«

»Wo ist der Zettel?«

»Ich habe ihn weggeworfen. Es war einfach nur so hingekritzelt.«

»Aber wer hat Euch den Beutel gegeben?«

»Das war in der Tat Passerel.«

»Ah, ich verstehe«, meinte Corbett. »Ich vermute, daß der Brief versiegelt war?«

»Ja, das war er. Passerel gab ihn mir zusammen mit dem kleinen Beutel Silber. Er behauptete, er habe ihn bei Aschams Sachen gefunden.«

»Euch ist natürlich klar«, sagte Corbett, »daß das Geld vermutlich vom Bellman kam und daß Ihr ihm direkt in die Falle gegangen seid? Euer Liebling Ascham, von dem Ihr Eure heidnischen Riten überhaupt erst kanntet, war brutal ermordet worden, und seine Großzügigkeit reichte sogar noch über seinen Tod hinaus, was sein Geldgeschenk beweist. Der Bellman wußte genau, wie Ihr reagieren würdet. Erst würdet Ihr trinken, dann trauern und schließlich einen Sündenbock suchen. Passerel hatte genausoviel Schuld an Aschams Tod wie ich«, fuhr Corbett gnadenlos fort.

»Habt Ihr Passerel das Gift dagelassen?« fragte Ranulf.

»Natürlich nicht. In der Nacht, in der er starb, waren wir ...« Ap Thomas verstummte.

»Draußen in den Wäldern?« fragte Ranulf.

»Es tut mir leid«, murmelte ap Thomas.

»Es soll dir noch mehr leid tun«, meinte Bullock fröhlich. »Weißt du irgendwas über die Morde an diesen armen Bettlern?«

Ap Thomas hob seine gefesselten Hände. »Nichts«, beteuerte er. »Brakespeare und Senex sah ich manchmal in der Nähe der Sparrow Hall, aber über die Morde an ihnen weiß ich nichts.«

»Legt sie endlich in den Stock!« rief Bullock dem Hauptmann seiner Wache zu.

»Sir Walter«, mischte sich Corbett ein, »ap Thomas ist uns eine Hilfe gewesen. Seine Verbrechen beruhen mehr auf Dummheit als auf Verrat oder Bösartigkeit. Er und seine Gefährten sollten dem Senat der Universität übergeben werden.«

Bullock nahm einen Schluck aus seinem Becher. »Einverstanden. Führt die Schurken weg!« schrie er. »Ich habe genug von ihnen!«

Die Wachen stießen ap Thomas und seine Gefährten durch die Tür. Der Sheriff stand auf und leerte seinen Becher.

»Ich werde heute nacht um die Sparrow Hall herum Wachen aufstellen lassen. Sir Hugh?«

Corbett schaute auf. »Ich entschuldige mich, Sheriff. Ich war in Gedanken woanders.« Er erhob sich. »Ich habe nachgedacht.« Corbett schaute auf seine Stiefel. »Man konnte es ihrer Kleidung ansehen, daß ap Thomas und seine Gefährten auf dem Land gewesen waren.« Er machte eine Pause. »Aber diese Leichen, die hierhergebracht worden sind, Sir Walter, habt Ihr an ihnen Erde, Schmutz oder Gras bemerkt?«

Bullock schüttelte den Kopf.

»Diese Bettler«, fuhr Corbett fort, »waren alt, aber ich bezweifle nicht, daß sie um ihr Leben gekämpft haben. Außerdem, wenn man jemanden durch den Wald verfolgt, dann werden Beine, Hände und ganz sicher auch das Gesicht von Dornen und Ginster zerkratzt.«

»Dergleichen ist mir nicht aufgefallen«, entgegnete Bullock. »Aber kommt, Sir Hugh, Ranulf, ich habe immer noch die Kleider und die Habseligkeiten dieser Bettler. Sie werden in dem Lagerraum neben meinen privaten Gemächern aufbewahrt.«

Der Sheriff führte Corbett aus dem Saal und eine enge Wendeltreppe hinauf. Ab und zu hielt sich Bullock an einem herabhängenden Seil fest und blieb stehen, um wieder zu Atem zu kommen. Schließlich erreichten sie einen Treppenabsatz, und Bullock nahm einen Schlüsselring von seinem Gürtel und öffnete eine Kammer zu ihrer Rechten. Corbett fiel es schwer, seine Überraschung zu verbergen. Die privaten Gemächer des Sheriffs waren sauber und geräumig. Der Fußboden war geschrubbt und mit Wollteppichen bedeckt. Über dem Fenster, das die Form eines Diamanten hatte, hing ein Triptychon – die Kreuzigung in der Mitte und links und rechts Maria und Johannes der Täufer. Ein hohes Himmelbett beherrschte den Raum. Unter dem Fenster stand außerdem ein Schreibtisch mit einem großen Stuhl mit Armlehnen. Was jedoch Corbett am meisten ins Auge fiel, waren die beiden gutgefüllten Regale, die das Fenster flankierten und bis zur Decke reichten.

»Man sollte nie ein Buch nach dem Einband beurteilen«, scherzte Bullock. »Ihr seht dort meinen ganzen Stolz, Sir Hugh. Einige der Bände habe ich selbst gekauft, aber die meisten hat mir mein Onkel vererbt, der Abt der Hailes Abbey war.« Er ging zu einem der beiden Regale, nahm ein Buch heraus, staubte es vorsichtig ab und reichte es dann Corbett.

Der Bevollmächtigte kannte den Titel: *Cur Deus homo. Warum Gott Mensch wurde.* Ein Werk des großen normannischen Gelehrten Anselm von Canterbury.

»Das ist das beste Stück in meiner Sammlung«, sagte Bullock leise und stellte sich neben Corbett. Er deutete auf die kalligraphischen Buchstaben und auf die wunderschönen Illuminationen am Anfang jedes Absatzes. »Kopiert direkt vom Original«, flüsterte der Sheriff. »Diese Schweine in Sparrow Hall wissen, daß ich es besitze. Tripham wollte es mir in Gold aufwiegen, aber ich habe mich geweigert, es zu verkaufen.«

Er stellte das Buch ins Regal zurück, nahm einen Schlüssel von einem Haken an der Wand und führte Corbett in den langen und schmalen Lagerraum, der mit Truhen und Holzkisten angefüllt war. Hier war es dunkel und muffig. Bullock zerrte eine der Kisten auf den Treppenabsatz.

»Wenn es Euch nichts ausmacht«, meinte er, »ich möchte diese Sachen nicht in meinem Zimmer haben.« Er wühlte in dem Inhalt, und eine Staubwolke stieg auf.

Der Sheriff ging in sein Zimmer zurück, und Corbett fing damit an, die kläglichen Lumpen herauszunehmen.

»Ich habe befohlen, die Leichen zu entkleiden«, rief Bullock. »Diese armen Hunde konnten sich zwar keine Särge leisten, aber ich habe wenigstens dafür gesorgt, daß sie in ordentlichen Leichenhemden begraben wurden.«

Corbett legte die verschiedenen Kleidungsstücke auf den Boden: einige zerrissene Stiefel, vielfach geflickte Strümpfe, ein ledernes Wams, eine Jacke mit Mottenlöchern, ein Maulwurfspelz mit schadhaften Rändern, ein schmutziges und zerlöchertes wollenes Hemd. Corbett versuchte den Gestank nicht weiter zu beachten, als er sorgfältig die Strümpfe und die Stiefel untersuchte.

»Kein einziger Grashalm«, murmelte er und schaute Ranulf an. »Kein Blatt. Nichts! Ich glaube nicht, daß diese Männer dort ermordet wurden, wo man sie gefunden hat.«

Ranulf nahm einen Strumpf und betrachtete das schon sehr dünne Gewebe.
»Schaut, Herr.« Ranulf deutete auf einen winzigen Stein, der sich dort verfangen hatte.
»Hier ist es dasselbe.« Corbett zeigte auf ein anderes Paar ausgebleichter flaschengrüner Strümpfe. Dann untersuchte er die Stiefel. Keine Erde oder auch nur irgend etwas, was nahegelegt hätte, daß die Bettler auf einer Wiese oder im Wald ermordet worden sind.
»Leg alles zurück«, befahl Corbett.
Er half Ranulf dabei, und Bullock kam wieder aus seinem Zimmer.
»Seid Ihr fertig?«
»Ja.«
Der Sheriff schob die Kiste mit einem Fuß in den Lagerraum und knallte die Tür zu.
»Und, was denkt Ihr, Sir Hugh?«
»Ich glaube nicht«, antwortete Corbett, »daß diese Männer bei irgendeinem Teufelsritual ermordet worden sind. Und ich bezweifle auch, daß man sie auf irgendeine einsame Heide oder auf irgendwelche menschenleeren Wiesen gelockt hat. Sie wurden hier in Oxford ermordet. Vielleicht auf irgendeiner Straße oder Gasse?«
»Aber warum?« fragte Ranulf.
»Womöglich zum Zeitvertreib«, antwortete Corbett. »Irgendein Geisteskranker, dem es Spaß macht, einen alten Mann um sein Leben flehen zu sehen, bevor er ihn ermordet? Deswegen waren sie auch die Opfer. Wem würde ein Bettler schon fehlen?«
»Reine Bösartigkeit?« rief Bullock. »Spaß am Töten?«

»So in der Art«, entgegnete Corbett. »Eine Teufelsjagd. Jemand, der nachts auf die Straße geht, sich ein Opfer sucht und ihm auflauert wie einem Hasen oder Fasan.«

»Und doch hat niemand etwas gehört oder gesehen«, meinte Bullock.

»Denkt nur an all die Orte in der Stadt, wo nie jemand ist«, sagte Corbett. »Da ist der alte jüdische Friedhof, ganz zu schweigen von der riesigen Allmende.«

»Aber was geschah mit dem Blut?« fragte Ranulf.

»Wir haben Sommerregen, die es weggewaschen haben könnten«, antwortete Corbett.

»Aber warum hat der Mörder dann nicht seine Opfer einfach dort liegenlassen, wo er sie ermordet hat?« wollte Bullock wissen. »Wieso riskiert es der Mörder, entdeckt zu werden, indem er die Leichen aus der Stadt schafft und ihre Köpfe an den Ästen irgendwelcher Bäume festbindet?«

»Ich weiß nicht«, entgegnete Corbett. »Aber, Sir Walter«, er streckte seine Hand aus, »von jetzt an soll Sparrow Hall jede Nacht bewacht werden, bis wir mit dieser Sache fertig sind.«

Der Sheriff stimmte zu, und Corbett und Ranulf gingen.

»Habt Ihr Lady Maeve davon unterrichtet, daß Maltote tot ist?« fragte Ranulf, während sie eine Gasse entlang zur Broad Street gingen.

»Ja, das habe ich«, murmelte Corbett. Er blieb stehen und schaute in den blauen Himmel zwischen den Häusern. »Es tut mir leid, Ranulf. Es tut mir wirklich sehr leid, daß Maltote tot ist, aber ich werde um ihn trauern, wenn das hier vorbei ist und wenn sein Mörder seine Strafe erhalten hat.« Er rieb sich die Wangen. »Seine Leiche wird zum Einbalsamieren in irgendein Kloster gebracht und von da aus nach Leighton. Dort auf dem Friedhof steht eine alte Esche. Unter der wollen wir ihn begraben.« Corbett ging weiter. »Was mich jetzt mehr beschäftigt«, fuhr er fort, »sind diese Morde an den Bettlern. Ich dachte immer, daß ap Thomas dafür verantwortlich ist.«

Ranulf wollte schon etwas erwidern, als er hinter sich ein Geräusch hörte. Die Gasse war eng und menschenleer, und er vernahm das Ausgleiten eines Stiefels. Er packte Corbett und zerrte ihn an die Wand. Als er das tat, schlug etwas in einen Vorsprung eines Hauses vor ihnen ein. Ranulf schaute die Gasse entlang – nichts, obwohl er eine Katze davonhuschen sah, als wäre sie aufgeschreckt worden. Dann entdeckte er einen dunklen Schatten, der aus einer Tür hervortrat, und einen Arm, der zurückgezogen wurde. Und wieder riß er Corbett zur Seite. Erneut traf ein Stein eine Mauer etwas weiter unten in der Gasse.

Ranulf zog seinen Dolch und ging zurück, aber als er die Tür erreicht hatte, in der er die Gestalt gesehen hatte, hörte er nur noch Schritte, die sich eilig einen schmalen Rinnstein entlang entfernten, der von der Gasse wegführte. Ranulf kniete sich hin und hob ein paar runde Kiesel auf. Corbett trat neben ihn.

»Eine Schleuder«, erklärte Ranulf und erhob sich wieder mit einem der Kiesel in der Hand. Er warf ihn hoch und ließ ihn dann auf seiner Handfläche aufschlagen. »Wenn uns einer von denen erwischt hätte, Herr …«

»Dann wäre es um uns geschehen gewesen?« fragte Corbett.

»Das habe ich schon erlebt«, erklärte Ranulf. »Habt Ihr die biblische Geschichte von David und Goliath vergessen?«

»Nein«, antwortete Corbett und nahm Ranulf den Kiesel aus der Hand. »Ich habe aber auch Jungen gesehen, die mit Steinschleudern diebische Krähen vertrieben haben, wenn ihre Väter säen wollten.« Er schaute den langen, dunklen Rinnstein zwischen den Häusern entlang. »Und so sieht mich auch der Bellman«, fuhr er fort, »als eine lärmende Krähe, die sich in alles einmischt und die erlegt werden sollte.«

Sie gingen weiter. Corbett blieb stehen, wo die etwas vorspringende Mauer eines verfallenen Hauses den ersten Kiesel aufgehalten hatte. Er bemerkte, daß er in dem Putz einen tiefen Abdruck hinterlassen hatte.

»Das reicht!« erklärte er. »Wir sollten uns besser im Haus aufhalten, Ranulf, wenn wir es nicht unbedingt verlassen müssen.«

»Das hätte auch Bullock sein können«, bemerkte Ranulf. »Er wußte, daß wir auf dem Weg zurück sind.«

»Ja«, entgegnete Corbett, »oder der Bellman. Oder auch einer von ap Thomas' Freunden.«

Corbett war erleichtert, als sie Carfax erreichten. Sie gingen über die breite Durchgangsstraße und drängten sich durch die Menschenmenge. Corbett hatte eine Hand auf seiner Brieftasche, die andere auf seinem Dolch, da es hier überall Taschendiebe gab. Ranulf ging hinter ihm her. Ab und zu drehte er sich um und stellte sich auf die Zehenspitzen, um über die Menge hinwegzuschauen, aber er entdeckte niemanden, der ihm zu folgen schien. Sie kamen wieder zum Wohnheim und betraten es durch den Hintereingang. Vorne waren eine Menge Studenten, und Corbett hatte keine Lust, sich mit ihnen über ap Thomas auseinanderzusetzen. Im Innenhof war Norreys beim Brunnen damit beschäftigt, einige Fässer zu reinigen.

»Ah, Sir Hugh.« Norreys kam auf sie zu. Er lächelte, aber seine Augen wirkten ängstlich, und er war bleich und übernächtigt. »Mittlerweile weiß wohl ganz Oxford von ap Thomas' Festnahme«, sagte er zögernd. »Master Tripham und seine Kollegen bitten Euch, sie in der Bibliothek zu treffen.« Er wischte sich die Hände an seiner Lederschürze ab. »Sie fragen, ob Ihr die Freundlichkeit hättet, das sofort zu tun?«

»Wir haben die Studenten auf der Gasse bemerkt«, meinte Corbett, »und deswegen diesen Weg genommen.«

»Oh, es wird keinen Ärger geben«, erklärte Norreys. »Ap Thomas und seine Getreuen mochte eigentlich niemand. Alle lachen jetzt nur über sie, sonst nichts.« Er machte sich wieder an seinem Faß zu schaffen, verschloß es dann und hämmerte die Holzdübel fest. Anschließend nahm er seine Schürze ab. »Ich hole meinen Umhang und begleite Euch.«

Corbett ging durch das Wohnheim. Diesmal kam ihm die Atmosphäre viel angenehmer vor. Die Studenten behandelten ihn mit Respekt, und alle, auch die höheren Semester, ließen ihm den Vortritt. Sie gingen über die Gasse ins College, und ein Diener führte sie in die Bibliothek. Wenig später erschienen Tripham, Barnett, Churchley und Appleston. Lady Mathilda war die letzte. Ihre schwarze, polierte Krücke klapperte auf dem Fußboden, und sie hielt den Kopf wie eine Königin. Ranulf sah zu, wie Master Moth ihr auf den hohen Stuhl am Kopfende des Bibliothekstisches half. Dann schaute er neugierig Corbett an, der ganz in Gedanken versunken dasaß. Norreys trat völlig außer Atem ein und wischte sich seine Hände an seinem Umhang ab. Tripham bat sie, Platz zu nehmen.

»Ich würde Euch ja Wein anbieten, Sir Hugh«, meinte er sarkastisch, »aber Churchley hat uns gesagt, daß Ihr hier nur noch ungerne etwas zu Euch nehmt.«

»Ich denke, das gilt für alle in der Runde«, entgegnete Corbett. »Für die Morde an Ascham und Passerel gibt es immer noch keine Erklärung und auch nicht für den an meinem guten Diener Maltote. Der Bellman schlägt zu, wann es ihm gefällt, und nicht nur, um seine Spuren zu verwischen. Wer den Schaden hat, braucht für den Spott nicht zu sorgen, scheint er zu denken. Ihr wolltet mich sprechen?«

»Ich ...«, stotterte Tripham. »Wir wollen protestieren. Der Sheriff hat uns darüber informiert, daß wir in Sparrow Hall von Sonnenuntergang bis Sonnenaufgang unter Hausarrest stehen. Ist das wirklich nötig?«

Corbett zuckte mit den Schultern. »Das betrifft Euch und die Universität«, antwortete er. »Aber Maltote war ein Diener des Königs, und er wurde brutal ermordet. Außerdem sind einige Eurer Zöglinge, Master Tripham, angeklagt, Orgien gefeiert und möglicherweise sogar sich in den Schwarzen Künsten versucht zu haben.«

»Für das Privatleben unserer Studenten sind wir nicht verantwortlich«, fuhr ihn Tripham an.

»Und ich nicht für jeden Beamten des Königs«, entgegnete

Corbett. »Außerdem«, seine Stimme wurde lauter, »wurde auf meinem Weg hierher ein weiterer Mordanschlag auf mich verübt. Ein Stein aus einer Schleuder verfehlte nur knapp meinen Kopf.«

»Wir waren alle hier, Sir Hugh«, wies ihn Tripham zurecht. »Den ganzen Vormittag hat niemand das College verlassen. Wir saßen bei einer Ratssitzung im Aufenthaltsraum und besprachen, wie wir mit ap Thomas und seinen Kumpanen verfahren sollen.«

Corbett verbarg seine Überraschung. »Seid Ihr Euch da ganz sicher, Master Tripham?«

»Das würden wir alle beschwören«, meinte Lady Mathilda ungeduldig. »Ihr könntet auch die Diener verhören, die uns Wein und Konfekt gebracht haben. Seit wir heute morgen aufgestanden sind und in unserer Kapelle die Messe besucht haben, hat niemand Sparrow Hall verlassen. Und außerdem, Sir Hugh, wüßte ich nicht, daß jemand gestern abend das College verlassen hätte, als Euer Diener ermordet wurde.«

»Ich will nicht, daß Maltotes Leiche hier hergerichtet wird«, sagte Corbett, ihren Ausbruch nicht weiter beachtend. »Sie soll zur Osney Abbey zum Einbalsamieren gebracht werden.«

»Norreys wird sich darum kümmern«, erwiderte Tripham. »Aber, Sir Hugh, wie lange wollt Ihr noch hierbleiben? Wie lange soll das alles noch dauern?«

»Bis ich die Wahrheit herausgefunden habe«, antwortete Corbett, dem die Arroganz der anderen auf die Nerven ging. »Was ist mit Euch, Master Barnett, und mit Euren Geheimnissen?«

Das höhnische Lächeln verschwand aus Barnetts fettem und selbstgefälligem Gesicht.
»Was für Geheimnisse?« stotterte er.
»Ihr seid ein Mann von Welt«, fuhr Corbett fort und wünschte, er hätte seine Zunge im Zaum gehalten. »Ihr speist die Bettler, und Bruder Angelo vom St. Osyth's Hospital kennt Euch gut. Warum sollte sich ein Mann wie Ihr mit den Habenichtsen dieser Welt abgeben?«
Barnett starrte auf die Tischplatte.
»Was Barnett den Armen gibt«, murmelte Tripham, »geht doch wohl nur ihn etwas an?«
»Ich habe das satt«, erwiderte Barnett. Er blickte sich in der Bibliothek um. »Ich habe das alles satt. Ich habe den Bellman satt. Ich habe es satt, Beerdigungen von Männern wie Ascham und Passerel beizuwohnen und Vorlesungen vor Studenten zu halten, die das, was ich sage, nicht verstehen oder nicht billigen.« Er schaute Corbett an. »Ich bin froh, daß ap Thomas festgenommen worden ist«, fuhr er fort und beachtete das Entsetzen seiner Kollegen nicht weiter. »Er ist ein arroganter Nichtsnutz. Ich habe es nicht nötig, auf Eure Frage zu antworten, Bevollmächtigter, aber ich will es trotzdem tun.« Er erhob sich und stieß Churchley weg, der ihn zurückhalten wollte. Er öffnete die Knöpfe seines langen Talars und dann die Verschlüsse seines Hemds darunter. »Ich habe mein Leben mit eifrigen Studien verbracht. Ich liebe den Wein, die dunkle Leidenschaft in einem Kelch Bordeaux und junge Mädchen mit großen Brüsten und schmaler Taille.« Er war immer noch damit beschäftigt, sein Hemd zu öffnen. »Ich bin ein reicher Mann, Corbett, der einzige Sohn eines Vaters, der

mich vergöttert. Habt Ihr je den Satz aus der Bibel gehört: ›Gebrauche das Geld, es möge so unrein sein, wie es will, um den Armen zu helfen, damit du, wenn du stirbst, in der Ewigkeit willkommen bist‹?«
Barnett öffnete sein Hemd ganz und zeigte Corbett das härene Hemd, das er darunter trug. Er setzte sich auf einen Hocker und hielt sein arrogantes Gesicht nach unten gerichtet.
»Wenn ich sterbe«, murmelte er, »dann will ich nicht in die Hölle kommen, ich habe mein ganzes Leben in der Hölle verbracht, Corbett. Ich möchte in den Himmel kommen, also ... gebe ich den Armen Geld, ich helfe den Bettlern und trage ein härenes Hemd, um für meine vielen Sünden zu büßen.«
Corbett beugte sich vor und drückte ihm die Hand.
»Es tut mir leid«, murmelte er. »Master Tripham, ich habe Euch gesagt, was ich weiß. Soldaten vom Castle werden sämtliche Eingänge von Sparrow Hall bewachen, bis diese Angelegenheit zu einem Abschluß gekommen ist.« Er erhob sich. »Jetzt möchte ich meinem Freund die letzte Ehre erweisen.«
Tripham führte ihn aus der Bibliothek und zu dem Zimmer, in dem Tote aufgebahrt wurden.
»Wir haben getan, was wir konnten«, sagte er leise, als er die Tür öffnete. »Wir haben die Leiche auch gewaschen.«
Corbett stand am Fußende des Bettes, Ranulf hinter ihm.
»Als würde er schlafen«, flüsterte Ranulf und schaute auf das jungenhafte elfenbeinweiße Gesicht.
»Wir haben auch die Wunde verbunden.« Tripham stand

hinter ihm. »Sir Hugh, habt Ihr von der fürchterlichen Prellung an seinem Knöchel gewußt?«
»Ja, ja«, erwiderte Corbett geistesabwesend. »Master Tripham, würdet Ihr uns einen Moment allein lassen?«
Der Konrektor schloß die Tür, und Corbett kniete sich neben das Bett und betete und weinte still.

. 11 .

Corbett und Ranulf gingen auf ihr Zimmer zurück und kamen dabei auf der Treppe an Norreys vorbei. Er bot ihnen etwas zu essen und zu trinken an, aber sie lehnten ab. Ranulf meinte, er wolle einen Spaziergang machen, und Corbett begab sich in sein Zimmer. Er war über Maltotes Tod immer noch außer sich und versuchte sich abzulenken. Er holte die Proklamationen hervor, die ihm Simon in Leighton gegeben hatte, und sah sie noch einmal durch. Sie waren alle ähnlich – die Glocke, die von einem Nagel durchstoßen worden war, und die ausladende Kanzleischrift, der Haß auf den König, der in ihnen zum Ausdruck kam, und sie schlossen immer mit: ›Niedergeschrieben in Sparrow Hall: The Bellman of Oxford.‹

Corbett schob sie weg. Er wischte sich die Tränen aus den Augen, holte Maeves Brief aus seiner Kanzleitasche und las langsam jeden einzelnen Satz. Einer fiel ihm besonders ins Auge. Maeve beklagte sich darüber, daß ihr Uncle Morgan Eleanor mit Geschichten aufziehe, die von Enthaupteten handelten und von deren Köpfen, die an ihren eigenen Haaren von Ästen hingen.

»Das ist es!« sagte Corbett leise.

Er legte den Brief wieder hin und erinnerte sich an die Kleider, die er auf dem Castle untersucht hatte – kein Gras, kein Blatt, kein Stückchen Rinde.

»Und wenn sie nun dort ermordet wurden?«

Er stand auf und ging zum Fenster. Ihm fehlte Maltote mehr, als er sich selbst zugestehen wollte, und er wußte auch, daß Ranulf nie mehr derselbe sein würde. Er dachte an die Leiche seines jungen Freundes und an Triphams Worte über dessen Prellung am Knöchel. Corbett schaute hinunter in den Hof auf einen Karren, und vor Angst wurde es ihm eiskalt. Er stieß einen verärgerten Schrei aus und schlug mit der Faust gegen den offenen Fensterladen. Dann ging er zur Tür und riß sie auf.
»Ranulf!« schrie er.
Der Name hallte wie eine Totenglocke in dem leeren Korridor wieder. Es war früher Nachmittag. Die Studenten, die die Gefangennahme von ap Thomas eingeschüchtert hatte, hatten sich in ihre Unterrichtsräume und Vorlesungssäle begeben. Corbetts Unbehagen wuchs. Er fühlte sich plötzlich einsam, plötzlich verwundbar. Der Korridor hatte, abgesehen von Lüftungsschlitzen hoch oben an beiden Enden, keine Fenster, so daß es ziemlich dunkel war. Corbett ging rückwärts langsam wieder in sein Zimmer. War er etwa nicht allein? Er war sich ziemlich sicher, Gesellschaft zu haben. Er zog seinen Dolch und warf sich herum, als er ein leises, schlurfendes Geräusch hinter sich hörte. Eine Ratte? Oder jemand, der ihm in der Dunkelheit auflauerte?
»Ranulf! Ranulf!« rief Corbett. Er seufzte, als er laute Schritte auf der Treppe hörte. »Vorsicht!« warnte Corbett. Ranulf kam mit gezogenem Dolch den Korridor entlang auf ihn zugelaufen.
»Was ist los, Herr?«
Corbett schaute über seine Schulter. »Ich weiß nicht«,

flüsterte er, »aber wir sind nicht allein, Ranulf. Nein, nein!« Er packte seinen Diener am Arm. »Wir werden uns nicht auf die Jagd begeben, zumindest nicht hier!«
Corbett war fast gezwungen, Ranulf in seine Kammer zu zerren.
»Leg deinen Schwertgürtel um«, befahl er und tat das ebenfalls. »Hol eine Armbrust und einen Pfeilköcher.«
»Wohin gehen wir? Was haben wir vor?«
»Hast du bemerkt«, entgegnete Corbett, »daß seit unserer Ankunft in Oxford keine Leichen ohne Köpfe mehr auf irgendwelchen einsamen Pfaden gefunden worden sind? Ich weiß, wo diese armen Bettler ermordet worden sind.« Corbett deutete mit einem Finger auf den Fußboden.
»Hier?« rief Ranulf.
»Ja, hier im Wohnheim. Unten im Keller! Erinnere dich, Ranulf, diese Gebäude gehörten einst einem Weinhändler. Hast du einmal das Haus eines Weinhändlers in London besucht?«
»Ja«, antwortete Ranulf. »Sie haben riesige Keller und endlose Gänge. In einigen von ihnen in Cheapside hätte ein kleines Dorf Platz gehabt.«
»Und dann gibt es doch noch diese Geschichte«, meinte Corbett, »von dieser Frau, die mit ihrem Kind in den Kellern wohnte, als Braose das College gründete. Ich wette, daß unser edler Gründer Mühe hatte, sie da unten zu finden und zu vertreiben.«
Ranulf sah ihn besorgt an.
»Ich begleite Euch.«
»Nein«, erwiderte Corbett, »aber du wirst die Kellertür bewachen. Falls mir irgend jemand folgt, gehe ihm nach.

Nein, nein!« Corbett schüttelte den Kopf. »Maltote ist nicht umsonst gestorben, Ranulf.« Er sah sich in seiner Kammer um. »Ein alter Priester hat mir einmal gesagt, daß einen die Toten zumindest eine Zeitlang begleiten.« Er lächelte. »Ich habe meine Erkenntnisse immer auf Intuition oder Logik zurückgeführt, aber das hier, das habe ich Maltote zu verdanken. Zähle bis hundert!« befahl er. »Dann komm mir nach!«

Corbett stieg die Treppe hinunter. Im Erdgeschoß ging er zu Norreys' Schreibstube. Norreys schrieb in einem Hauptbuch, und Corbett wurde klar, daß, falls überhaupt jemand, er nicht im Obergeschoß hatte gewesen sein können.

»Sir Hugh, kann ich Euch helfen?« Norreys erhob sich und wischte sich seine von Tinte fleckigen Hände ab.

»Ja, ich würde gerne die Keller durchsuchen, Master Norreys.«

Der Mann verzog das Gesicht. »Was hofft Ihr da unten zu finden? Den Bellman?«

»Vielleicht«, antwortete Corbett

»Dort unten ist nichts, nur Fässer und Vorräte, aber ...«

Norreys nahm eine gedrungene Talgkerze aus einer Kiste, klirrte mit seinen Schlüsseln und führte Corbett den Gang entlang. Er blieb stehen, um die Kerze zu entzünden, und schloß dann die Kellertür auf.

»Ich gehe allein«, sagte Corbett.

Er stieg die Stufen hinab. Der Keller war dunkel, muffig und kalt.

»In den Wandhalterungen hängen Fackeln«, rief Norreys hinter ihm her.

Am Fußende der Treppe entzündete Corbett eine Fackel, und Norreys warf die Tür hinter ihm zu. Corbett ging langsam in die Dunkelheit. Immer wieder entzündete er eine der Wandfackeln und schaute sich um. Zu seiner Linken war eine massive Ziegelmauer, aber zu seiner Rechten waren kleine Gewölbe oder Kammern. Einige waren leer, in den anderen lag Gerümpel, zerbrochene Tische und Bänke. Er kam um eine Ecke, und die abgestandene Luft ließ ihn husten. Corbett entzündete noch mehr Fackeln und staunte über diese weitläufige Unterwelt.

»Diese Keller sind sicher so lang wie die gesamte Gasse«, murmelte er.

Ab und zu blieb er stehen und ging in eine der Kammern oder kniete sich hin und schaute in eines der niedrigen Gewölbe. Er war froh, daß er die Fackeln entzündet hatte. Mit ihrer Hilfe würde er den Ausgang finden. Er war sicher eine Weile dort unten gewesen, ehe er sich wieder auf den Rückweg machte. Er folgte den Fackeln. Plötzlich sah er einen weiteren engen Gang. Er begab sich hinein, aber sein Ausgang war blockiert. Corbett erinnerte sich an die Bettler. Er wußte, daß sie hier unten gestorben waren. Er spürte die unheimliche Stille, das Böse. Er hörte ein Geräusch weiter hinten im Gang und kniete sich hin. Sorgfältig untersuchte er das Ziegelmauerwerk und den Boden. Außer einigen kleinen Pfützen fand er nichts. Corbett tauchte seine Finger vorsichtig in eine der Pfützen und zerrieb die kleinen Steinchen zwischen den Fingern. Dann hob er die Kerze hoch und schaute auf die gewölbte Decke. Er konnte jedoch nicht ausmachen, wo das Wasser durchgesickert sein sollte. Corbett schloß die Augen und lächelte. Er hatte den Mörder gefunden.

Er ging zurück in den Gang, in dem die Fackeln immer noch brannten und merkwürdige Schatten warfen. Corbett wollte endlich wieder ins Freie. Er hatte das Gefühl, als würden die Wände sich immer mehr nähern. Sein Herz schlug schneller, und sein Mund wurde trocken. Er kam um eine Biegung und blieb stehen. Der Gang lag im Dunkeln. Jemand hatte die Fackeln gelöscht. Corbett hörte es Klicken und trat sofort einen Schritt zurück. Ein Armbrustbolzen pfiff durch die Luft und prallte auf einen Ziegel neben ihm. Corbett drehte sich um und rannte.

Er mied den engen Gang, die Sackgasse. Einmal blieb er stehen, zog seinen Dolch und kniete nieder, um wieder zu Atem zu kommen. Er schaute zurück und sah eine Gestalt, die sich gegen das Licht abzeichnete. Er fuhr sich mit der Zungenspitze über seine trockenen Lippen. Sein Angreifer konnte vermutlich nicht viel sehen, und ein zweiter Bolzen schwirrte ohne Ziel durch die Dunkelheit. Corbett stand auf und rannte so schnell er konnte, ehe sein Gegner noch in der Lage war, den nächsten Bolzen einzulegen und die Armbrust wieder zu spannen. Der Mann sah Corbett kommen. In dem flackernden Licht bemerkte Corbett, wie der andere die Sehne spannte, aber da war er auch schon über ihm, und beide Männer wälzten sich tretend und schlagend auf dem Boden. Corbett ergriff die kleine Armbrust und schleuderte sie gegen die Wand. Sein Angreifer riß sich los. Corbett wollte sich erheben, aber der andere hielt ihm sein Schwert an den Hals. Die vornübergebeugte Gestalt zog die Kapuze zurück.

Master Richard Norreys.
Corbett fühlte im Gürtel nach seinem Dolch, aber die Scheide war leer.
Norreys kniete sich hin und ritzte Corbetts Hals mit seiner Schwertspitze. Corbett zuckte zusammen.
»Bewegt Euch nicht.« Norreys wischte sich mit einer Hand den Schweiß aus dem Gesicht. Die andere, mit der er das Schwert hielt, zitterte nicht einmal. »So, so, so«, sagte Norreys nachdenklich.
Er trat näher in den Lichtschein. Seine Augen hatten etwas Weiches, Verträumtes. Corbett hatte Mühe, seine Angst zu unterdrücken. Er entschied, keinen Ausfall zu wagen – Norreys war vollkommen übergeschnappt. Wenn er kämpfte oder sich wehrte, würde ihm Norreys das Schwert in den Hals rammen und ihm dann seelenruhig beim Sterben zuschauen.
»Warum?« Corbett versuchte seinen Kopf zu bewegen. Er schaute den Gang hinter Norreys entlang. Wo um Gottes willen, dachte er, bleibt nur Ranulf.
»Warum was?« fragte Norreys.
»Warum diese Morde?«
»Das ist ein Spiel, versteht Ihr«, antwortete Norreys. »Ihr wart doch auch in Wales, Sir Hugh, Ihr wißt doch, wie es dort war. Ich war Späher und Spion. Ich begleitete die anderen in der Nacht. Durch diese nebligen Täler. Nichts«, Norreys' Stimme war nur noch ein Flüstern, »gar nichts bewegte sich, bloß das Rauschen der Bäume und der Schrei einer Eule waren zu hören. Aber sie waren trotzdem immer da, oder? Diese verdammten Waliser, die wie die Würmer auf dem Boden entlangkrochen.« Norreys

Gesicht war voller Haß. »Leise, leise!« Er riß die Augen auf. »Wir gingen immer in Gruppen von fünf oder sechs. Gute Männer, Sir Hugh, Bogenschützen, die Frau oder Geliebte zu Hause hatten. Wir verloren jedesmal einen, manchmal auch zwei oder drei. Immer dasselbe! Erst fanden wir nur die Leichen, und dann mußten wir ihre Köpfe suchen. Manchmal spielten die Schweine mit uns. Sie nahmen einen Kopf und ließen ihn wie einen Apfel in der Brise baumeln.« Norreys hielt inne und packte sein Schwert mit beiden Händen. »Ihr denkt, ich bin verrückt, von Sinnen, vom Teufel besessen. Ich sage Euch nur soviel, Bevollmächtigter«, fuhr er fort, und seine Stimme überschlug sich fast, »als die Armee des Königs in Shrewsbury aufgelöst wurde, fing ich an, Träume zu haben. Immer dieselben. Immer diese Dunkelheit, Lagerfeuer zwischen den Bäumen, Schritte hinter oder neben mir. Und diese Köpfe – immer diese Köpfe! Manchmal sah ich tagsüber kleine Dinge – ein Blatt an einem Zweig, einen reifen Apfel an einem Ast«, Norreys seufzte, »und der Traum begann von neuem. Dann kam ich hierher.« Er lächelte. »Versteht Ihr, Sir Hugh, ich bin ein gelernter Mann, ausgebildet als Schreiber, ein Student der Wissenschaften. Außerdem war ich ein guter Soldat, also gab mir der König hier mein Auskommen.«

»Seid Ihr der Bellman?« fragte Corbett.

»Bellman!« Norreys kicherte. »Bellman! Dieser de Montfort und diese fetten Säcke auf der anderen Seite der Gasse sind mir wirklich so was von egal. Hier war ich glücklich, und die Träume wurden auch seltener … aber dann kamen die Waliser.« Er schloß die Augen, öffnete sie aber sofort

wieder, als sich Corbett bewegte. »Nein, nein, Sir Hugh, Ihr müßt mir schon zuhören. Wie ich ihnen lauschen mußte – diesen Stimmen. Erinnert Ihr Euch, Sir Hugh, daß uns die Waliser immer im Dunkeln anriefen? Sie kannten unsere Namen, und während wir sie jagten, jagten sie uns. Und wenn sie einen aus dem Trupp erwischt hatten, dann riefen sie: ›Jetzt hat es Richard erwischt! Jetzt hat es Henry erwischt! Sagt Johns Frau, daß sie Witwe ist!‹« Norreys' Stimme hallte in den Gewölben wider. Er drehte sich um.
»Ich muß gehen«, flüsterte er. »Die Studenten sind bald von den Vorlesungen zurück. Sie werden bei mir wegen allem möglichen anklopfen.«
»Und die alten Männer?« fragte Corbett eilig.
»Das war ein Unfall«, antwortete Norreys und schüttelte den Kopf. »Ein bloßer Zufall, Sir Hugh. Ein alter Bettler kam hierher und suchte Arbeit. Also schickte ich ihn runter in den Keller, ein Faß Wein zu holen. Natürlich mußte der dumme Alte das Faß öffnen. Er war ziemlich betrunken, als ich runterkam. Vor lauter Angst rannte er weg. Ich folgte ihm.« Norreys kaute auf seiner Unterlippe. »Hier«, flüsterte er und beugte sich vor, »hier in der Dunkelheit, Sir Hugh. Es war wie damals in Wales. Ich habe ihn gejagt. Er rief, daß es ihm leid tue. Ich holte ihn ein, und er wehrte sich, und deswegen schnitt ich ihm die Kehle durch. Ich ließ seine Leiche hier unten liegen, aber in derselben Nacht hatte ich einen Traum.«
»Und deswegen habt Ihr ihm seinen Kopf abgeschnitten?« unterbrach ihn Corbett. »Ihr habt die Leiche und den Kopf in das Faß gelegt und habt es durch eines der Stadttore von Oxford gebracht, um den Toten zu beseitigen.«

»Das stimmt«, pflichtete ihm Norreys bei. »Ich warf die Leiche in die Büsche und band den Kopf an einem Ast fest. Wißt Ihr, Sir Hugh, daß das wie eine Teufelsaustreibung oder wie die Beichte in der Kirche war? Die Träume hörten auf. Ich fühlte mich gereinigt.« Norreys lächelte, und seine Augen glänzten. »Ich fühlte mich wie ein kleiner Junge, der von einem Felsen aus in einen tiefen und klaren Teich springt: reingewaschen.« Er hielt inne und starrte auf einen Punkt über Corbetts Kopf.

Corbett holte tief Luft und lauschte angestrengt. O Gott, betete er, wo ist Ranulf? Er schaute den Gang hinter Norreys entlang, sah aber nichts.

»Dann habt Ihr wieder gemordet?« fragte Corbett.

»Natürlich tat ich das«, sagte Norreys mit einem Grinsen. »Das ist wie Wein, Sir Hugh. Man trinkt ihn, schmeckt ihn und spürt die Wärme im Bauch. Die Tage vergingen, und ich brauchte wieder diese Wärme. Und wem machte das schon was aus? Die Stadt ist voll von Bettlern – Männer ohne Vergangenheit und ohne Zukunft, das Strandgut dieser Welt.«

»Sie hatten trotzdem Seelen«, entgegnete Corbett und wünschte, Norreys würde das Schwert nicht so fest gegen seinen Hals pressen. »Sie waren Menschen, und vor allem waren sie unschuldig. Ihr Blut schreit bei Gott nach Rache.« Norreys bewegte sich, und Corbett wußte, daß er einen Fehler gemacht hatte.

»Gott, Sir Hugh? Mein Gott ist in Wales gestorben. Welche Rache? Was wollt Ihr tun, Sir Hugh? Laut rufen? Um Gnade bitten?«

»Man wird mich suchen.«

»Natürlich wird man das. Ich werde Eure Leiche beseitigen. Ich verspreche Euch, das ich es diesmal anders machen werde. In den Wäldern sind tiefe Sümpfe. Die Flammen der Hölle sind dann vermutlich schon erloschen, wenn man Eure Leiche findet. Ich habe mir das alles bereits überlegt. Man wird Euren Tod dem Bellman in die Schuhe schieben. Die Soldaten des Königs werden nach Oxford kommen, und diese eingebildeten, arroganten Schweine auf der anderen Seite der Gasse werden es ausbaden müssen. Sparrow Hall wird geschlossen, aber das Wohnheim wird fortbestehen.« Er bemerkte, daß Corbett an ihm vorbeischaute. »Worauf wartet Ihr? Auf Euren leichtfüßigen Freund? Ich habe die Kellertür abgeschlossen. Ihr seid allein, Sir Hugh.« Er legte den Kopf zur Seite. »Aber wieso habt Ihr mich verdächtigt?«

»Mein Diener, der, der ermordet worden ist, habt Ihr auch sein Blut an den Händen?«

Norreys schüttelte den Kopf.

»Er sagte, er habe sich das Schienbein an einem Eimer aufgeschlagen«, fuhr Corbett fort und bemerkte endlich einen Schatten am Ende des Gangs. »Ich habe mich gefragt, warum der Verwalter eines Wohnheims, das noch dazu nicht für seine Sauberkeit bekannt ist, wohl den Kellerfußboden putzt. Ihr habt doch die Blutflecken entfernt, oder? Und dann fing ich an, darüber nachzudenken, daß die Leichen keinerlei Spuren einer Verfolgung durch den Wald aufwiesen, daß die Bettler immer hierherkamen, um Almosen, Brot und Wasser zu erbitten, und daß die Keller tief sind. Schließlich erinnerte ich mich an Eure Arbeit als Späher in Wales. Natürlich hattet Ihr als Verwalter das

Recht, mit Eurem Karren Lebensmittel in den Dörfern in der Umgebung zu kaufen. Niemand würde einen Verdacht haben, und niemand würde Euch aufhalten.«

Norreys zeigte mit einem Finger auf ihn. »Ihr seid wirklich ein guter Jagdhund!«

»Ihr habt die Leichen weggeschafft und die Köpfe von Ästen baumeln lassen. Niemand würde die dunklen Flecken in den Fässern bemerken, die ohnehin für Wein gemacht und außerdem fest vernagelt waren. Während ich, der Jagdhund des Königs, hier war, habt Ihr Euer Gemetzel unterbrochen. Ihr wußtet, wie neugierig ich bin, also habt Ihr die Mordplätze gereinigt, und Maltote hat sich das Schienbein an einem Eimer aufgeschlagen.«

»Noch etwas?«

»Ihr habt einen Knopf verloren ...«

»Ah! Ich hatte mich schon gefragt ...«

»Und hier gibt es auch winzige Steine. Ich fand ebensolche an den Kleidern der Bettler.«

»Ich dachte mir schon, daß Ihr etwas entdeckt habt«, spottete Norreys. »Ich bin Euch hier nach unten gefolgt ...«

»Ich will Euch ein Angebot machen«, unterbrach ihn Corbett, denn Ranulf war jetzt ganz nahe.

Norreys riß die Augen auf.

»Im Gang hinter Euch«, fuhr Corbett fort, »steht mein Diener, Ranulf-atte-Newgate. Ehe er Schreiber wurde, ist er nachts auf die Pirsch gegangen. Er kann jedes Schloß öffnen und bewegt sich wie ein Schatten.«

Norreys schüttelte den Kopf, aber sein Hohnlächeln erstarb, als er hinter sich das Klicken einer Armbrust hörte.

»Jetzt könnt Ihr Euer Schwert wegnehmen«, sagte Corbett leise, »und Euch den Richtern des Königs stellen.«
»Ich könnte Euch töten.« Norreys lächelte, aber sein Blick wurde unstet.
Corbett hob langsam die Hand und preßte sie seitlich gegen das Schwert. Dann entspannte er sich, es war gar nicht scharf und eignete sich nur zum Zustechen.
»Ihr könnt mein Angebot annehmen«, sagte Corbett.
Norreys machte sich aber mehr Sorgen über Ranulf, den er hinter sich hatte.
»Oder Ranulf kann Euch umbringen.«
Corbett schlug plötzlich das Schwert beiseite und warf sich vor. Norreys riß die Hände hoch. Ranulf tauchte auf einmal im Licht auf, und Corbett hörte das Schwirren eines Armbrustbolzens. Norreys schwankte, ließ das Schwert fallen und langte nach dem Bolzen in seiner Brust. Sein überraschter Ausdruck stand noch in seinem Gesicht, als ihn Ranulf an den Haaren packte und ihm mit einer schnellen Bewegung die Kehle durchschnitt. Ranulf warf Norreys zu Boden und kniete sich neben Corbett hin. Der Beamte schloß die Augen, drückte sich an die Wand und atmete tief durch. Er versuchte sein rasendes Herzklopfen unter Kontrolle zu bringen.
»Ich kam, so schnell ich nur konnte«, sagte Ranulf und grinste. »Das Schloß war rostig und ließ sich deswegen nur schwer öffnen, und dann habe ich mich erst einmal verlaufen.« Er half Corbett hoch. »Wißt Ihr, was ich tun würde, Herr? Ich würde diesen verdammten Ort verlassen!« Er trat mit dem Stiefel nach Norreys Leiche. »Ich würde so schnell wie der Wind nach Woodstock reiten

und mir, bis diese Angelegenheit beendet ist, vom König einen Haftbefehl für alle im College und im Wohnheim ausstellen lassen.«

Corbett stieß ihn sanft weg. Das ist ein Alptraum, dachte er und schaute sich um. Dunkle und ekelhafte Gänge, flackerndes Kerzenlicht und die blutüberströmte Leiche eines Mörders. Würde es einmal so enden? Würde Ranulf einmal nicht in der Nähe sein? Oder würde er auf einen Mörder treffen, der sich von den anderen unterschied, der schnell und leise tötete und es nicht nötig hatte, mit seiner Tat anzugeben? Corbett hob seinen Dolch auf und steckte ihn wieder in seine Scheide. Ranulf wischte seine eigene Klinge an Norreys' Wams ab, nahm die Armbrust und half Corbett den Gang entlang. Am Fuß der Treppe blieb Corbett stehen. Er war jetzt ruhiger, aber es war ihm immer noch eiskalt.

»Du hast recht«, murmelte er. »Pack unsere Taschen, Ranulf. Wir ziehen hier aus und wohnen in der Merry Maidens. Nimm ein Zimmer für uns, aber sage niemandem, wo wir sind.« Er stieg schwankend die Stufen hoch und öffnete die Tür. »Ich gehe in dieses Zimmer nicht mehr zurück.«

Eine Weile saß Corbett, das Gesicht in die Hände gestützt, auf einer Bank. Ein Diener kam, um zu fragen, ob alles in Ordnung sei und ob er wisse, wo sich Master Norreys aufhalte.

Corbett hob den Kopf, und der Mann warf nur einen einzigen Blick auf das bleiche und wütende Gesicht des Beamten und eilte davon. Ranulf kam mit Satteltaschen über den Schultern und Armen nach unten. Sie traten auf die Gasse. Corbett hatte das Gefühl, sich in einem Traum zu befinden. Er erlaubte es Ranulf, ihn durch die Straßen zu führen, und schob die Bettler zur Seite. Einmal mußte Corbett stehenbleiben, weil es ihm von den Geräuschen und Gerüchen schwindlig wurde. Als sie jedoch die Merry Maidens erreichten, hatte er seine Fassung einigermaßen wiedergewonnen. Immer noch frierend und müde, setzte er sich vor ein kleines Feuer in der Schankstube, während Ranulf ein Zimmer mietete und etwas zu essen, gebratenen Fasan in Austernsauce, bestellte. Ranulf sagte nichts, während Corbett lustlos aß, zwei Becher Bordeaux trank und ihm von Norreys erzählte.

»Ich lege mich eine Weile hin«, sagte Corbett schließlich. »Geh zurück zur Sparrow Hall, Ranulf, und berichte Master Tripham, was vorgefallen ist. Wecke mich, wenn es zum Abendgottesdienst läutet.«

Corbett begab sich hinauf auf ihr Zimmer. Ein Schankkellner ging vor ihm her und trug die frischen Laken und Kissen, die Ranulf bestellt hatte. Das Zimmer war schlicht und weißgekalkt und mit einem wackligen Tisch und zwei Hockern eingerichtet. Die Betten waren jedoch bequem und sauber. Als der Schankkellner die Laken gewechselt hatte, verriegelte Corbett die Tür, kroch ins Bett, zog die Decken über sich und fiel in einen tiefen Schlaf.

Corbett schlief eine Stunde lang. Als er erwachte, griff er mit der Hand nach dem Dolch auf dem Fußboden, bis er sich daran erinnerte, wo er war. Er warf die Decken von sich, stand auf und wusch sich. Er fühlte sich besser, und als er nach unten in die Schankstube kam, traf er Ranulf, der eine Partie Hasard spielte. Sein Diener zwinkerte ihm zu, steckte seinen Gewinn ein und ging mit ihm in den kleinen Kräutergarten hinter der Schenke.

»Fühlt Ihr Euch besser?«

»Ja.« Corbett reckte sich. »Es ging alles so schnell, Ranulf. Man jagt einen Mörder, und ehe man sich's versieht, jagt das Schwein einen selbst. Hast du Tripham Bescheid gesagt?«

»In Sparrow Hall herrscht das Chaos«, antwortete Ranulf.

»Chaos?«

»Bullock hat Norreys' Leiche zum Marktkreuz in der Broad Street geschafft. Er hat sie dort als Warnung an andere potentielle Mörder an einen Galgen gehängt.«

»Und was machen die Lehrer?«

»Sie sind regelrecht Gefangene in ihrem eigenen College. Sie erinnern mich an Spatzen in einem Käfig.«

Corbett lächelte über diesen Scherz.

»Wenn es nach mir ginge ...«, rief Bullock, als er in den Garten stiefelte.

»Ich habe ihm gesagt, wo Ihr seid«, flüsterte Ranulf.

»Wenn es nach mir ginge«, wiederholte der Sheriff und zog den breiten Ledergurt um seine fette Wampe etwas höher, »dann würde ich alle diese Schufte festnehmen und in den Kerker werfen lassen!« Er schaute Corbett an. »Das war dumm, Sir Hugh. Ihr hättet gepökelt und in einem Faß enden können!«

»Ich mußte einen Beweis suchen und hatte den Verdacht, daß Norreys mir folgen würde.« Corbett zuckte mit den Schultern. »Aber das ist jetzt vorbei, und wir müssen uns auf Sparrow Hall konzentrieren.«

»Wenn die Ausgangssperre in Kraft tritt«, meinte Bullock,

»dann wird Sparrow Hall und das Wohnheim von mehr Soldaten bewacht, als Fliegen auf einem Misthaufen Platz haben. Ich werde auch einige Männer hier auf der Straße postieren. Ich dachte, ich sage Euch das besser.« Der Sheriff drehte sich auf dem Absatz um und ging zurück in die Schenke.

»Was jetzt, Herr?«

»Ich weiß nicht, Ranulf.«

Corbett schaute in den Himmel, der immer noch rot von der untergehenden Sonne war. Er wedelte die Mücken mit einer Hand weg, die überall herumschwirrten, obwohl auf dem Weg durch den Garten Schalen mit Essig standen.

»Der Bellman wird nicht wieder zuschlagen, zumindest nicht gegen uns. Und alte Bettler werden auch nicht mehr in den Kellern des Wohnheims abgeschlachtet werden.«

Er hörte Gelächter, und dann fing oben in einem der Zimmer der Schenke ein Junge an, ein Lied zu singen. »Du hast Hasard gespielt?«

Ranulf warf seine Würfel von einer Hand in die andere. »Ja, und ich habe nicht gemogelt.«

Corbett legte Ranulf eine Hand auf die Schulter. »Ich verdanke dir mein Leben.«

Sein Diener schaute weg.

»Wie gefallen dir Augustinus' *Bekenntnisse*?«

»Schwierig, aber anregend.«

»Wir werden es also bald mit einem neuen Ranulf zu tun bekommen?« Corbett ging mit ihm auf die Tür der Schenke zu. »Keine Frauen mehr, die im Elend zurückgelassen werden. Und die alten Goldschmiede in London können jetzt auch ruhiger in ihren Betten schlafen, oder?«

Sie betraten die Schankstube, und Corbett rief nach Wein. Ranulf hatte gedacht, daß Corbett auf ihr Zimmer gehen würde, aber zu seiner Überraschung gesellte sich der Beamte zu einer Gruppe Studenten, die in einer Ecke saß. Einer von ihnen hatte einen zahmen Dachs und flößte ihm Met ein, den das Tier auch gierig trank.

»Habt Ihr den schon lange?« fragte Corbett.

Der Student schaute auf. »Seit er ganz klein war. Ich habe ihn verlassen in den Wiesen von Christ Church gefunden. Man sagt, daß sie Glück bringen.«

»Und hat er Glück gebracht?« wollte Corbett wissen und setzte sich.

»Zumindest trinkt er meinen Met.« Der Student schaute neidisch auf Corbetts vollen Becher, und der Beamte ließ den Schankkellner kommen.

»Dasselbe für meine Gesellschaft!« befahl er.

»Ihr interessiert Euch doch nicht wirklich für Dachse?« fragte der Student schlau.

»Nein, allerdings nicht«, antwortete Corbett. »Sagt mir, habt Ihr vom Bellman und seinen Proklamationen gehört?«

»Ich habe eine Menge Dinge gehört, Sir, von den Morden in Sparrow Hall und von denen im Wohnheim.«

»Aber Ihr habt die Proklamationen des Bellman gelesen?« wollte Ranulf wissen.

»Ich habe sie überflogen«, der Student deutete auf seine Gefährten, »das haben wir alle.«

»Und?« fragte Corbett.

Der Bursche nahm seinen zahmen Dachs in den Arm und streichelte ihn.

»Viel Lärm um nichts, Sir. Was kümmert uns de Montfort? Es ist das Werk eines Betrügers oder eines Verrückten. Die Studenten werden sich deswegen nicht bewaffnen und gegen Woodstock ziehen.«

»Und so denken alle darüber?«

»Ich habe die Proklamationen nur gelesen, weil sie am Portal von Wyvern Hall hingen«, antwortete der Student. »Aber um deutlich zu sein, Sir, mir ist es ganz egal, ob der Bellman lebt oder krepiert.«

Corbett dankte ihm, legte eine Münze auf den Tisch, um den Met für den Dachs zu bezahlen, und ging, gefolgt von einem neugierigen Ranulf, wieder auf sein Zimmer.

»Was hatte das alles zu bedeuten?« fragte Ranulf und schlug die Tür hinter sich zu.

»Das ist etwas, was wir übersehen hatten«, entgegnete Corbett. »Laß uns bis zu dem einen Tag in Leighton Manor zurückgehen. Edward erscheint außer sich über die Proklamationen des Bellman. Sämtliche Alpträume, die er wegen de Montfort hatte, überfallen ihn wieder. Der König ist besorgt, und so sind wir ebenfalls besorgt, schließlich sind wir, seine königlichen Beamten, die treuesten Diener des Königs. Wir kommen also nach Oxford und machen den Fehler, uns in die Welt des Bellman zu begeben. Als ich jedoch im Garten stand und in den Himmel schaute, erinnerte ich mich an etwas, was du im Wohnheim gesagt hast. Was spielt das schon alles für eine Rolle? Wen kümmert das überhaupt? Und der Student dort unten, der junge Mann mit dem Dachs, beweist es.« Er bemerkte Ranulfs verwirrten Gesichtsausdruck. »Lese deinen Augustinus: Wirklichkeit ist das, was wir wahrnehmen. Augustinus nahm Gott wahr, und plötzlich verschwanden alle seine vorherigen Wirklichkeiten, Geilheit, Orgien, Gelage und Frauen.« Corbett lehnte sich auf seinem Bett zurück. »Wer weiß, vielleicht wird das auch mit Ranulf-atte-Newgate passieren. Es ist dasselbe mit dem König. De Montfort ist sein Dämon. Er sucht seine Seele heim. Für ihn stellt der Bellman eine schreckliche Bedrohung seiner Krone und Herrschaft dar.«

»Aber in Wirklichkeit?«

»Die Wirklichkeit«, fuhr Corbett fort, »sieht so aus, daß es allen egal ist. De Montfort ist jetzt seit fast vierzig Jahren tot. Der Bellman hat es direkt auf den König abgesehen. Wir müssen uns Ciceros Frage stellen: ›*Cui bono*?‹ Was hat der Bellman für seine harte und gefährliche Arbeit zu erwarten? Was will er erreichen? Er wird keine Rebellion herbeiführen. Es wird nicht dazu kommen, daß Armeen gegen London und Westminster marschieren. Was bezweckt er also?«

»Er will abrechnen?« meinte Ranulf fragend.

»Aber warum? Warum jetzt? Warum diese Morde? Warum diese Angriffe auf mich? Warum das zunehmende Chaos in Sparrow Hall?« Corbett nahm einen losen Faden von seiner Decke. »Sie waren gewarnt worden«, meinte er noch mit leiser Stimme.

»Gewarnt, Herr?«

»Chaos«, entgegnete Corbett. »Der Bellman scheint es auf Mord und Totschlag abgesehen zu haben, und wenn das der Fall ist, glaube mir, Ranulf, dann wird es einen weiteren Mord in Sparrow Hall geben, ehe wir noch viel älter sind!«

.12.

Ranulf saß direkt innerhalb des Portals der St. Michael's Church. Er war neben einem Pfeiler niedergekniet und schaute in die Seitenkapelle. Das farbige Wandgemälde brachte ihn aus der Ruhe. In der Kirche war es bis auf zwei brennende Kerzen finster, die an die Augen eines Tiers erinnerten, das irgendwo im Dunkeln lauert. Die Kerzen erleuchteten das eindrucksvolle Wandgemälde von Christus beim Letzten Gericht, der mit seinen Engeln erschien, um über ewige Verdammnis oder Leben zu entscheiden. Geisterhafte, in Lumpen gehüllte Skelette hielten flehend die Hände in die Höhe zu Engeln, die mit erhobenen Schwertern über ihnen schwebten. Zur Linken von Christus sah er dämonische alte Weiber, die auf Ziegen ritten und die Seelen ein letztes Mal marterten, ehe sich das Tor der Ewigkeit endgültig schloß.

»Denke daran, Mensch, du bist Staub, und Staub sollst du werden!«

Ranulf schaute über seine Schulter und bemerkte einen schwachen Lichtschein vom Fenster der Anachoretin.

»Denn der Tod wird kommen!« intonierte sie. »Er soll jede lebende Menschenseele auf Gottes schöner Erde ereilen!«

»Macht Euch an Eure Gebete, Alte!« rief ihr Ranulf zu.

»Und ich bete für dich«, erwiderte Magdalena. »Passerel betete hier ebenfalls, aber er starb. Der Meuchelmörder kroch wie eine Giftschlange hier herein, lautlos, selbst als er über den eisernen Fußabstreifer neben der Tür stolperte. Also betet!«

»Ich brauche Eure Gebete«, erwiderte Ranulf rasch.

Er schaute das lange Kirchenschiff entlang auf das riesige Kreuz, das über dem Hochaltar hing. Er dachte darüber nach, was die Anachoretin gesagt hatte, als er ein Geräusch hörte und nach hinten blickte. Aber es war nur eine Ratte, die aus dem Sarg kletterte, der auf Böcken im Querschiff stand. Ranulf fuhr sich mit einem Finger über die Lippen. Es fiel ihm schwer, für sich zu beten, ganz zu schweigen für den armen Maltote. Er drehte sich um, damit er die Statue der Jungfrau mit dem Kind sehen konnte, die hinter der brennenden Öllampe links vom Altar stand. Ranulf bereitete es Mühe, das Ave Maria zu beten. Woran konnte er sich schon von seiner Mutter erinnern? Sie war ständig schlechter Laune gewesen, hatte ihn geohrfeigt und ihn auf die Straße geworfen. Eines Tages war Ranulf nach Hause gekommen, und sie war tot gewesen. Sie war an der Pest gestorben. Er hatte einfach nur zugeschaut, als die Leichenträger ihre Leiche auf einen Karren warfen und später in einer der großen mit Kalk gefüllten Gruben bei Charterhouse verscharrten.

Die Tür der Sakristei wurde geöffnet, und Pater Vincent trat ein. Er kniete vor dem Lettner nieder und ging dann zum Altar. Ranulf kam auf ihn zu, da er ihn nicht erschrecken wollte.

»Wer ist da?« Pater Vincent blieb stehen und spähte in die Dunkelheit.

»Ranulf-atte-Newgate!«

»Ich dachte, ich hätte etwas gehört«, sagte Pater Vincent.

Die Schlüssel klirrten in seiner Hand. »Ich muß abschließen.« Er kam näher und sah, daß Ranulf ein Buch unter dem Arm hatte. »Ihr seid bei der Andacht, Sir?«

»Er betet!« rief Magdalena. »Er betet, daß Gott endlich Gericht über Sparrow Hall hält!«

»Das sind die *Bekenntnisse*«, erwiderte Ranulf. »Die *Bekenntnisse* des heiligen Augustinus. Ich habe sie aus der Bibliothek von Sparrow Hall entliehen.«

Der Priester nahm das Buch und wog es in der Hand. »Wird es Euch dabei helfen, den Mörder zu fangen?« fragte er leise.

»Deswegen bin ich nicht hier, Pater. Ich kam, um zu beten.«

»Und wollt Ihr, daß ich Euch die Beichte abnehme?« Der Priester hielt seine müden alten Augen auf Ranulf gerichtet. »Wollt Ihr die Beichte ablegen, Ranulf-atte-Newgate?«

»Ich habe viele Sünden begangen, Pater.«

»Nichts, dem die Absolution verweigert werden kann«, erwiderte der Priester.

»Ich habe begehrt. Ich habe gehurt. Ich habe getrunken.« Ranulf nahm das Buch wieder zurück. »Und vor allem habe ich auch getötet. Ich habe heute nachmittag einen Mann getötet.«

Der Priester trat einen Schritt zurück.

»Es war Selbstverteidigung«, erklärte Ranulf. »Ich mußte ihn töten, Pater.«

»Wenn das so ist«, erwiderte Pater Vincent, »dann ist das keine Sünde.«

»Und ich habe vor, wieder zu töten«, meinte Ranulf. »Ich

werde den Mörder meines Freundes finden und hinrichten.«

»Das kann erst geschehen, wenn ihm der Prozeß gemacht worden ist«, entgegnete der Priester eilig.

»Ich werde ihn töten, Pater.«

Der Priester bekreuzigte sich. »Dann kann ich Euch nicht die Absolution erteilen, mein Sohn.«

»Nein, Pater, das könnt Ihr vermutlich nicht.« Ranulf kniete nieder und ging, ohne sich noch einmal umzudrehen, aus der Kirche.

Corbett saß an seinem Schreibtisch und zog die beiden dicken Talgkerzen näher heran, so daß ihr Licht direkt auf das Pergament fiel, das er vor sich liegen hatte. Draußen auf dem Hof kläfften Hunde den Mond an. Ab und zu war der Lärm eines Gelages unten aus der Schankstube zu hören. Er hatte die Fensterläden geöffnet. Die Nachtluft war weich und warm, und die Gerüche aus dem Hof mischten sich mit den Düften aus der Küche und dem Kräutergarten. Corbett war es nicht wohl in seiner Haut. Er starrte auf das weiße Blatt Velinpapier und versuchte seine Gedanken zu ordnen.

»Was haben wir hier?« flüsterte er. Er tauchte die Feder in das Tintenfaß.

Punkt 1: Derjenige, der sich als Bellman bezeichnet, nagelt seine Briefe an die Portale von Kirchen und Colleges in ganz Oxford – gehässige Angriffe auf den König, aber wen kümmert das schon, abgesehen von diesem selbst?

Punkt 2: Welche der Lehrer von Sparrow Hall konnten sich so schnell in Oxford bewegen? Tripham? Appleston? Sicherlich nicht Barnett, der sein Leben hin und her gerissen zwischen der Sünde und der Reue verbringt? Oder Lady Mathilda mit ihrem Krückstock? Oder der stille Master Moth? Der jedoch einfältig zu sein scheint und nicht einmal lesen kann.

Punkt 3: Ascham wußte etwas. Nach welchem Buch suchte er? Warum schrieb er ›P A S S E R . . .‹ mit seinem eigenen Blut, als er im Sterben lag? Und warum wurde Passerel so still in der St. Michael's Church ermordet?

Corbett hob seine Feder an. Ranulf war gegangen. Er hatte gesagt, er müsse beten. Corbett hoffte, daß ihm nichts zustoßen würde. Er lächelte grimmig, als er sich an Ranulfs Kaltblütigkeit Norreys gegenüber erinnerte.

Punkt 4: Langton? Warum wurde er vergiftet? Und warum hatte er einen Warnbrief an mich bei sich?

Punkt 5: Alle diese Morde sind das Werk des Bellman. Aber warum?

Corbett legte die Feder hin und rieb sich die Augen. Er schaute auf die Stundenkerze, doch diese war so schadhaft, daß er die Markierungen kaum erkennen konnte. Er stand auf, zog seinen Wams aus, bekreuzigte sich und legte sich aufs Bett, denn er wollte eine Weile ruhen und dann weiterarbeiten, wenn Ranulf zurück war. Er dachte an Maeve, Eleanor und Uncle Morgan in Leighton. Vielleicht saß Maeve gerade in ihrem Söller und sprach mit ihrem Onkel? Oder in ihrem Schlafzimmer? Es wurde stets so spät, bis Maeve ins Bett kam. Sie war ständig mit etwas beschäftigt und mußte immer noch was für den nächsten

Tag vorbereiten. Corbett schloß die Augen, um, wie er sich vornahm, nur einen Moment zu schlafen.
Als er erwachte, waren die Fensterläden zu und die Kerzen gelöscht. Ranulf schlief tief in seinem Bett neben der Tür. Corbett hörte Geräusche unten aus dem Hof. Er öffnete die Läden, und die Sonne blendete ihn einen Augenblick.
»Gott sei mir gnädig«, murmelte er, »aber ich habe gut und tief geschlafen.«
»Wirklich jenseits«, scherzte Ranulf und warf seine Decke vom Bett. »Ich war noch vor Mitternacht zurück, Herr. Die Schankstube war leer. Ihr habt geschlafen wie ein Toter.«
Ranulf wurde sich klar darüber, was er da gesagt hatte, und er entschuldigte sich. Er ging auf den Gang und kam mit einem frischen Krug Wasser zurück. Corbett entschloß sich, sich nicht zu rasieren, sondern wusch sich nur eilig. Er zog frische Hemden an, überließ dann Ranulf die Waschschüssel und begab sich nach unten in die menschenleere Schankstube. Er hatte einen halben Teller Brühe gegessen, als Bullock in die Schenke stürmte.
»Sir Hugh, Ihr kommt besser mit! Und Ihr auch!« brüllte er Ranulf an, der gerade auf der Treppe erschien. »Wir haben den Bellman gefunden!«
Corbett stieß seinen Teller weg und sprang auf.
»Den Bellman? Wie das?«
»Folgt mir!«
Sie eilten hinter ihm her auf die Straße. Ranulf lief noch einmal zurück, um ihre Schwertgürtel zu holen. Er war wieder bei ihnen, als sie gerade in die Gasse einbogen, die zur Sparrow Hall führte.

»Wer ist es?« Corbett klammerte sich an den Ärmel des Sheriffs.
»Es ist Appleston. Ihr wißt schon, der uneheliche Sohn von de Montfort!«
»Und Ihr könnt das auch beweisen?«
»Wir haben alle Beweise der Welt«, antwortete der Sheriff. »Aber das wird ihm oder Euch nicht mehr viel nützen.«
Tripham, Churchley, Barnett und Lady Mathilda warteten auf sie in dem kleinen Aufenthaltsraum.
»Wir haben ihn direkt nach Sonnenaufgang gefunden«, sagte Tripham mit seiner meckernden Stimme. Er erhob sich und rang mit den Händen. »So viele Morde!« jammerte er. Das Gesicht des Konrektors war bleich und ausgezehrt. »So viele Morde! So viele Morde! Der König wird sich damit nicht abfinden.«
»Ein weiterer Mord?« fragte Corbett und schaute sich in der Runde um.
»Kein Mord«, erwiderte Lady Mathilda. »Appleston hat den Ausweg des Feiglings gewählt. Alfred Tripham wird es Euch zeigen.«
Der Konrektor führte sie die Treppe hinauf. Auf dem ersten Treppenabsatz waren zwei Diener damit beschäftigt, Laken zusammenzulegen und in eine Truhe zu packen. Sie drückten sich an die Wand, als wollten sie sich unsichtbar machen. Bullock öffnete eine Tür. Das Zimmer war luxuriös eingerichtet. In ihm standen ein Himmelbett mit vorgezogenen Vorhängen, Regale voll mit Büchern, Zinntellern und Bechern, Hocker und vor dem eleganten Schreibtisch vor dem Fenster ein gepolsterter Stuhl. Die Truhen zu beiden Seiten des Tisches waren

halb geöffnet. Bullock zog die Vorhänge des Bettes zurück. Dort lag Appleston so friedlich, daß Corbett erst meinte, er würde schlafen. Bullock öffnete leise redend die Fensterläden.

»Faßt den Becher auf dem Tisch nicht an«, warnte er Corbett, als dieser ihn bereits hochnahm und an ihm roch.

Corbett bemerkte den beißenden Geruch, den der Bordeaux verströmte.

»Was ist das?« fragte er.

»Ich bin Sheriff, kein Apotheker!« fuhr ihn Bullock an. »Aber Churchley behauptet, daß das irgendein Schlafmittel ist, die Art, die einem zu einem ewigen Schlaf verhilft.«

Corbett setzte sich aufs Bett. Er zog vorsichtig die Decken zurück und öffnete die Knöpfe von Applestons Nachthemd.

»Ist das wirklich nötig?« fragte Tripham.

»Ja, ich denke doch«, antwortete Corbett.

Er zog das Nachthemd hoch und betrachtete die Leiche. Corbett konnte keine Spuren von Gewalteinwirkung erkennen. Die Haut war etwas feucht, das Gesicht bleich, und die Lippen waren halb geöffnet und wurden lila. Aber es gab keine Auffälligkeiten. Wäre der Becher nicht gewesen, hätte Corbett gedacht, Appleston wäre im Schlaf gestorben.

»Und warum denkt Ihr, daß er der Bellman ist?«

»Schaut auf seinen Schreibtisch«, entgegnete Tripham.

Auf dem Schreibtisch fiel Corbett ein ordentlich zugeschnittenes Stück Pergament ins Auge. Die Schrift war dieselbe wie auf den Proklamationen des Bellman. Er bemerkte daneben außerdem ein Tintenfaß und eine Feder.

»›Der Bellman kommt und geht‹«, las er laut. »›Er spricht Warnungen aus und erklärt die Wahrheit, aber trotzdem kommt immer die Dunkelheit. Wer weiß schon, wann er zurückkehren wird?‹ Etwas rätselhaft«, meinte Corbett.

Er ging wieder zum Bett und nahm Applestons Hand. Ihm fielen die schwarzen Tintenflecken auf den Fingern auf. Tintenflecken waren ebenfalls auf dem Nachthemd aus weißem Leinen.

»Und da ist noch mehr«, sagte Bullock.

Er öffnete Truhen und Kisten und holte aufgerolltes Velinpapier und Fässer mit schwarzer Tinte daraus hervor. Dann ergriff er einige Fetzen schon etwas vergilbtes Pergament und drückte sie Corbett in die Hand.

»Entwürfe für die Proklamationen des Bellman.« Er deutete auf eine Rolle Velinpapier, die neben dem Schreibtisch lag. »Auszüge aus den Chroniken über das Leben von de Montfort. Und was noch wichtiger ist ...«

Bullock ging zu einer der Kisten und wühlte in ihr herum. Er zog etwas daraus hervor, das wie ein kleines Triptychon aussah. Corbett öffnete es. Statt einer Kreuzigung, flankiert von Maria und Johannes dem Täufer auf den Flügeln, gab es ein primitives Porträt von de Montfort als Heiligem. Auf beiden Seiten standen Mengen von Leuten mit ausgestreckten Händen, und aus ihren Mündern kamen auf eine Art Schleier gemalt die Worte *Laudate! Laudate*! Preist! Preist!

Corbett beteiligte sich an der Suche. Tripham stand neben der Tür und protestierte. Bullock genoß es, sämtliche Kisten und Truhen auszuleeren. Zum Schluß häufte Corbett alles, was sie gefunden hatten, auf den Schreibtisch.

»Appleston war also der Bellman!? Wir wußten, daß er der uneheliche Sohn von de Montfort ist, und es steht außer Zweifel, daß er eine besondere Liebe für den Earl empfand. Die Schriftrollen, die Schreibgeräte, alles scheint darauf hinzudeuten, daß er der Bellman war.«

»Ihr seid Euch also nicht sicher?« fragte Ranulf.

»Oh, ich finde mich möglicherweise damit ab, daß er der Bellman ist«, entgegnete Corbett. »Aber warum hat er Selbstmord begangen? Denn darauf wird das Urteil sicherlich hinauslaufen, oder? Appleston wird sich klar darüber, daß er mit seinen Tricks nicht mehr weiterkommt. Deswegen verfaßt er ein kurzes Memorandum, in dem er die Wahrheit bekanntgibt, dann nimmt er Gift und stirbt friedlich im Schlaf.« Er schaute zu Tripham hinüber. »War die Tür verschlossen oder nicht?«

»Unverschlossen, Sir Hugh.«

Corbett setzte sich auf einen Hocker und kratzte sich an der Nasenspitze.

»Hier haben wir also einen Mann, der Selbstmord verüben will«, erklärte er. »Er hat sein Todesurteil unterschrieben – man sieht die Tinte noch an seinen Fingern. Das meiste des Weins ist ausgetrunken. Appleston hat keine Lust auf ein dramatisches Ende, sondern steigt ins Bett.« Corbett schaute auf den Kerzenhalter und stellte fest, daß die Kerze ganz heruntergebrannt war. »Wenn Ihr bitte alle gehen würdet. Master Sheriff, Ihr auch.«

Bullock wollte bereits protestieren.

»Bitte«, sagte Corbett noch einmal. »Ich verspreche Euch, ich werde nicht lang brauchen.«
Bullock verließ nach Tripham das Zimmer. Ranulf schloß die Tür hinter ihnen.
»Ihr glaubt also nicht, daß es ein Selbstmord war, Herr?«
»Nein, allerdings nicht«, antwortete Corbett. »Das ist nicht logisch. Die meisten Meuchelmörder schätzen ihr eigenes Leben sehr hoch. Der Bellman hat das Spiel genossen. Er hat heimlich und im Schutze der Dunkelheit gemordet. Warum sollte er sich dann so ruhig in die Nacht davonmachen? Oh«, Corbett nickte, »es gibt eine Menge Beweise gegen ihn, seine Herkunft, die Dokumente hier im Zimmer. Aber dann ist es doch auch wieder so, Ranulf, daß du stolz darauf sein würdest, wenn du der uneheliche Sohn von de Montfort wärst, oder etwa nicht?«
»Ja, ja, das würde ich.«
»Sag mir eines, Ranulf, wenn du Selbstmord verüben wolltest, wenn du deinen Abschiedsbrief schreiben würdest, dann würdest du doch sicher nicht gestört werden wollen? Du würdest die Tür verschließen und verriegeln. Aber Appleston tat keines von beidem. Er ging ins Bett und löschte nicht einmal die Kerze. Außerdem, warum hat er sein Nachthemd angezogen, wenn er sowieso sterben wollte?« Corbett trat zur Tür. An einem Haken hing Applestons Umhang mit dem Wappen des College, auf dem anderen ein Hemd, ein Wams sowie Strümpfe. Corbett betrachtete alles sorgfältig.
»Sie sind alle sauber«, murmelte er.
Er schaute sich im Zimmer um und entdeckte in der Ecke unter dem Lavarium einen Weidenkorb. Er zog ihn hervor

und leerte seinen Inhalt, ein schmutziges Hemd und schmutzige Strümpfe, auf den Fußboden.

»Das hier hatte Appleston gestern an«, Corbett legte alles wieder zurück in den Korb. »Appleston hatte auch schon die frischen Kleider für den nächsten Tag bereitgelegt.«

»Vielleicht ist er ein Mann mit festen Gewohnheiten«, meinte Ranulf. »Ich habe von einem ähnlichen Fall in Cripplegate gehört, da hat eine Mutter noch Brot gebacken, obwohl sie vorhatte, sich vor dem Morgengrauen das Leben zu nehmen.«

»Vielleicht.« Corbett ging durch das Zimmer. Er setzte sich an den Schreibtisch und betrachtete die Pergamentbögen. »Aber laß uns einmal annehmen«, er wedelte mit einem Stück Velinpapier, »*disputandi causa*, daß Appleston der Bellman war. Bullock kam hier herein und fand sofort alle Beweise. Warum sollte er es so offensichtlich machen?«

»Appleston war bereits alles egal«, erwiderte Ranulf. »Ihr dürft nicht vergessen, Herr, daß er sich ausrechnen konnte, daß wir ihm auf den Fersen waren. Wir hatten sein Geheimnis herausgefunden ...«

»Aber ich bin ihm alles andere als auf den Fersen«, bemerkte Corbett trocken. »Ich taste mich wie ganz zu Anfang immer noch durch die Dunkelheit.«

»Ja, ja. Doch laßt uns einmal annehmen, Herr, daß wir Oxford verlassen, mit unseren Pferden nach Woodstock reiten und dem König erzählen würden, was wir wissen. Was würde dann passieren?«

»Dann würden alle Lehrer festgenommen werden.« Corbett nickte. »Ich weiß, worauf du hinauswillst, Ranulf.

Der König hätte sich natürlich sofort für Appleston interessiert. Er hätte ihn wahrscheinlich in den Tower werfen und so lange foltern lassen, bis die Wahrheit ans Licht gekommen wäre. Edward wäre wahrscheinlich außer sich gewesen zu erfahren, daß ein unehelicher Sohn des großen de Montfort einen Aufruhr gegen ihn plant.«

Corbett sah, wie Ranulf mit seinen Stiefeln die Bettvorhänge streifte, ging auf das Bett zu und hob Laken und Decken an. Unter der Matratze befand sich in das hölzerne Bettgestell eingebaut eine kleine Schublade. Corbett bat Ranulf einen Schritt beiseite zu treten, und beide knieten sich hin und versuchten sie zu öffnen. Sie war verschlossen, aber Ranulf zog eine Nadel aus seinem Beutel und schob sie vorsichtig in das Schloß. Beim ersten Versuch hatte er kein Glück. Er nahm sie wieder heraus und versuchte es noch einmal, vorsichtiger. Corbett hörte ein Klicken, und Ranulf öffnete die Schublade. Sie holten sie heraus und legten sie aufs Bett. Ranulf bemerkte Applestons leichenstarres Gesicht, kam sich mit einemmal ertappt vor und zog eine Decke darüber. In der kleinen Schublade waren nur einige wenige Dinge – eine Locke in einem Lederbeutel, ein Ring mit dem Wappen eines sich aufbäumenden weißen Löwen, eine Pilgermedaille aus Santiago de Compostela in Spanien, ein Dolch mit Elfenbeingriff in einer Scheide, auf der dasselbe Wappen war wie auf dem Ring, und ein Buch.

»Das Wappen von de Montfort«, bemerkte Corbett. »Wahrscheinlich alles Andenken an den großen Earl.«

Er nahm das Buch heraus und öffnete es. Es war in Kalbsleder gebunden, und kleine Edelsteine waren in den braunen Ledereinband eingelassen. Die Seiten waren fleckig und hatten Unterstreichungen, die Handschriften waren unterschiedlich. Corbett nahm das Buch mit ans Licht.

»Eine Reihe von Traktaten«, meinte er, »gesammelt und in einem Band gebunden.« Er schlug die erste Seite auf. »Und es gehört nicht Appleston. Es ist Eigentum des College.«

»War das das Buch, das Ascham gelesen hat?« fragte Ranulf.

»Vielleicht?« erwiderte Corbett und blätterte. »Das hier sind Traktate«, erklärte er, »die in London zu einer Zeit geschrieben und verbreitet wurden, als de Montfort einen Bürgerkrieg gegen den König führte. Sie sind von verschiedenen Leuten verfaßt, die meisten von ihnen anonym.«

»Irgendwas vom Bellman?« wollte Ranulf wissen.

»Nein, aber einer der Schreiber nennt sich selbst Gabriel nach dem Erzengel«, antwortete Corbett. »Ah!« Er lächelte. »Das ist wirklich herbe Kritik an der Regierung des Königs«, fuhr er fort. »Nichts Originelles jedoch, die übliche Liste an königlichen Verfehlungen plus Solidaritätsbekundungen mit de Montfort.«

»Und?« fragte Ranulf.

»Was interessant ist, mein lieber Ranulf, ist, daß sie die Quelle für die Proklamationen des Bellman abgeben. Er hat sie einfach nur abgeschrieben, sie für den eigenen Gebrauch transkribiert.«

»Und das hat Appleston getan?«

»Ich weiß nicht. Aber etwas, was wir feststellen können, ist, wie lange Appleston dieses Buch in Händen hatte.

Wir müssen in der Bibliothek in der Liste über entliehene Bücher nachsehen.« Corbett blätterte weiter. Auf die Rückseite von verschiedenen Traktaten war der Vermerk gekritzelt: »*Ad dominum per manus P.P.*«

»Was soll das bedeuten, Herr?«

»Nichts«, erwiderte Corbett. »Ich vermute, das diese Traktate von den Anhängern des Königs in London gesammelt und an Braose geschickt wurden. Er hat sie später in einem Band binden lassen.«

»Ein weiteres Indiz gegen Appleston?«

»Ich weiß nicht«, antwortete Corbett. »Ranulf, geh doch in die Bibliothek und schau dir das Verzeichnis über die entliehenen Bücher an. Sag ihnen auch, sie sollen uns noch nicht stören.«

Ranulf eilte davon. War Appleston der Meuchelmörder? Corbett schloß die Augen und legte sein Gesicht in die Hände. Denk nach, ermahnte er sich. Appleston ist der uneheliche Sohn von de Montfort. Er haßt die Braoses und den König. Er beschließt, die Erinnerung an seinen toten Vater aufleben zu lassen. Er holt das Buch aus der Bibliothek des College, nimmt das Pseudonym Bellman an und fängt an, Traktate zu verfassen. Nachts verläßt er das College und schlägt diese überall in Oxford an. Er genießt es, den König zu reizen und Sparrow Hall in Verruf zu bringen.

Corbett nahm die Hände vom Gesicht und schaute auf den Toten unter dem Laken, bei dem die Leichenstarre langsam einsetzte. Ascham war vermutlich mißtrauisch geworden, vielleicht hatte er das Buch vermißt. Er läßt sein Mißtrauen erkennen, und so geht Appleston eines Abends in den Garten und versteckt sich zwischen den Büschen und der Mauer zur Bibliothek. Er klopft an die Fensterläden. Ascham öffnet sie, und Appleston schießt einen Armbrustbolzen direkt in die Brust des Mannes. Aber was ist dann mit dem hingekritzelten Wort »PASSER ...«? Corbett erinnerte sich an das Fenster der Bibliothek und verspürte ein Kribbeln im Magen.

»Natürlich«, flüsterte er. »Appleston war athletisch und kräftig. Er konnte durch das Fenster klettern, Aschams Finger nehmen, ihn in eine Blutlache tauchen und selbst diese Buchstaben schreiben und damit dem armen Schatzmeister die Schuld in die Schuhe schieben. Schließlich war es auch Appleston, der dem armen Passerel gesagt hat, er solle in die Kirche fliehen. Ist Appleston dann etwa spät in der Nacht mit einem vergifteten Krug Wein dorthin gegangen? Und was ist mit Langton?« Corbett verstand nicht, wie dieser ermordete Lehrer einen Brief vom Bellman an ihn in der Tasche haben konnte. Es wäre jedoch niemandem in der Bibliothek schwergefallen, das Gift in Langtons Becher zu schütten.

Corbett erhob sich. Und die Steine aus der Schleuder, die auf sie abgefeuert worden waren? Hatte Appleston seine Jugend nicht auf dem Land verbracht? Vielleicht hatte er dort ja gelernt, mit einer Steinschleuder umzugehen? Appleston wußte, daß Corbett von seiner Abstammung erfahren hatte. Hatte er sich etwa aus Angst davor, entdeckt zu werden, das Leben genommen? Corbett hörte draußen Schritte, und Ranulf kam zurück.

»Und?« fragte Corbett.

»Das Buch ist auf Applestons Namen ausgeliehen«, er-

klärte Ranulf. »Aber hört, Herr, der Eintrag ist erst von gestern morgen. Er kommt zwei Einträge nach meinem.«
Corbett seufzte enttäuscht. »Und sonst ist da nichts?«
»Nein. Der Titel des Buchs lautet: *Litterae atque Tractatus Londoniensis*. Briefe und Traktate aus London. Ich habe noch schnell das Register durchgesehen. Sonst hatte es niemand entliehen.« Ranulf deutete mit dem Daumen über die Schulter. »Außerdem wird Tripham unruhig. Er will wissen, was er mit der Leiche machen soll.«
»Sag ihm, er soll einen Diener hochschicken«, befahl Corbett. »Den, der sich um Appleston gekümmert hat.«
Ranulf ging. Wenig später kam er mit dem Diener zurück, ein schlaksiges, ungesund aussehendes Individuum mit einigen wenigen roten Strähnen auf der Glatze. Er war aschfahl. Seine Wangen und seine krumme Nase waren pockennarbig und außerdem von Pickeln übersät. Seine Unterlippe bebte, und Corbett forderte ihn auf, sich zu setzen, und sagte, daß er nichts zu befürchten habe. Der Mann schluckte und ließ seine hervortretenden Augen ständig auf Ranulf ruhen, als fürchtete er, ihm würde hier auf der Stelle der Prozeß gemacht werden, damit er sofort hingerichtet werden könne.
»Ich habe nichts getan, um ihm angst zu machen, Herr«, sagte Ranulf und lehnte sich gegen die Tür. »Offenbar heißt er Granvel. Er war Applestons Diener.«
»Ist das richtig?« fragte Corbett mit sanfter Stimme.
Der Mann nickte.
»Und wie lang wart Ihr sein Diener?«
»Ich bin jetzt seit zwei Jahren in Sparrow Hall.« Granvel hatte einen ländlichen Akzent. »Master Appleston war

ein guter Mann. Er war immer freundlich. Er hat mich nie geschlagen, auch dann nicht, wenn ich einen Fehler gemacht habe.«

»Hat er sich mit Euch unterhalten?« fragte Corbett. »Ich meine, über das, was er machte?«

»Nein, nie, immer nur bitte und danke. Geschenke zu Ostern, Mittsommer und Weihnachten. Gelegentlich einen Shilling extra, wenn in Oxford Jahrmarkt war. Und dann hat er mich einmal mitgenommen, um einen Mummenschanz in der St. Mary's Church anzuschauen. Sonst weiß ich nichts, Herr. Ich habe immer sein Zimmer saubergemacht, und er hat mir eingeschärft, seine Papiere und Bücher nicht anzufassen.«

»Und gestern abend?«

»Alles war normal, Herr, außer daß Master Appleston sehr wütend nach Hause kam. Es war dunkel ...«

»Entschuldigt«, unterbrach ihn Corbett, »hat Master Appleston je spät in der Nacht das College verlassen? Ich meine, um in die Stadt zu gehen?«

»Nicht daß ich wüßte.« Der Mann legte den Kopf zurück. »So war er nicht, Sir. Nicht so wie Master Churchley, der heiß ist wie ein Spatz und außerdem noch geil. Master Appleston war ein Gentleman und ein Gelehrter. Er liebte seine Bücher. Ich meine, er war ein richtiger Gentleman, Sir. Er leerte sogar selbst seinen Nachttopf aus dem Fenster, ließ ihn nicht einfach voll stehen, damit ihn irgendein armer Diener wegräumt, wie die anderen.«

Corbett versuchte, nicht auf Ranulf zu schauen, der, den Kopf gesenkt, leise lachte.

»Aber gestern abend war etwas nicht wie sonst?«

»O ja. Master Appleston kam nach Einbruch der Dunkelheit zurück. Ich vermute, er war irgendwo essen gewesen.« Granvel sprach jetzt leiser. »Alle diese seltsamen Vorfälle, Herr, im College.« Er berührte die Seite seiner Nase. »Und ehe ihr noch fragt, ich weiß nichts darüber, und die anderen Diener auch nicht.« Er zwinkerte verschlagen. »Oh, wir haben alles über den Bellman gehört, Sir. Aber wie hätte jemand nachts das College verlassen sollen? Sämtliche Türen sind verschlossen und verriegelt.« Corbett verzog das Gesicht, aber Granvel beeilte sich, hinzuzufügen: »Oh, ich denke schon, Herr, wenn jemand wirklich das Haus verlassen wollte, dann ginge das. Ich will nur sagen, daß das schwierig ist, ohne gesehen zu werden.«
»Ihr meint den Bellman?«
»Natürlich! Wir haben alle von den Proklamationen gehört, aber wir können nicht lesen. Ich habe mich genauso wie die anderen gefragt, wie jemand einfach so Sparrow Hall verlassen und wieder betreten konnte?«
Corbett schaute zu Ranulf, und dieser schüttelte den Kopf. Corbett griff in seinen Geldbeutel und gab dem Diener eine Münze. Dieser war jetzt nicht mehr so angespannt und schien sich für sein Thema zu erwärmen.
»Dasselbe gilt auch für den Giftmord an Master Langton. Wie konnte der Wein nur vergiftet sein? Alle tranken doch aus demselben Krug. Jedenfalls«, fuhr er fort, und seine Worte überschlugen sich fast, »wie gesagt, gestern abend kommt Master Appleston zurück, und er war wirklich wütend. Einige der Soldaten vor dem College waren ziemlich roh. Sie ergriffen Master Appleston an seinem Um-

hang und schlugen ihn auf die Wunde an seinem Mund. Master Appleston kommt also in den Aufenthaltsraum und ist außer sich. Die Wunde neben seinem Mund ist offen und blutet. Er beklagt sich bei Master Tripham, meint, er wisse ja, daß da Soldaten sein müßten, aber mißhandelt zu werden sei wirklich eine andere Sache.«

»Und dann aß er etwas?« fragte Corbett.

»O nein, Herr«, plapperte Granvel weiter. »Das habe ich doch eben schon gesagt. Seltsame Dinge geschehen hier. Alle haben Angst vor den anderen. Nein, er ging auf sein Zimmer und wollte sich hinlegen. Ich brachte ihm frisches Wasser, und er zog sich aus. Er hatte sein Nachthemd und seinen pelzgefütterten Morgenmantel an, als ich ihm einen Becher Wein hinstellte.«

Corbett deutete auf den Becher auf dem Tisch neben dem Bett.

»Diesen Becher?«

»Ja, Sir, das ist er. Davon gibt es in der Küche viele. Master Appleston saß an seinem Schreibtisch. Ich stellte den Wein hin und ging wieder.«

»Und das war alles?«

»O nein, Herr.« Granvel lächelte und zeigte dabei die beiden Zähne, die ihm geblieben waren. »Master Tripham hat ihn ebenfalls aufgesucht.«

»Und wer noch?«

»Master Churchley brachte ihm eine Tinktur, Kamille, glaube ich, für die Wunde am Mund.«

»Und dann kam noch jemand, oder?«

»O ja, ja, dieser fette Sheriff kam auch ins College, diese fette Kröte. ›Ich will Master Tripham sprechen!‹ schreit er. ›Gewiß‹, entgegnet Master Tripham, ›und ich möchte mit Euch sprechen, Sir Walter. Mit der Behandlung von Master Appleston muß man doch wirklich nicht einverstanden sein.‹«

»Und was dann?«

Granvel rückte etwas auf seinem Hocker hin und her. »›Zum Teufel!‹ sagt der Sheriff, ›ich werde mich persönlich bei Appleston entschuldigen!‹« Granvel zuckte mit den Schultern. »Ich habe ihn zu Applestons Zimmer geführt und dann auf dem Gang gewartet.«

»Kommt schon, Master Granvel! Ihr werdet doch gelauscht haben?«

Der Mann lächelte, die Augen auf eine zweite Münze in Corbetts Fingern gerichtet.

»Das läßt sich kaum vermeiden, Herr. Ich konnte nichts Genaues verstehen, aber es wurde gebrüllt. Und dann – Bullock mit Namen und ein Bulle von Natur – stürmt der fette Sheriff aus dem Zimmer und hätte mich beinahe umgerannt.« Granvel breitete die Hände aus. »Danach bin ich in meine Kammer unter der Treppe zurückgekehrt, abgesehen von meinem üblichen Besuch.«

»Üblichen Besuch?« fragte Corbett.

»Ja, Sir, das steht in den Statuten des College. Ihr wißt doch, daß diese Lehrer immer noch bei Kerzenlicht lesen. Nach Mitternacht gehe ich noch einmal wie alle anderen nach oben und kontrolliere das Zimmer meines Herrn.«

»Und?«

»Nichts. Ich habe geklopft und die Klinke ausprobiert, aber es war verriegelt.«

»War das, wie es sein sollte?«

»Manchmal wollte Master Appleston nicht gestört werden, oder er hatte Besuch auf dem Zimmer. Und so ging ich wieder weg.«

»Aber das Zimmer war verschlossen?«

»O ja. Ich dachte also, ich würde es eine Stunde lang auf sich beruhen lassen. Als ich zurückkam, war die Tür nicht mehr abgeschlossen. Ich öffnete sie leise und schaute ins Zimmer. Die Kerzen waren gelöscht, und es brannte kein Licht, so schloß ich die Tür eilig wieder und begab mich selbst zu Bett.«

»Und sonst wißt Ihr nichts?«

»Nein, sonst weiß ich nichts, Sir.«

Corbett reichte ihm die Münze. »Dann verliert darüber kein Wort, Master Granvel. Ich danke Euch für das, was Ihr gesagt habt.«

Ranulf öffnete die Tür, und der Diener eilte nach draußen.

»Und, Master?«

Corbett schüttelte den Kopf. »Als ich ein Junge war, Ranulf, geschah in meinem Dorf ein Mord. Niemand wußte, wer der Täter war. Ein Ackerknecht war mit einem Messer zwischen den Rippen auf der großen Wiese vor dem Dorf gefunden worden. Mein Vater und ein paar andere zogen das Messer raus und brachten die Leiche in die Kirche. Unser Dorfgeistlicher ließ dann alle Bewohner des Dorfs um die Leiche herumgehen. Das ging auf einen alten Aberglauben zurück, daß die Leiche in Gegenwart des Mörders wieder zu bluten beginnt. Ich erinnere mich noch gut.« Corbett unterbrach sich. »Ich stand hinten in der Kirche und beobachtete meine Eltern und all die anderen Erwachsenen, wie sie langsam um die Leiche gingen. Kerzen flackerten am Kopf- und Fußende des Sargs und erfüllten die alte Kirche mit Schatten.«

»Und hat die Leiche geblutet?«

»Nein, das hat sie nicht, Ranulf. Als die Männer vorbeigingen, hat unser Priester, ein kluger alter Mann, jedoch bemerkt, daß einer von ihnen keinen Dolch trug. Er nahm ihn beiseite, und in Gegenwart des Vogts wurde er genau untersucht. Auf seinem Umhang wurde Blut gefunden, das er nicht erklären konnte. Außerdem vermochte er keine Auskunft darüber zu geben, wo sein Messer geblieben war. Er gestand den Mord später und flüchtete in das Kirchenasyl.«

»Und Ihr denkt, daß das hier auch passieren wird?«

Corbett lächelte, trat vor und zog die Laken zurück.

»Betrachte sein Gesicht, Ranulf. Was siehst du? Betrachte besonders die Lippen.«

»Da ist eine Wunde«, Ranulf deutete auf den blutigen Schorf. »Nicht ordentlich verheilt.«

»Ja. Ich dachte daran, als Granvel die Kamillentinktur erwähnte. Es sieht so aus, als wäre der Schorf beschädigt worden.«

»Aber Granvel hat das doch erklärt?«

Corbett schüttelte den Kopf. »Schau dir den Becher an, Ranulf, da ist kein Blut am Rand. Würde ein Mann, der so ordentlich und genau ist wie Appleston, sich mit einer Wunde ins Bett legen, die noch blutet? Und was noch wichtiger ist ...« Corbett zog die Kissen unter dem Kopf des Toten weg. Es waren insgesamt vier. Er drehte sie um und seufzte zufrieden. In der Mitte von einem Kissen waren schwache Blutflecken, und ein Stück Schorf hatte sich im Leinen verfangen.

»Master Appleston hat nicht Selbstmord begangen«, erklärte Corbett. »Ich sage dir, Ranulf, was vorgefallen ist. Spät am Abend kam gestern jemand hierher. Ein freundschaftlicher Besuch, vielleicht brachte er auch einen Krug Wein mit. Wer immer es war, er füllte Applestons Becher nicht nur mit Wein, sondern auch mit einem starken Schlafmittel. Appleston fiel in einen tiefen Schlaf, und dann nahm der Meuchelmörder, unser Bellman, ein Kissen, drückte es Appleston ins Gesicht und erstickte ihn. Deswegen war das Zimmer auch abgeschlossen, als Granvel nachschauen kam.«

13.

Corbett befahl Ranulf, sich zusammenzunehmen, als sie die Treppe hinuntergingen. Bullock saß mit Tripham und Lady Mathilda im Wohnzimmer, und Master Moth stand wie ein Geist hinter ihr. Churchley und Barnett waren etwas entfernt in der Fensternische und hatten die Köpfe zusammengesteckt.

»Und?« fragte Bullock und erhob sich.

»Leonard Appleston war weder der Bellman«, erklärte Corbett, »noch hat er Selbstmord begangen. Dafür kann ich Euch aber keine Beweise liefern.« Er fuhr mit der Hand liebevoll über das Buch, das er in Applestons Zimmer gefunden hatte. »Gestern am späten Abend hat jemand den armen Appleston ermordet und versucht den Eindruck entstehen zu lassen, als wäre dieser der Bellman.« Er sah sich in der Versammlung um. »Sparrow Hall hat wirklich eine beachtliche Anzahl Mörder aufzubieten«, meinte er noch.

»Ich protestiere!« sagte Tripham etwas weinerlich neben Lady Mathilda. »Sir Hugh, ich muß mich wirklich gegen diese Äußerung verwahren. Wir hier in Sparrow Hall können nun wahrlich nicht für die Morde und Untaten von Master Norreys verantwortlich gemacht werden ...«

»Die ein Ende gefunden haben«, warf Bullock ein. »Man hat ihn in Carfax aufgeknüpft.«

»Er war schließlich vom König ernannt worden«, sagte

Churchley. »Norreys war ein Kandidat des Königs, er hatte mit der Sparrow Hall nur wenig zu tun.«

»Warum wurde Appleston ermordet?« wollte Barnett wissen.

»Weil der Bellman Angst bekommen hat«, erwiderte Corbett. »Es muß ihm klar sein, daß sich die Schlinge zusammenzieht. Appleston war ein geeignetes Opferlamm. Dieses Buch habe ich in seinem Zimmer gefunden. Es drängt sich mir die Frage auf, ob er nicht vielleicht auch ermordet wurde, weil er einen Verdacht gefaßt hatte. Aber das werden wir wohl nie erfahren, oder?«

»Apropos Bücher«, mischte sich Tripham ein, der verzweifelt versuchte wieder Boden unter den Füßen zu gewinnen. »Euer Diener, Sir Hugh, hat noch unser Exemplar von des heiligen Augustinus ...«

»Appleston hat mir erlaubt, es auszuleihen«, entgegnete Ranulf.

»Wie auch immer, Appleston ist tot, und wir fordern es zurück.«

»Was passiert jetzt?« fragte Lady Mathilda, die eine Stickarbeit auf den Knien liegen hatte.

»Zuerst ein paar Fragen«, erwiderte Corbett. »Master Tripham, Ihr habt Appleston doch gestern abend aufgesucht?«

»Ja, das stimmt. Er war erregt darüber, daß ihn die Soldaten von Sir Walter mißhandelt hatten.«

»Und Ihr, Master Churchley, habt ihm dann eine Kamillentinktur gebracht?«

»Ja, für die wunde Stelle an seinen Lippen.«

Corbett schaute auf die Spatzenreliefs auf beiden Seiten

des Kamins und dann auf Bullock, der etwas einsilbig geworden zu sein schien.
»Und Ihr, Sir Walter?«
»Ich habe mich bei ihm für meine Männer entschuldigt.«
»Und das Zusammentreffen war harmonisch?«
Bullock öffnete den Mund, um zu antworten.
»Die Wahrheit!« ermahnte ihn Corbett.
»Es war alles andere als harmonisch«, gab Bullock zu. »Erst einmal warf mir Appleston vor, ein Schläger zu sein, der die Schwierigkeiten der Lehrer und Studenten von Sparrow Hall genießt. Ich habe ihm gesagt, das sei Unsinn. Ich wollte gerade gchen, als er mich auch noch als Verräter beschimpfte. Er hatte meinen Namen auf einer Liste der Anhänger de Montforts gefunden. Ich habe ihm daraufhin gesagt, er sei zu jung und zu einfältig, um über die Älteren zu Gericht zu sitzen.« Bullock zuckte mit den Schultern. »Dann bin ich gegangen.« Der Sheriff setzte sich auf einen Hocker. »Warum«, meinte er noch, »kann uns der Geist von de Montfort nicht endlich in Ruhe lassen?« Er schaute auf. »Sir Hugh, was wird jetzt geschehen? Es ist nicht möglich, Sparrow Hall ständig bewachen zu lassen. Ihr müßt den König unterrichten.« Seine Stimme wurde bösartig. »Er wird befehlen, daß die Lehrer ausziehen und daß das College geschlossen wird.«
»Der Senat der Universität und einige andere haben da auch noch ein Wort mitzureden«, brüllte Barnett. »Wir haben denselben Status wie die Kirche. Wir sind nicht ein Rauchschwaden, den man einfach wegwedeln könnte.«
»Warum seid Ihr Euch so sicher, daß Appleston nicht der

Bellman ist?« fragte Churchley. »Für Eure Schlußfolgerung gibt es nur Mutmaßungen.«
»Geduldet Euch, geduldet Euch«, murmelte Corbett. »Master Alfred, ich würde mich gerne noch einmal in Eurer Bibliothek umsehen. Ich werde dieses Buch selbst zurückbringen. Ranulf wird dann auch die *Bekenntnisse* zurückgeben. Er kann dieses Buch ja jederzeit in der königlichen Bibliothek in Westminster lesen.« Corbett ging zur Tür, und Ranulf folgte ihm. Dort drehte er sich noch einmal um. »Niemand verläßt diesen Raum«, sagte er warnend. »Das Feuer brennt noch«, fuhr er fort, »und es dauert noch etwas, bis es anfängt zu kochen.«
»Was habt Ihr damit gemeint?« fragte Ranulf, als sie draußen waren.
Corbett blieb stehen. »Ich weiß nicht, aber so haben sie etwas, worüber sie nachdenken können. Vielleicht sieht sich der Bellman zu einem weiteren Schachzug veranlaßt und macht diesmal einen Fehler. Geh nach drüben, und hol das Buch. Ich warte in der Bibliothek auf dich.«
Corbett stieß die Tür der Bibliothek auf und trat ein. Die schmalen Fenster hoch oben gaben etwas Licht, aber er öffnete trotzdem die Läden am anderen Ende und schaute über den Garten. Dann ging er zum Tisch des Archivaren und schlug das Register auf. Er las die Einträge erst für Appleston und dann für Ranulf, für das Buch, das er gerade zurückgab. Corbett schaute sich in der Bibliothek um. Jedes Regalbrett hatte sein eigenes Zeichen, das sich auf dem ersten Blatt jedes Buchs wiederfand. Er entdeckte den Platz, auf dem Applestons Buch gestanden hatte, und nahm dann vorsichtig sämtliche anderen Werke von dem

Regalbrett herunter und begutachtete sie. Sie hatten alle einen ähnlichen Inhalt. Es waren Schriften aus der Zeit des Bürgerkriegs und Auszüge aus Chroniken, die von de Montfort handelten. Ein Band, der dicker war als die anderen, enthielt die privaten Papiere von Henry Braose, dem Gründer des College. Corbett blätterte darin, und sein Herz setzte einen Schlag aus. Bestimmte Seiten waren sauber mit einem Messer herausgetrennt worden. Es war nicht ersichtlich, ob das gerade erst passiert war oder schon länger zurücklag. Ein Register fehlte. Corbett nahm das Buch mit zu einem Stuhl beim Fenster und betrachtete es genau. Es enthielt im wesentlichen die Briefe von Braose und dem König und den Beratern des Königs. Einige stammten auch von Braoses geliebter Schwester Mathilda. Drei oder vier waren an seinen Freund Roger Ascham gerichtet. Corbett schloß das Buch und untersuchte den Einband. Staub war keiner zu sehen, also mußte es jemand gerade erst herausgenommen haben. Die Tür wurde geöffnet, und Ranulf trat ein.

»Ich stelle es zurück, Herr«, sagte er und hielt die *Bekenntnisse* hoch. »Ich weiß, wo es stand. Habt Ihr irgend etwas von Interesse gefunden?«

»Ja und nein«, antwortete Corbett. Er zeigte Ranulf das Buch mit den fehlenden Seiten.

Dann gingen sie zu den Regalen und setzten ihre Suche fort. Ein Diener trat ein und fragte, ob sie etwas zu essen oder zu trinken wünschten, aber sie lehnten ab. Kurz darauf erschienen Tripham und Lady Mathilda, um ihnen ihre Hilfe anzubieten. Corbett murmelte geistesabwesend, das sei nicht nötig, und suchte mit Ranulf weiter.

Ab und zu waren eine Glocke und vor der Tür das Geräusch von Schritten zu hören.

»Nichts«, meinte Corbett schließlich. »Ich kann nichts entdecken.«

Er hielt inne, als die Tür geöffnet wurde und Master Churchley eintrat.

»Sir Hugh, Applestons Leiche muß gewaschen und für das Begräbnis vorbereitet werden. Master Tripham will ebenfalls wissen, ob Euer Diener unser Buch zurückgegeben hat. Es ist sehr kostbar.«

»Ihr könnt die Leiche entfernen«, entgegnete Corbett Master Churchley. »Und ja, Ranulf hat Euer Buch zurückgegeben.«

»Wir lange werdet Ihr noch brauchen?«

»So lange wir wollen, Master Churchley!« fuhr ihn Corbett an. Er wartete, bis sich die Tür wieder geschlossen hatte. »Aber um die Wahrheit zu sagen«, flüsterte er, »können wir hier nicht mehr viel tun.«

»Monika!« sagte Ranulf unvermittelt.

»Wie bitte?«

»Monika«, erklärte Ranulf und strahlte Corbett über den Tisch hinweg an, »ich dachte an die Mutter von Augustinus, die heilige Monika, die jeden Tag dafür gebetet hat, daß ihr Sohn bekehrt werden möge.« Er wurde plötzlich gerührt. »Sie muß wirklich eine starke und geduldige Frau gewesen sein«, meinte er. »Ich wünschte ...« Er hielt inne: »Weiß man überhaupt etwas über sie?«

Corbett klopfte Ranulf auf die Schulter. »Ein wahrer Gelehrter«, sagte er, »verläßt eine Bibliothek nie, ohne etwas gelernt zu haben. Hier muß es irgendwo eine Hagiographie geben, ein Werk über das Leben der Heiligen«, erklärte er, als er Ranulfs ratlose Miene bemerkte.

Corbett ging an den Regalen entlang, nahm einen großen, in Kalbsleder gebundenen Band heraus und legte ihn vorsichtig auf den Tisch. Er öffnete ihn und deutete auf die Überschriften.

»Siehst du, der heilige Andreas, Bonifatius, Callistus«, meinte er und blätterte.

»Die Schrift ist wunderschön«, murmelte Ranulf, »und erst die kolorierten Initialen ...«

»Vermutlich das Werk eines Klosterschreibers«, erklärte Corbett. Er blätterte zurück zur ersten Seite, auf der in großen Buchstaben der Name von Henry Braose stand.

»Henry muß ein sehr reicher Mann gewesen sein«, bemerkte Ranulf.

»Nachdem der Bürgerkrieg endete«, erwiderte Corbett, »wurden de Montfort und seine Leute enteignet. Ihre Ländereien, Herrenhäuser, Burgen, Bibliotheken und Vermögen wurden alle zu Kriegsbeute erklärt. Edward vergaß diejenigen nicht dabei, die ihn unterstützt hatten. De Warrenne und de Lacey wurden fürstlich belohnt. Es war wirklich Plünderei im großen Stil«, fuhr Corbett fort, »und Braose war einer der Hauptnutznießer. Also, die heilige Monika ...« Er blätterte bis zu dem Kapitel mit dem Buchstaben M. Dieser war in Blau und Gold ausgemalt. Corbett schaute auf die Seite und schnappte nach Luft. Ranulf kam zu ihm herüber, und Corbett schob das Buch eilig in seine Richtung. Ranulf ergriff es eifrig und fing an, den Eintrag zu lesen. Dabei bewegte er lautlos die Lippen. Corbett ging zum Fenster, um seine

Erregung vor Ranulf zu verbergen. Er atmete tief durch, um seiner inneren Unruhe Herr zu werden. Aber wie? dachte er. Wie konnte das nur möglich sein? Er schaute in den Garten. Der Mörder kam hierher und schlich mit seiner Armbrust die Mauer entlang. Doch warum hat Ascham überhaupt die Läden geöffnet? Und was ist mit den anderen Morden?

»Herr, ich bin fertig.«

Corbett ging zurück, nahm das Buch und stellte es wieder ins Regal. Er war überzeugt, daß es dort sicher sein würde. Dieses Buch und das, das er in Applestons Kammer gefunden hatte, würden für ihn als Beweis genügen.

»Wir sollten gehen.«

Ranulf hielt Corbett an der Schulter zurück. »Herr, was ist los?« Er lächelte. »Ihr habt etwas entdeckt, oder?«

»Nur ein Verdacht.« Corbett zwinkerte. »Ein Verdacht, längst kein Beweis.«

»Was jetzt?«

»*Doucement*, wie die Franzosen sagen«, erwiderte Corbett. »Nur mal langsam. Komm, wir gehen.«

Sie verließen die Bibliothek, und Corbett wurde so einsilbig, daß es Ranulf rasend machte. Sie gingen um das College herum und dann nach oben und einen Gang entlang. Bei einer Hintertür blieb Ranulf stehen und deutete auf einen Fußabstreifer aus Eisen, der im Fußboden festzementiert war.

»Wie der in der St. Michael's Church«, bemerkte er.

»Man säubert damit seine Schuhe«, erwiderte Corbett geistesabwesend.

»Der Anachoretin Magdalena zufolge«, meinte Ranulf,

»ist der Mörder von Passerel über den in der Kirche gestolpert.«

»Wirklich?« fragte Corbett und starrte nach unten auf den Fußabstreifer. Und nach einer Weile sagte er geheimnisvoll: »Laß uns dorthin gehen.«

Corbett begab sich wieder nach draußen und schaute nach oben auf die verschiedenen Fenster, besonders auf die auf der Rückseite des College. Bevor sie sich auf den Weg machten, pflückte Corbett eine rote Rose, die noch naß vom Tau des Morgens war. Als sie in die stinkende Gasse kamen, in der Maltote tödlich verletzt worden war, beachtete er die seltsamen Blicke von Bullocks Soldaten nicht weiter und legte die Rose in eine Mauernische.

»Ein *Memento mori*«, erklärte er. »Aber komm, Ranulf, Zeit für ein Gebet!«

Sie gingen die Straße entlang durch die Menge von Hausierern und Händlern und in die St. Michael's Church. Corbett schritt das Kirchenschiff entlang und blieb im Durchgang des Lettners stehen.

»Für einen Daniel ist also der Tag des Gerichts gekommen!« hallte die Stimme der Anachoretin durch die Kirche. »Ihr seid doch hier, um Gericht zu halten?«

»Woher weiß sie das?« flüsterte Ranulf.

»Das ist eher eine Sache des Glaubens als die von Schlußfolgerungen«, antwortete Corbett.

»Ich wette, diese arme Frau hat jeden Abend darum gebetet, daß an Sparrow Hall Rache geübt werde. Oxford ist eine kleine Stadt, Applestons Tod dürfte sich inzwischen überall herumgesprochen haben.«

Corbett kniete kurz vor der Lampe des Allerheiligsten

nieder und ging dann zu der Seitentür, durch die sich Passerels Mörder in die Kirche geschlichen hatte. Er kniete sich hin, um den eisernen Fußabstreifer zu untersuchen, der neben der Tür zwischen den Bodenplatten einzementiert war, so daß sich die Eintretenden Schmutz und Erde von den Stiefeln kratzen konnten.

»Passerels Mörder ist dort gestolpert«, rief die Anachoretin. »Ich habe ihn wie einen Dieb in der Nacht gesehen, aber so ist eben der Tod. Er ist ein stiller Seelendieb.«

Corbett beachtete sie nicht. Er verließ die Kirche, ohne weiter auf den erneuten Ruf der Anachoretin zu hören.

»Die Gerechtigkeit Gottes fährt wie ein flammendes Schwert auf die Sünder nieder!«

Corbett und Ranulf liefen die Straße hinunter und bogen in die Retching Alley ein, um eine Ale-Schenke aufzusuchen. Die Schankstube war kaum größer als die Hütte eines Bauern. Der Fußboden war aus Erde. Einige Hocker standen herum, und umgestülpte Fässer dienten als Tische. Das Ale jedoch war bitter und schäumte.

»Und?« Ranulf stellte seinen Krug ab. »Gehen wir jetzt weiter durch Oxford, oder sollen wir hier sitzen bleiben und uns anstarren?«

Corbett lächelte. »Ich dachte gerade über den Zufall nach, Ranulf. Über das Glück und über den Würfelwurf. Beispielsweise über Edwards großen Sieg über de Montfort in Evesham. Oh, Edward ist ein guter General, aber er hatte auch Glück. Oder dieser Vogelfreie in Leighton. Wie hieß er noch gleich?«

»Boso.«

»Ah, richtig, Boso. Wie hast du ihn erwischt?«

»Er entschloß sich zu fliehen«, erwiderte Ranulf, »schlug aber die falsche Richtung ein. Man kommt nicht weit, wenn einem das Moor den Weg abschneidet.«
»Und wenn er den anderen Weg eingeschlagen hätte?«
»Dann wäre er uns entkommen. Wie Ihr wißt, könnte sich eine ganze Armee im Epping Forest verstecken.«
»Hier ist es dasselbe«, meinte Corbett. »Wir können unsere Logik einsetzen und unsere Schlußfolgerungen ziehen, aber was Ergebnisse zeitigt, ist pures Glück.«
»Ist das so, Herr?« Ranulf hielt seinen Krug mit beiden Händen. »In ein paar Monaten ist November und Allerseelen. Mir geht dauernd die Geschichte von dem Mord in Eurer Gemeinde im Kopf herum, als Ihr noch ein Junge wart. Denkt an all die Toten, all die Opfer des Bellman, die bei Gott um Gerechtigkeit flehen.«
Corbett trank ihm schweigend zu.
»Ganz der Theologe, Ranulf. Göttliches Eingreifen ist eine Möglichkeit, aber Gott hilft auch denen, die sich selbst zu helfen wissen. Laß uns die Liste der Opfer durchgehen.« Corbett stellte seinen Krug ab.
»Copsale starb im Schlaf, wahrscheinlich vergiftet oder erstickt wie Appleston.«
»Und Ascham?«
»War dumm genug, die Fensterläden zu öffnen. Er hat dabei vermutlich nicht einmal nachgedacht.«
»Und Passerel?«
»Ich weiß nicht, warum Passerel ermordet wurde, außer daß er und Ascham enge Freunde waren. Der Bellman könnte befürchtet haben, daß der Archivar seine Vermutungen seinem Freund mitgeteilt hat.«

»Und Langton?«
»Wiederum sehr einfach. Man hatte sich in der Bibliothek versammelt, und auf dem Tisch standen Becher mit Wein. Kein Problem. Ich verstehe nur nicht, wie der Tote einen Brief des Bellman an mich in der Tasche haben konnte.« Corbett schaute auf das Huhn, das auf dem Fußboden aus Erde herumpickte.
»Und Appleston?« fragte Ranulf. »Der Mörder muß ziemlich stark gewesen sein, um ihm das Kissen aufs Gesicht zu drücken.« Ranulf rief dem Wirt zu, ihre Becher erneut zu füllen. »Aber wer, Herr, und warum?«
»Nach Aristoteles«, entgegnete Corbett, »ist der Mensch von Natur aus gut. Das brachte deinen Lieblingsphilosophen Augustinus durcheinander. Wie kann der Mensch, der gut sein muß, wenn er von Gott erschaffen ist, Böses tun?«
»Hat er dieses Problem gelöst?« fragte Ranulf.
»Ja, das hat er. Er sagte, daß der Mensch, wenn er sündigt, selbstsüchtig ist. Er sagt tatsächlich, das Böse sei mir von Nutzen.«
»Und der Bellman hat das beherzigt?«
Corbett leerte seinen Becher. »Vielleicht? Aber, genug der Theorie, Ranulf. Laß mich eine Weile nachdenken.«
Corbett stand auf und ging in den Hof hinter der kleinen Schenke. Er setzte sich auf eine Bank aus Erde und starrte in den ovalen Karpfenteich, so als würden ihn die Fische faszinieren. Ranulf ließ ihn in Ruhe. Er trank sein Ale, machte es sich dann in einer Ecke gemütlich und schlief eine Stunde. Er wurde von Corbett geweckt, der auf seine Stiefel klopfte.

»Ich bin jetzt bereit.«

Sie kehrten zur Sparrow Hall zurück. Dort begab sich Corbett auf die Suche nach Tripham.

»Master Alfred, ich wäre Euch sehr dankbar, wenn Ihr Euren Kollegen Churchley im Auge behalten könntet. Ich muß erst ein paar Worte mit Lady Mathilda wechseln.«

Corbett stieg die Treppe hinauf, und Ranulf ging immer noch ratlos hinter ihm her. Ein Diener führte sie zu Lady Mathildas Kammer am Ende des Gangs. Corbett klopfte.

»Herein!«

Lady Mathilda saß mit einer Stickarbeit neben dem Kamin. Sie hatte mit der Nadel innegehalten. Auf einem Hocker saß ihr Master Moth gegenüber. Sein gespensterhaftes Gesicht und seine wachen Augen erinnerten Corbett an einen gehorsamen Schoßhund.

»Sir Hugh, wie kann ich Euch helfen?«

Lady Mathilda deutete auf einen Stuhl. Ranulf warf sie nur eine gleichgültigen Blick zu.

»Lady Mathilda«, sagte Corbett und deutete auf ihren Schreibtisch, »ich muß Sir Walter Bullock dringend treffen. Würdet Ihr mir Feder und Papier leihen, und könnte Master Moth meine Nachricht zum Castle bringen?«

»Natürlich. Warum? Ist etwas nicht in Ordnung?«

»Ihr seid die Spionin des Königs in Sparrow Hall«, antwortete Corbett, »und sollt es deswegen vor den anderen wissen. Ich glaube, daß Master Churchley eine Menge zu verantworten hat. Aber das gilt vielleicht auch für seinen Kollegen Barnett.«

Corbett nahm eine Feder, tauchte sie in das Tintenfaß und schrieb dem Sheriff eine kurze Nachricht. Er bat ihn, so schnell wie möglich zu kommen. Dann streute er Sand auf das Papier, faltete es zusammen und siegelte es mit einem Tropfen heißem Wachs. Lady Mathilda gab Master Moth ein paar seltsame Zeichen mit der Hand, und dieser nickte feierlich.

»Es kann sein, daß der Sheriff nicht auf dem Castle ist«, meinte Lady Mathilda.

»Dann bittet Master Moth zu warten, bis er zurückkehrt. Lady Mathilda, ich habe ein paar Fragen, bei denen Ihr mir möglicherweise weiterhelfen könnt.«

Corbett wartete, bis Moth den Brief genommen hatte, niedergekniet war, Lady Mathilda die Hand geküßt und leise das Zimmer verlassen hatte. Dann ging er zu Tür und verschloß und verriegelte sie. Lady Mathilda schaute erschrocken auf und legte die Stickerei auf einen kleinen Tisch neben sich. Ranulf sah fasziniert zu.

»Ist das wirklich nötig, Sir Hugh?« fragte Lady Mathilda ungehalten.

»Ich denke schon«, erwiderte Corbett. »Ich will nicht, daß Master Moth zurückkommt, Lady Mathilda, denn ich habe wirklich noch nie einen Menschen gesehen, der so sehr der Seele eines anderen glich.« Corbett setzte sich auf einen Stuhl ihr gegenüber und betrachtete den Saum seines Umhangs. »Bei jeder anderen Gelegenheit, Lady Mathilda, wäre ich in meine Kammer zurückgegangen und hätte meine Schlußfolgerungen aufgeschrieben und darüber nachgedacht, was ich weiter unternehmen soll. Aber hier kann ich das nicht tun. Bei Euch stellt jede Minute eine Gefährdung dar!«

Lady Mathilda verzog keine Miene.

»Niemand verdächtigt Euch«, fuhr Corbett fort, »Ihr seid alt und verehrungswürdig und geht am Stock. Niemand würde es Lady Mathilda zutrauen, daß sie jemanden in einer Gasse ersticht, ihm einen Armbrustbolzen in die Brust schießt oder, wie im Fall von Appleston, ihm ein Kissen ins Gesicht drückt.«

»Das ist absurd!« protestierte Lady Mathilda.

»Nein, das ist es nicht«, entgegnete Corbett. »Aber wenn Ihr jemanden wie Master Moth habt, der alles für Euch tut …«

»Unsinn!« rief Lady Mathilda. »Ihr seid nicht mehr ganz bei Trost!«

»Ah, *mea passerella*, mein kleiner Spatz – hat Euch Euer Bruder nicht vor vielen Jahren so genannt, als Ihr mit dem König gegen de Montfort gekämpft habt? Ihr habt selbst zugegeben, daß Ihr für den König in London spioniert habt. Dort habt Ihr die Traktate und Flugschriften der Anhänger de Montforts gesammelt und an Euren Bruder geschickt. ›*Per manum P.P.*‹« Corbett betrachtete Lady Mathildas tiefschwarze Augen. »Ich bemerkte, daß auf verschiedenen Traktaten in dem Buch, das ich in Applestons Kammer gefunden habe, hinten ›*Per manum P.P.*‹ stand, durch die Hand des ›*parvus passer*‹, des kleinen Spatzen, wie Euch Euer Bruder nannte. Ich habe mir auch die anderen Bücher in der Bibliothek angesehen«, fuhr Corbett fort, »und das hat Ascham ebenfalls. Aber obwohl Ihr versucht habt, alle Briefe zu beseitigen, die diesen Beinamen preisgeben, den Euer Bruder für Euch, seinen kleinen Spatzen, hatte, habt Ihr eine Stelle übersehen.« Corbett hielt inne. »Er hatte einen Band *Leben der Heiligen*, in dem Ranulf das Leben der heiligen Monika, der Mutter des Augustinus nachlesen wollte. Die erste Heilige, die unter ›M‹ auftauchte, war Mathilda, und daneben hatte Euer Bruder geschrieben: ›*Soror mea, passerella mea*‹, meine Schwester, mein kleiner Spatz. Ascham hat das gewußt, nicht wahr? Und als er starb, war er etwas verwirrt und versuchte diese Worte auf ein Stück Pergament zu schreiben.«

»Sir Hugh«, Lady Mathilda nahm ihre Handarbeit wieder auf und bohrte die Nadel wie einen Dolch in sie hinein, »wollt Ihr mich etwa beschuldigen, der Bellman zu sein und die Absicht zu haben, zu zerstören, was mein Bruder geschaffen hat? Wollt Ihr etwa sagen, daß ich – schwach und am Stock – meine Kollegen hier in Sparrow Hall ermordet habe?«

»Genau das, Lady Mathilda. Deswegen habe ich auch Master Moth gebeten zu gehen. In meinem Brief bitte ich Bullock, Master Moth zu begleiten und sich Zeit damit zu lassen, hierherzukommen. Master Moth ist gefährlicher, als er aussieht, ein stummer Meuchelmörder. Ihr müßtet ihm nicht einmal diese seltsamen Zeichen geben, er könnte es Euch am Gesicht ablesen, daß Ihr in großer Gefahr seid, und dementsprechend handeln. Wenn er mit unserem guten Sheriff zurückkommt, bin ich hier fertig, und Ihr seid wegen Hochverrat und Mord festgenommen.«

»Alles Unsinn!« fuhr ihn Lady Mathilda an. »Ich bin eine gute Freundin des Königs und ein äußerst loyaler Untertan.«

»Ihr wart einmal eine gute Freundin des Königs und ein äußerst loyaler Untertan«, meinte Corbett. »Jetzt ist Eure Seele nur noch von Bösartigkeit erfüllt. Ihr wollt Rache,

Rache am König und an allen hier in Sparrow Hall, die, wenn Ihr einmal sterbt, und das werdet Ihr sicher, Euren Bruder vergessen und den Namen Eurer unschätzbaren Sparrow Hall ändern werden. Sie werden mit Genehmigung des Königs den Status und die Statuten des College ändern. In gewisser Weise wird sich der Fluch der verrückten Anachoretin erfüllen.«

»Eine einfältige Vettel«, unterbrach ihn Lady Mathilda. »Ich hätte sie schon vor Jahren ...« Sie hielt inne und lächelte.

»Was wolltet Ihr sagen, Lady Mathilda?«

»Was für Beweise?« fragte sie hastig. »Was für Beweise habt Ihr für das alles?«

»Einiges. Genug, um die Richter des Königs zu einer Untersuchung zu veranlassen.«

Corbett betrachtete die kleine, leidenschaftliche Frau. Vor Jahren hatte ihn in der St. Paul's Cathedral im Beichtstuhl ein Geistlicher mit einem Messer angefallen. Corbett wußte, daß Lady Mathilda, obwohl sie so gebrechlich wirkte, ebenso gefährlich war. Für einen Mord brauchte es nicht immer gewaltige Kräfte, sondern nur den Willen, ihn zu verüben.

»Ich habe nach den Beweisen gefragt, Sir Hugh?«

»Ich werde noch dazu kommen, Lady Mathilda. Laßt uns zum Anfang dieser Geschichte zurückgehen, vor vierzig Jahren, als Henry Braose und seine Schwester Mathilda sich entschieden, den König zu unterstützen. Beide waren erfahren, gewissenlos und entschlossen. Henry war ein tapferer Soldat, und Mathilda, die ihren Bruder bewunderte, als wäre er Gott in Person, hatte ebenfalls ihre Fähigkeiten. Sie war eine Frau von großer Klugheit und Durchtriebenheit, die belesen war, sich schriftlich mühelos ausdrücken konnte und für den König in London spionierte. Sie und ihr Bruder paßten sich an und waren gleichzeitig überaus ehrgeizig. Sie wollten hoch hinaus. Nur de Montfort hinderte sie daran. Glorreiche Tage, oder, Lady Mathilda? Während Henry an der Seite des Königs kämpfte, spioniertet Ihr die Feinde des Königs aus. Gott mag wissen, wie viele mit ihrem Leben dafür bezahlten, daß sie Euch vertraut hatten.«

Lady Mathilda lächelte, aber sie hielt ihren Kopf gesenkt und arbeitete weiter.

»In Evesham nahm das alles ein Ende«, fuhr Corbett fort. »De Montfort erlitt eine endgültige Niederlage, und die Braoses meldeten sich, um ihre Belohnung abzuholen: Ländereien, Häuser, Vermögen und die persönliche Gunst des Königs. Männer wie de Warrenne und de Lacey waren damit zufrieden, was sie wegtragen konnten, nicht so die Braoses. Bruder und Schwester Braose hatten einen Traum, sie wollten ein College in Oxford gründen.«

Lady Mathilda schaute auf. »Goldene Jahre, Sir Hugh. Aber die, die gespielt und gewonnen haben ... ?«

»Ihr, Lady Mathilda, lagt hinter der Tatkraft und dem Ehrgeiz Eures Bruders. Er hat alles mit Euch geteilt, oder etwa nicht?«

Lady Mathilda wich seinem Blick nicht aus.

»Und Ihr habt dafür gesorgt, daß sein Traum in Erfüllung ging. Land wurde hier und auf der anderen Seite der Straße gekauft, Leute wurden vertrieben, und Euer riesiges Vermögen wurde zum Bau von Sparrow Hall verwendet.«

»Das war unser Recht. Wer den Pflug führt, hat auch das Recht zu ernten.«

»Und das habt Ihr«, erwiderte Corbett. »Der Traum Eures Bruders wurde Wirklichkeit. Aber gegen Ende seines Lebens begann er seine Habgier zu bereuen. Euer Bruder starb, und zu Eurem großen Verdruß mußtet Ihr einsehen, daß das, was er aufgebaut hatte, in die Hände von anderen gelangt war, die mit der Vergangenheit brechen wollten. Der König, Euer alter Dienstherr und Freund, war nicht mehr interessiert, oder? Es gab keine weiteren Mittel, keine Vorzugsbehandlung. Und die Lehrer hier wollten nicht nur Euren Bruder vergessen, sondern wünschten auch Euch dorthin, wo der Pfeffer wächst.«

»Ihr habt mir immer noch keinen Beweis genannt!«

»Oh, dazu komme ich schon noch. Was mich im Moment beschäftigt«, Corbett stand auf und zog seinen Hocker näher heran, »ist, wie Ihr das tun konntet. Ich glaube, ich kenne den Grund. Wie ein Kind, Lady Mathilda, hattet Ihr das Gefühl, daß andere nicht besitzen sollten, was Ihr nicht haben konntet. Ihr beschloßt, das zu zerstören, was Ihr und Euer Bruder aufgebaut hattet. Und indem Ihr das tatet, führtet Ihr einen schrecklichen Krieg gegen Euren ehemaligen Freund, den König. Euer Motiv war Rache, das, was Ihr gut nanntet, war böse!«

.14.

Corbett schaute zu Ranulf, der mit verschränkten Armen und mit dem Rücken zur Tür dastand und auf den Fußboden starrte. Er war nicht wie sonst aufgeregt und begierig, an der Befragung teilzunehmen. Corbett verbarg sein Unbehagen darüber.

»Wollt Ihr mir jetzt auch noch den Rest anvertrauen, Sir Hugh?« meinte Lady Mathilda etwas ungehalten. »Oder soll ich Euch eine Handarbeit reichen, damit Ihr mir behilflich sein könnt?«

»Ich werde vor Euch eine Geschichte ausbreiten«, erwiderte Corbett, »die von Hochverrat und Mord handelt. Böse und wütend über die mangelnde Unterstützung des Königs, Lady Mathilda, habt Ihr dagesessen und nachgedacht. Besser als alle anderen habt Ihr die Alpträume gekannt, die unseren König heimsuchen. Ihr habt die richtige Melodie gewählt und sie meisterhaft gespielt. Ihr habt das Buch studiert, das ich in Applestons Kammer gefunden habe. Die Forderungen und Drohungen von de Montfort und seinen Anhängern. Ihr wurdet der Bellman.«

»Und wenn das so war, warum sollte ich dann Sparrow Hall in die Sache hineinziehen?«

»Oh, das war der Kern Eures Plans. Ihr wolltet dem König die Lektion erteilen, Sparrow Hall nie zu vergessen. Die Krise begann, und gleichzeitig habt Ihr dem König Eure Dienste als Informantin angeboten.«

»Und was hoffte ich damit zu erreichen?«

»Die Aufmerksamkeit des Königs. Vielleicht auch die Verabschiedung von bestimmten Lehrern, die planten, den Namen und den Status von Sparrow Hall zu ändern. Ihr wolltet Mißtrauen und Argwohn sähen, um Euren eigenen Einfluß zu erhöhen.«

»Und dann habe ich mich einfach aus der Sparrow Hall hinausgeschlichen, um die Proklamationen an die Kirchenportale zu heften?«

»Natürlich nicht. Dafür hattet Ihr Euren Diener – den immer schweigenden Master Moth. Ich habe gesehen, wo Eure Kammer liegt. Es ist für ihn kein Problem, von dort aus einem Fenster zu klettern, über den Hof zu gehen und über die Mauer zu springen.«

»Aber Master Moth kann weder lesen noch schreiben.«

»Oh, ich denke, er war trotzdem perfekt für Eure Pläne«, entgegnete Corbett. »Er ist jung, geschickt und stark. Er konnte sich wie ein Schatten die Straßen und Gassen von Oxford entlangstehlen und, wenn er das wollte, in der richtigen Verkleidung auch den Bettler spielen ...«

»Was immer er ist, Sir Hugh, er kann trotzdem nicht lesen oder schreiben!«

»Natürlich kann er das nicht. Deswegen habt Ihr auch über jede Bekanntmachung eine Glocke gezeichnet. Das verstand er und wußte dann auch, wo er den Nagel einschlagen mußte.« Corbett hielt inne. »Jede dieser Bekanntmachungen hat dasselbe Symbol. Bei jeder dieser Bekanntmachungen steckte der Nagel in diesem Symbol. Ich habe mich lange gefragt, warum. Nun kenne ich den Grund.«

Corbett war zufrieden, daß ihm jetzt endlich die ganze

Aufmerksamkeit von Lady Mathilda gehörte. Sie hatte ihre Nadel ruhen lassen.

»Mord ist wie jedes beliebige Spiel«, fuhr Corbett fort. »Wie beim Schach beginnt man und plant seine Züge. Ich bezweifle, daß Ihr die Morde von Anfang an geplant hattet. Ihr wolltet die Aufmerksamkeit des Königs erregen und Eure eigenen Vorstellungen hier in Sparrow Hall durchsetzen … so lange, bis Ascham mißtrauisch wurde. Gott mag wissen, warum oder wie. Er war der Freund Eures Bruders. Er erinnerte sich ebenfalls an die Traktate und Schriften von de Montfort und von seinen Anhängern. Er wußte ebenfalls, daß Ihr so geschickt Dokumente aufsetzen könnt wie jeder Kanzleischreiber.« Corbett deutete auf ihre von Tinte fleckigen Finger. »Deswegen habt Ihr mir auch einmal Eure Finger entzogen, als ich Euch einen Handkuß geben wollte. Ihr seid eine vielbeschäftigte Schreiberin, oder, Lady Mathilda? Ascham fielen solche Dinge auf. Er wußte, daß sich der Bellman in Sparrow Hall aufhielt und auch mühelos Zugang zu den Schriften von de Montfort hatte. Vielleicht hat er seinen Verdacht sogar in Worte gekleidet? Und deswegen habt Ihr beschlossen, ihn zu ermorden. An dem Nachmittag seines Todes wart Ihr bei Tripham, das habt Ihr zumindest behauptet, aber ich vermute, Ihr habt Ascham ermordet, ehe Ihr Euch mit dem Konrektor getroffen habt. Ihr und Master Moth mußtet schnell handeln, ehe sich Aschams Verdacht in Gewißheit verwandelte. Ihr seid in den menschenleeren Garten gegangen und habt dort von den Büschen gedeckt zusammen mit Moth den fürchterlichen Mord begangen. Moth hat an die Läden geklopft, und als Ascham hindurchspähte, hat er ihn nicht für eine Gefahr gehalten und die Läden geöffnet. Aber Ihr wart ebenfalls dort, entweder unter dem Fenstersims oder seitlich. Wie auch immer, Ihr habt ihn mit einem Armbrustbolzen getötet und das Stück Pergament in die Bibliothek geworfen. Ascham, der schon nicht mehr ganz bei Sinnen war, hat dann versucht, den Namen seines Mörders mit seinem eigenen Blut auf dasselbe Stück Pergament zu schreiben. Er dachte in diesem Moment an Henry Braose und Mathilda, seine Schwester, des ›*parvus passer*‹. Er kam nie zu einem Ende.«

Corbett schaute zu Ranulf, der Lady Mathilda anstarrte, und hoffte, daß Moth nicht zurückkehren würde, obwohl er sich darauf verließ, daß Ranulf dann schon mit ihm fertig werden würde. Corbett fuhr sich mit der Zungenspitze über die Lippen.

»Wie bei einer Partie Schach können auch hier bei gewissen Zügen Fehler gemacht werden. Ascham hätte sofort sterben sollen. Für Euch war seine letzte Nachricht jedoch ein Glücksfall. Ihr konntet so Passerel alles in die Schuhe schieben. Aber dann habt Ihr angefangen nachzudenken. Ascham und der Schatzmeister waren befreundet. Vielleicht hatte Ascham Passerel anvertraut, daß er Euch im Verdacht hatte. Ihr habt also dafür gesorgt, daß David ap Thomas und seine Studenten eine kleine Erbschaft bekamen, und der Rest war einfach. Sie gaben Passerel die Schuld, und dieser suchte Kirchenasyl. Ihr habt aber auch gewußt, daß der König einen seiner Bevollmächtigten nach Oxford senden würde und daß Passerel nicht die Möglichkeit bekommen durfte, mit mir zu sprechen. Master Moth zog also mit einem Krug mit vergiftetem Wein los. Passerel war nun keine Gefahr mehr. Ich weiß, daß es Master Moth war, denn als er die St. Michael's Church durch die Seitentür betrat, hat er sich sein Bein an dem Fußabstreifer aus Eisen angeschlagen. Er hat jedoch nicht aufgeschrien, da er taubstumm ist. Er mußte den Schmerz schweigend ertragen.«

»Und Langton?« fragte Lady Mathilda.

»Ehe ich mich auf den Weg nach Oxford gemacht habe«, antwortete Corbett, »habe ich einen Verbrecher namens Boso hängen lassen. Bevor ich ihn zum Tode verurteilte, fragte ich ihn, warum er gemordet hatte? Seine Antwort hatte ihre eigene, seltsame Logik. ›Wenn man einmal gemordet hat‹, antwortete er, ›so fallen einem der zweite, der dritte, ja alle anderen Morde nicht mehr so schwer.‹ Ihr habt eine Menge mit Boso gemein, Lady Mathilda. Ihr seid der Bellman, der sämtliche Beleidigungen all der Jahre rächt. Ihr habt das Todesurteil über alle Lehrer verhängt, die es auch nur wagten, daran zu denken, das College zu verändern, das Euer geliebter Bruder gegründet hatte. Gleichzeitig konntet Ihr dem König ein schlechtes Gewissen machen.«

Lady Mathilda lächelte und legte ihre Stickerei wieder auf den Tisch.

»Ihr habt vom Schachspiel gesprochen, Sir Hugh. Ich spiele gerne. Ihr müßt mich einmal besuchen und mit mir spielen.«

»Oh, ich bin mir sicher, daß Ihr dieses Spiel genießt«, entgegnete Corbett. »Ihr wart früher Informantin des Königs. Euch gefällt die Intrige. Wie auch immer, nachdem Ihr das Buch zurückgegeben hattet, das Ascham studiert hatte, fühltet Ihr Euch sicher. Ihr hattet schließlich die Papiere Eures Bruders durchgesehen und alle Hinweise auf seine ›*soror mea, parvus passer*‹ entfernt. Ihr konntet Euch ganz frei in Sparrow Hall bewegen, hattet Zugang zu den Papieren und Manuskripten der Ermordeten und zum Gift Churchleys und hattet außerdem alle Zeit der Welt, Euch vorzubereiten, Pläne zu schmieden und Euch zu schützen. Hättet Ihr je gedacht, daß man die Morde an den alten Bettlern mit Sparrow Hall in Verbindung bringen könnte?«

Lady Mathilda verzog nur das Gesicht.

»Nein«, fuhr Corbett fort. »Ich vermute, Ihr wart zu sehr mit Euren gemeinen und mörderischen Plänen beschäftigt. Vielleicht habt Ihr auch Euer ursprüngliches Ziel aus den Augen verloren – dafür zu sorgen, daß die Lehrer von Sparrow Hall entlassen würden und daß das College geschlossen würde, nur um es erneut gründen zu können, wenn Ihr die Gunst des Königs wiedergewonnen hättet? Vielleicht wurde das Spiel wichtiger als das Ergebnis. Der Mord an Langton sollte nur den allgemeinen Schrecken noch erhöhen«, fuhr Corbett fort. »In Person des Bellman schriebt Ihr mir einen Brief, den Ihr Langton anvertrautet. Er war ausnehmend gutmütig und glaubte jede Geschichte, die Ihr ihm auftischtet. Ihr batet ihn nur, den Brief weiterzugeben, wenn der Abend vorbei sei.«

»Dabei hätte auch einiges schiefgehen können«, sagte Lady Mathilda nachdenklich.

»In diesem Fall hättet Ihr Euch den Brief zurückgeben lassen können«, entgegnete Corbett. »Es war ein Spiel, das Euch gefiel. Es würde die Angst noch erhöhen und mich vielleicht sogar in Panik versetzen. Gleichzeitig würde der

Bellman noch unheilvoller und mächtiger erscheinen. Wir begaben uns in die Bibliothek. Die Diener brachten Becher mit Wein. Ihr wußtet, daß ich nach dem Mahl die Bibliothek aufsuchen würde. Vielleicht gabt Ihr Langton den Brief, nachdem wir das Refektorium verlassen hatten. Ich ging hinter Tripham her. Die anderen einschließlich meiner Diener hatten sehr viel getrunken. Während der Unterhaltung in der Bibliothek nahmt Ihr Langtons Becher, schüttetet das Gift hinein und sorgtet dafür, daß er ihn wieder in die Hand bekommen würde. Langton trank, starb und der Brief erreichte seinen Empfänger.«

»Ist Copsale ebenfalls so gestorben?« unterbrach Ranulf grob. »Habt Ihr ihm einen Schlaftrunk gegeben, um ihn in die Ewigkeit zu befördern?«

Lady Mathilda machte sich nicht die Mühe, irgendwie auf diese Frage zu reagieren.

»Das werden wir nie beweisen können«, sagte Corbett. »Aber ich bin überzeugt davon, daß sein Mord ein Todesurteil gegen einen Mann war, der es wagte, Sparrow Hall in Frage zu stellen und Änderungen zu planen.«

Corbett wollte gerade fortfahren, als geklopft wurde. Er nickte Ranulf zu, daß er öffnen solle, und Tripham trat ein.

»Sir Hugh, ist irgend etwas nicht in Ordnung?«

»Ja und nein«, antwortete Corbett. »Master Alfred, es wäre mir lieber, wenn Ihr unten warten könntet. Oh, und wenn Master Moth zurückkommt, haltet ihn unter irgendeinem Vorwand fest.«

Tripham wollte schon etwas einwenden, aber Corbett hob die Hand.

»Master Alfred, ich brauche nicht mehr lange. Das verspreche ich Euch!«

Ranulf verschloß die Tür hinter ihm. Lady Mathilda machte Anstalten, sich zu erheben, aber Corbett beugte sich vor und drückte sie in den Sessel zurück.

»Ich denke, es ist besser, wenn Ihr bleibt, wo Ihr seid. Der Himmel mag wissen, was es hier im Zimmer alles gibt, Messer, eine Armbrust, vielleicht Gift? In Sparrow Hall gibt es eine Menge Gift, oder etwa nicht? Und es war natürlich kein Problem für Euch, an die Vorräte von Master Churchley heranzukommen, da Ihr Schlüssel zu allen Räumen habt.«

»Ich habe Euch zugehört, Sir Hugh«, Lady Mathilda atmete tief ein.

Corbett staunte über ihre Ruhe und ihren Gleichmut.

»Ich habe Eure Geschichte angehört, Sir Hugh, aber Ihr habt mir immer noch keinen Beweis präsentiert.«

»Ich werde schon noch früh genug zu meinen Beweisen kommen«, entgegnete Corbett. »Ihr seid wie alle Mörder, mit denen ich es zu tun hatte, Lady Mathilda, arrogant, voller Haß und voller Verachtung für mich. Deswegen auch die spöttischen Nachrichten und der halbverweste Kadaver einer Krähe.« Er deutete mit dem Finger auf sie.

»Ab und zu habt Ihr kleine Fehler gemacht. Beispielsweise habt Ihr mir Eure Hand entzogen, als ich sie küssen wollte, damit ich die Tintenflecke nicht bemerke, oder Ihr habt ungerührt Euren Wein getrunken, nachdem Langton gerade an seinem vergifteten gestorben war. Außerdem wart Ihr scheinbar diejenige in Sparrow Hall, die vom Mord an Norreys am wenigsten aus der Ruhe gebracht worden ist.«

»Das ist Veranlagung, Sir Hugh«, unterbrach ihn Lady Mathilda.
»Oh, da bin ich mir sicher. Ihr habt wirklich geglaubt, daß Ihr nicht gefaßt werden würdet. Wenn Ihr Euch bedroht gefühlt hättet, dann hättet Ihr mich einfach beseitigt, genauso wie Euer Meuchelmörder Moth Maltote ermordet hat. Was hätte das schon für eine Rolle gespielt? Alles hätte die Wut und das Mißtrauen des Königs nur noch weiter geschürt. Trotzdem habt Ihr Euch vorgesehen. Die Tage des Bellman schienen gezählt zu sein, also habt Ihr Appleston ermordet, damit man ihm die Schuld geben würde.« Zum erstenmal bebte jetzt Lady Mathildas Unterlippe. »Und das hattet Ihr doch wirklich nicht gewollt?« fragte Corbett. »Appleston war ein Symbol für die Großherzigkeit Eures Bruders und für seine Großzügigkeit in geistigen Dingen. Aber irgend jemand mußte die Sache schließlich in die Schuhe geschoben bekommen. Deswegen habt Ihr und Master Moth ihm gestern abend mit einem Krug Wein, dem besten Bordeaux, spät noch einen Besuch abgestattet. Appleston setzte sich im Bett auf und sprach mit Euch. Dann ist er in einen tiefen Schlaf gefallen, und Ihr und Master Moth habt sein Kissen fest auf sein Gesicht gepreßt. Appleston war betäubt und konnte sich nicht wehren und hauchte deswegen sein Leben so einfach aus wie die anderen. Anschließend ließt Ihr hinter verschlossener Tür so viele Beweise zurück, daß jeder denken mußte, Appleston sei der Bellman, und verschwandet dann wieder in Eure Kammer.«
»Wenn das so passiert ist«, fragte Lady Mathilda, »wie wollt Ihr das beweisen?«

»Appleston hatte sich zu Bett begeben. Er hatte vor, am nächsten Morgen zu unterrichten – er hatte eine frisch gewaschene Robe bereitgelegt. Er hatte außerdem eine Wunde an der Lippe, und als Ihr das Kissen auf sein Gesicht drücktet, löste sich der Schorf, und sie begann zu bluten. Ihr habt das Kissen anschließend umgedreht und es zwischen die anderen gelegt. Bei dem Versuch, Applestons Tod als Selbstmord erscheinen zu lassen, habt Ihr einen fürchterlichen Fehler gemacht.«

»Sehr scharfsinnig«, meinte Lady Mathilda herausfordernd, »aber wo ist der echte Beweis? Der Beweis für die Richter?«

»Ihr habt einiges davon gehört.«

»Das ist nicht mehr als Taubendreck!« spottete Lady Mathilda. »Ihr könnt hacken und wühlen, soviel Ihr wollt, Meister Krähe, aber Ihr werdet doch nichts Ergiebiges finden.«

»Oh, ich habe noch nicht richtig angefangen«, erwiderte Corbett und sah sich in dem Zimmer um. »Ich werde Euch im Keller einsperren lassen, Lady Mathilda. Dann werden Master Bullock und ich diese Kammer durchsuchen.« Er lächelte Lady Mathilda an. »Früher oder später werden wir die Beweise, die wir brauchen, finden: Federn, Tinte und Pergament. Oh, und ich vergaß die Anachoretin in der St. Michael's Church, die Ihr gerne auch noch beseitigt hättet …« Corbett schaute sie durchdringend an, damit sie nicht merken würde, daß er log. »Die Anachoretin hat gesehen, wie Master Moth mit dem vergifteten Wein in die Kirche gegangen ist.«

Lady Mathilda beugte sich vor. »Dafür war es zu dunkel!

Schwärzeste Nacht. Wie hätte sie irgend jemanden in dieser Dunkelheit erkennen wollen?«

»Wer redet davon, daß die Anachoretin in ihrer Zelle war?« log Corbett. »Sie stand direkt hinter der Tür. Sie lieferte mir eine Beschreibung, die genau auf Master Moth paßt. Und dann sagte sie«, fuhr Corbett unbarmherzig fort, »daß das dieselbe Person gewesen sei, die auch die Bekanntmachung des Bellman an das Portal der St. Michael's Church geheftet habe.«

»Ihr lügt!«

»Das tue ich nicht.« Corbett holte Luft für seine größte Lüge. »Versteht Ihr, in der Nacht, in der Moth zur St. Michael's Church ging, ließ er den Hammer fallen. Magdalena hörte das Geräusch und kam aus Ihrem Verschlag oberhalb des Portals herunter. Sie spähte durch einen Spalt und sah ihn – dieselbe dunkle Kapuze, dasselbe jungenhafte und unschuldige Gesicht.« Corbett stand auf, weil er einen Krampf in den Beinen bekam. »Ich werde Euch sagen, was jetzt geschieht, Lady Mathilda. Jetzt gehe ich zu den Richtern des Königs und trage ihnen dieselben Beweise vor. Sie werden vielleicht nicht sofort auf Eure Festnahme dringen, aber sie werden sich ganz sicher für Master Moth interessieren.« Er lehnte sich zurück. Ranulf sah Lady Mathilda immer noch genauso durchdringend an. »Ihr wißt, wie der König über solche Dinge denkt«, fuhr Corbett fort. »Er kennt da keine Gnade. Master Moth wird den Fluß entlang zum Tower geschafft werden und in seine dunklen und feuchten Verliese. Dann werden die Folterknechte des Königs die Anweisung erhalten, ihr Können unter Beweis zu stellen.«

»Er ist taubstumm!« rief Lady Mathilda.
»Er ist ein intelligenter und bösartiger junger Mann«, entgegnete Corbett, »und Euer Mordkomplize.«
»Er hat Maltote ermordet«, erklärte Ranulf und trat einen Schritt vor. »Er hat meinen Freund auf dem Gewissen. Ihr habt mein Wort dafür, Lady Mathilda, daß ich mich den Folterknechten des Königs anschließen werde. Sie werden fragen und immer wieder fragen, bis sie von Master Moth die Wahrheit hören.«
»Wollt Ihr, daß sie das mit Master Moth machen?« sagte Corbett leise.
»Das hatte ich vergessen«, murmelte Lady Mathilda. »Ich hatte Master Moth ganz vergessen. Was würde geschehen, wenn ich Euch sagen würde, was ich weiß?«
»Ich bin mir sicher, daß der König sich von seiner gnädigen Seite zeigen würde«, entgegnete Corbett und beachtete Ranulfs finsteren Blick nicht weiter.
Lady Mathilda zog ihre Manschetten hoch, lehnte sich in ihren Sessel zurück und schaute seitlich auf die kalte Asche des Feuers.
»Prinzen sollte man nie trauen, Master Corbett«, begann sie. »Vor vierzig Jahren haben ich und mein Bruder Henry hier in Oxford studiert. Mein Vater, ein Kaufmann, bezahlte einen Lehrer, und ich schloß mich Henry in seinen Studien an. Die Jahre vergingen, und Henry wurde Beamter am Hof des Königs.« Sie lächelte grimmig. »So etwas wie Ihr, Sir Hugh. Ich begleitete ihn. Der alte König war noch am Leben. Prinz Edward und mein Bruder wurden dicke Freunde. Dann kam der Bürgerkrieg, und de Montfort drohte, das Königreich zu zerstören. Viele am Hof

schlossen sich ihm an, aber mein Bruder und ich hielten aus. Ich ging nach London, um für den König zu spionieren.« Sie drehte sich auf ihrem Sessel. »Ich riskierte mein Leben und gab mich den Männern hin, damit der König die Geheimnisse seiner Feinde erfuhr. Ich lauschte ihren Unterhaltungen und sammelte Informationen. Wer hätte schon geglaubt, daß die hübsche kleine Kurtisane in der Ecke an etwas anderes dachte als an Wein und Seidengewänder? Mein Bruder blieb beim König. Er war für die Organisation von Edwards Flucht verantwortlich und befand sich immer an vorderster Front. Nach dem Krieg ...« Lady Mathilda machte eine wegwerfende Handbewegung. »Oh, Ihr kennt Edward, er überhäufte uns mit Geschenken, was wir nur wollten: Herrenhäuser, Ländereien, Landsitze und Vermögen.« Sie sah Corbett unumwunden an. »Mein Bruder Henry war das Blutvergießen und das Gemetzel leid. Er wollte sein Leben auch nicht in einem Herrenhaus verbringen, jagen und fischen und sich vollstopfen und Wein trinken. Er hatte die Vision von einem College in Oxford, einem Haus der Gelehrsamkeit. Was Henry wollte, das wollte auch ich. Ich habe ihn geliebt, Corbett.« Jetzt schaute sie Ranulf an. »Ich hatte mehr Leidenschaft in meinem kleinen Finger, Rotschopf, als Ihr in Eurem ganzen Körper.«
»Fahrt fort«, sagte Corbett, der nicht wollte, daß Ranulf noch mehr provoziert wurde.
»Die Jahre vergingen. Das College wurde immer bedeutender. Mein Bruder und ich wendeten unser ganzes Vermögen dafür auf. Dann wurde Henry krank, und als er starb, machte sich diese Meute von Frettchen über sein

Andenken her.« Sie verfiel in einen spöttischen Singsang. »›Dieses wollen wir nicht, und jenes wollen wir auch nicht! Was für ein Name für ein Oxforder College! Sollten seine Statuten nicht geändert werden?‹ Ich habe sie beobachtet«, fuhr sie voller Verachtung fort. »Ich konnte sehen, was in ihren Köpfen vorging. Sobald ich gestorben und meine Leiche irgendwo verscharrt sein würde, würden sie Sparrow Hall auflösen und es so gestalten, wie sie es für richtig hielten. Ich wandte mich an Edward, um mir von ihm helfen zu lassen, aber er war zu sehr damit beschäftigt, die Schotten abzuschlachten. Ich bat ihn darum, die Gründungsprivilegien meines Bruders zu bestätigen, nur um von irgendeinem weinerlichen Schreiber einen Brief zu bekommen, daß sich der König nach seiner Rückkehr nach London um die Sache kümmern würde.« Lady Mathilda hielt inne. Ihr Atem ging schnell. »Wo waren da die Versprechen des Königs, eh, Corbett? Wie hatte er nur vergessen können, was die Braoses für ihn getan hatten? Traue nie einem Plantagenet! Eines Nachmittags war ich in der Bibliothek und blätterte in dem Buch, das Ihr in Applestons Kammer gefunden habt, und erinnerte mich plötzlich wieder an alles.« Sie schüttelte den Kopf und bewegte lautlos die Lippen, als hätte sie Corbett vergessen.

»Und da habt Ihr beschlossen, der Bellman zu werden?« fragte er.

»Ja. Ich dachte, ich würde so die Dämonen in der Seele des Königs wieder zum Leben erwecken. Ich fing an, die Aufrufe abzuschreiben. Das dauerte mehrere Tage, aber ich fertigte dreizehn Stück an und schickte Master Moth los, sie aufzuhängen.« Sie lächelte grimmig. »Armer Junge! Er verstand eigentlich nicht, was ich da tat, aber er war die perfekte Waffe. Falls man ihn anhielt, konnte er den Bettler spielen. Wer würde auf die Idee kommen, einen Taubstummen zu verdächtigen? Ich zeigte ihm das Glockenzeichen, und er trug einen kleinen Beutel mit Nägeln und einen Hammer bei sich.« Vor Freude klatschte sie in die Hände. »Oh, ich fühlte mich so erleichtert!« Sie lächelte zufrieden. »Dann schrieb ich an den König und erzählte ihm von dem Verräter in Sparrow Hall und daß ich ihn aufspüren würde.« Sie spitzte die Lippen. »Da hatte ich seine volle Aufmerksamkeit! Der König war auf einmal ganz Ohr! Kuriere kamen, und die Briefe trugen sein Geheimsiegel und waren an seine ›liebe und loyale Cousine Mathilda‹ gerichtet. Ich hatte nie vor, jemanden zu ermorden«, meinte sie noch, als käme ihr dieser Gedanke erst jetzt, »doch ich machte einen Fehler. Der König hatte vielleicht Angst bekommen, aber nicht Copsale. Er war an Veränderungen hier interessiert und konnte mich nicht leiden. Alle wußten, daß er ein schwaches Herz hatte, sein Tod würde also kein Mißtrauen erregen. Ich durchsuchte Churchleys Vorratskammer nach Gift und verhalf Master Copsale ins Jenseits.« Sie zuckte mit den Schultern. »Ich dachte, dabei würde es bleiben«, fuhr sie sachlich fort. »Das tat ich wirklich, aber der alte Ascham war schlauer, als ich geglaubt hatte. Er hatte sowohl Appleston als auch mich im Verdacht. Er machte Andeutungen und Anspielungen, und gelegentlich ertappte ich ihn dabei, wie er mich bei Tisch beobachtete. Er mußte sterben. Das war so einfach. Ich schlich mich mit Master

Moth in den Garten. Dieser klopfte an die Fensterläden, und als Robert sie öffnete, schoß ich den Bolzen ab, warf das Pergament hinein, schloß das Fenster und schlug die Läden zu. Der Querriegel, der von Master Moth frisch geölt worden war, fiel wieder an seinen Platz.«

»Und Passerel?«

Lady Mathilda lächelte. »Anfänglich verstand ich nicht, was Ascham da geschrieben hatte, aber dann fiel mir ein, wie ich die Botschaft verwenden könnte. Passerel hatte möglicherweise von Ascham etwas erfahren. Unser Schatzmeister war ein aufgeregter kleiner Mann, und vierzig Tage in einer leeren Kirche können der Erinnerung schon einmal aufhelfen.« Sie zuckte mit den Schultern. »Den Rest wißt Ihr. Ich glaubte wirklich, daß es bei Applestons Tod bleiben würde.« Jetzt drohte sie Corbett mit dem Finger. »Aber natürlich habt Ihr das alles auf den Kopf gestellt. Der König ist schlau, die kleine Krähe hüpft herum und wird von ihrem Schläger beschützt.«

»Warum habt Ihr Maltote ermordet?« fragte Corbett grimmig.

Sie hob ihre Hand in gespielter Unschuld, aber ihre Augen ließen keine Reue erkennen. »Der Herr ist mein Zeuge, ich habe Master Moth befohlen, sich nie festnehmen zu lassen.« Sie richtete sich in ihrem Sessel auf und strich ihr plissiertes Kleid glatt. »Nun habt Ihr mein Geständnis, Bevollmächtigter. Was passiert jetzt? Edward wird mich nicht dem Oberhofgericht vorführen lassen. Er wird sich an früher erinnern«, sagte sie stolz, »und an die guten Dienste, die ich der Krone geleistet habe. Ich fürchte, für Lady Mathilda wird es auf das Kloster hinauslaufen.«

»Ich brauche einen Schluck Wein«, unterbrach Ranulf. »Sir Hugh, einen Becher Bordeaux?«
Corbett war nur zu froh, daß Ranulf das Zimmer verließ. »Ja«, antwortete er.
»Und einen für mich, Lakai!« fuhr ihn Lady Mathilda an. Ranulf schaute zu Corbett, und dieser nickte.
»Und keine Sorge«, rief ihm Lady Mathilda hinterher, »ich habe kein Gift mehr.«
Ranulf ging, und Lady Mathilda wollte aufstehen.
»Madam, mir wäre es lieber, Ihr würdet sitzen bleiben.« Lady Mathilda kam seinem Wunsch nach.
»Darf ich Euch daran erinnern, Bevollmächtigter, daß mich der König als seine ›loyale und liebste Cousine‹ bezeichnet, ganz zu schweigen davon, daß Ihr mir Gnade versprochen habt. Ich will nicht von diesem Clown von Sheriff festgenommen und nach Woodstock gebracht werden. Ich werde mich in Schwarz kleiden und mich dem König zu Füßen werfen. Er wird Henry und seine Mathilda schon nicht vergessen.«
Die Tür wurde geöffnet, und Ranulf kehrte zurück. Er servierte ihnen den Wein und setzte sich dann wieder mit dem Rücken zur Tür hin. Über ihren Becher hinweg schaute Lady Mathilda Corbett an.
»*Ihr* bringt mich nach Woodstock, Corbett. Ihr habt mir Gnade versprochen, und ich weiß, daß Ihr zu Eurem Wort steht. Ihr werdet Euer Versprechen vor dem König wiederholen. Edward wird das schon verstehen.«
»Und Master Moth«, unterbrach sie Ranulf.
»Er wird mich begleiten. Er ist mein Diener.« Sie machte sich nicht einmal die Mühe, Ranulf anzuschauen.

»Bullock wartet unten mit Master Moth«, sagte Ranulf. »Der Sheriff wünscht ein paar Worte mit uns zu wechseln. Es handle sich um eine sehr dringende Angelegenheit.«
Corbett sah Lady Mathilda an. Ihm war unwohl zumute. Bei Ranulfs Schweigen und dessen finsterem Gesicht lief es ihm vor Angst kalt den Rücken runter.
»Nehmt ihn mit«, sagte Lady Mathilda.
»Oh, keine Sorge!« Corbett erhob sich. »Ranulf sucht sich seine Gesellschaft sehr genau aus. Wir werden Euch hier einschließen.«
Ranulf sah so aus, als wollte er widersprechen, stand dann aber ebenfalls auf. Er zog den Schlüssel aus der Tür und öffnete sie. Corbett war schon halb draußen, als ihm sein Fehler bewußt wurde. Ranulf stieß ihn so fest, daß er den Gang entlangflog. Die Tür schlug zu und wurde verschlossen und verriegelt.
»Ranulf!« Corbett warf sich gegen die Tür, verletzte sich an den Metallbeschlägen jedoch nur die Schulter. »Ranulf!« rief er wieder. »Um Gottes willen, ich befehle dir zu öffnen!«
Für die beiden in der Kammer hätte Corbett genausogut am anderen Ende der Erde sein können. Lady Mathilda stand entsetzt auf. Ranulf stieß sie in ihren Sessel zurück. Sie bemerkte, wie er mit der Hand nach seinem Dolch griff.
»Ihr werdet mich doch nicht töten?« flüsterte sie. »Eine alte Frau? Die liebe Cousine des Königs? Ihr werdet doch nicht Euren Dolch gegen mich verwenden?«
»Ich werde Euch nicht erstechen«, erwiderte Ranulf und ging, immer noch mit seinem Becher Wein in der Hand,

neben ihrem Sessel in die Knie. »Ich möchte Euch nur sagen, Lady Mathilda, daß Ihr keine Frau seid! Ihr habt keine Seele! Ihr seid voller Bosheit und Haß.«

»Und darauf trinke ich, Ranulf-atte-Newgate.« Sie hob ihren Becher an die Lippen und trank einen kleinen Schluck. Ranulf ergriff ihre Hand so fest wie ein Schraubstock, und sie riß vor Entsetzen die Augen auf. Er beugte sich über sie, drückte ihren Kopf zurück und zwang sie, noch einen Schluck zu trinken.

»Und Ranulf-atte-Newgate trinkt Euch zu!« zischte er. »Du hast um Wein gebeten, du Schlampe, jetzt trink das Gift auch!«

Sie wehrte sich, aber Ranulf hielt sie fest.

»Du hast meinen Freund ermordet, du bösartige, gemeine Schlampe! Und wenn ich mit dir fertig bin, dann werde ich mir Master Moth vornehmen!«

Ranulf kümmerte sich nicht weiter um das Hämmern an der Tür und um Corbetts Rufe. Er hielt den Becher fest in der Hand, und seine Augen funkelten vor Wut.

»Trau nie einem Plantagenet«, flüsterte er. »Trink jetzt das Gift. Geh zur Hölle, und sag dem Teufel, daß ich, Ranulf-atte-Newgate, dich dorthin geschickt habe!«

Er zog die Hand zurück. Lady Mathilda ließ den Becher in den Schoß fallen, und der letzte Schluck Wein gab einen dunklen Fleck. Sie erhob sich und griff sich mit der Hand an die Kehle.

»Ihr könnt nichts mehr tun«, erklärte Ranulf. »Für Euch gibt es kein bequemes Kloster, kein Entkommen.«

Er ging zur Tür, und Lady Mathilda sank, die Hände auf den Bauch gepreßt, zu Boden. Ranulf schaute sich um und

sah sie noch ein- oder zweimal zucken, als er den Schlüssel im Schloß umdrehte.
Corbett, Bullock und ein paar andere standen im Gang. Ranulf trat zur Seite und ließ sie eintreten. Corbett kniete sich neben Lady Mathilda und faßte nach der Halsschlagader. Er schüttelte den Kopf.
»Sie war eine Gefangene des Königs«, erklärte Bullock leise.
»Du hättest das nicht tun dürfen!« Corbett faßte Ranulf an den Schultern.
»Ich habe königliche Gerechtigkeit geübt«, erwiderte Ranulf. Er zog ein Pergament aus der Tasche seines Wamses und reichte es Corbett. »Ich erhielt das hier von dem Schreiber Simon«, erklärte Ranulf. »Ich habe nur getan, was der König mir befohlen hat, obwohl ich zugeben muß, daß es mir auch Spaß gemacht hat.«
Corbett las die Vollmacht.

Dem Sheriff und den Amtmännern der Gemeinde und unserer Stadt Oxford und dem Rektor der Universität sendet König Edward Grüße. Wisset, was unser geliebter und betrauter Bevollmächtigter Ranulf-atte-Newgate in oder bei der Stadt Oxford getan hat, das geschah zum Besten der Krone und im Interesse der Regierung des Reiches. Von unserer eigenen Hand, teste me ipso, König Edward.

Das Schreiben trug den Abdruck des Geheimsiegels. Corbett gab es an Bullock weiter.
»So sei es«, murmelte der Sheriff. »Was der König will, das muß der König haben.« Er gab das Pergament zurück. Corbett nahm Ranulf am Ellbogen und führte ihn aus dem Zimmer.

»Was sollen wir mit ihr machen?« rief ihnen Bullock hinterher.

»Sie begraben«, antwortete Corbett. »Begrabt sie schnell. Laßt den Priester eine Messe lesen.«

»Und Master Moth?« Bullock erhob sich. »Ich habe Euer Postskriptum gelesen. Meine Männer halten ihn unten fest.«

»Bringt ihn ins Castle«, sagte Corbett. »Er darf jedoch nicht mißhandelt werden. Ihr sollt die Anweisungen des Königs abwarten.«

Er führte Ranulf weiter den Gang entlang.

»Ranulf-atte-Newgate«, Corbett sah ihn direkt an, »erinnerst du dich an unsere erste Begegnung? Schmutzig und hungernd hast du auf den Schinderkarren gewartet?«

»Daran erinnere ich mich jeden Tag, Herr. Ich hatte in meinem Leben zwei Freunde – den einen traf ich an diesem Tag, und der andere war der arme Maltote. Ehe Ihr mir also mit Einwänden kommt, Sir Hugh, denkt an Maltote. Diese Schlampe«, er spuckte aus. »Sie hatte wirklich geplant, ihre letzten Jahre in irgendeinem luxuriösen Kloster zu verbringen. Jetzt ist Gerechtigkeit geübt worden. Nicht daß Ihr damit einverstanden wärt, aber wie Pater Lukas sagte, als er Boso hängte, das ist das, was Gott wollte. Sie hatte gemordet, und sie hätte wieder gemordet. Meint Ihr, sie hätte Euch vergessen, Herr? Glaubt Ihr wirklich, sie hätte Euch davonkommen lassen?«

Corbett nickte. »Laß uns gehen, Ranulf. Laß uns in die Merry Maidens gehen und ein paar Becher Wein auf das Wohl Maltotes trinken. Morgen werden wir uns um die Überführung seiner Leiche kümmern, und dann reiten wir nach Woodstock und von dort aus nach Leighton.«

Sie gingen nach unten und auf die Gasse. Sie war, abgesehen von Bullocks Männern, die beide Eingänge bewachten, menschenleer. Ranulf war immer noch dabei, sich zu rechtfertigen, als sie hinter sich einen Schrei hörten. Corbett drehte sich um. Master Moth hatte sich von seinen Wächtern losgerissen, sich von einem von ihnen eine Armbrust geschnappt und kam mit wehenden Haaren auf sie zugelaufen. Corbett riß vor Entsetzen die Augen auf, als er sie hob. Er stieß Ranulf zur Seite, aber als er das tat, hörte er schon die Sehne schnellen, sah den Haß in Moths Gesicht und wußte, daß er sich verrechnet hatte. Zu spät. Der Armbrustbolzen erwischte ihn hoch in der Brust. Der Schmerz explodierte, und er schwankte zurück. Ranulf lief bereits mit gezogenem Dolch vor. Corbett beobachtete Ranulfs schnelle Bewegungen, den makabren Tanz des Straßenkämpfers. Er stürzte auf Moth zu, nahm plötzlich den Dolch von einer Hand in die andere, warf sich zur Seite und rammte die Klinge Moth tief in den Bauch. Dann warf er sich noch einmal mit gezogenem Schwert herum, holte weit aus und traf Moth am Hals. Corbett war das schon gleichgültig. Der Schmerz war fürchterlich. Er konnte das Blut auf der Zunge schmecken. Leute rannten auf ihn zu, langsam, wie in einem Traum. Maeve war unter ihnen, und die kleine Eleanor klammerte sich an ihrem Rocksaum fest.

»Du solltest nicht hier sein«, flüsterte er, »aber das sollte ich vermutlich auch nicht.«

Und die Augen schließend, brach Sir Hugh Corbett, der Hüter des Geheimsiegels des Königs, auf den schmutzigen Pflastersteinen von Oxford zusammen.

Nachbemerkung des Autors

Es gab einmal eine Sparrow Hall in Oxford, aber diese ist schon lange verschwunden und stellt in der Geschichte der Universität nur eine Fußnote dar. Die Universität und die Stadt Oxford unterstützten de Montfort während des Bürgerkriegs um 1260. König Edward I. haßte seinen toten Feind bis zu seinem eigenen Tod. Er unterdrückte gnadenlos alle Versuche, das Anliegen des »Märtyrers« de Montfort zu rehabilitieren.

Paul Harding